निर्मला

प्रेमचंद

maple press

निर्मला *by* Premchand

Published by

maple press

MAPLE PRESS PRIVATE LIMITED
office: A-63, Sector 58, Noida 201301, U.P., India
phone: +91 120 455 3581, 455 3583
email: info@maplepress.co.in
website: www.maplepress.co.in

Printed in 2026
India

ISBN: 978-93-50336-57-1

14 13 12 11 10

1

यों तो बाबू उदयभानुलाल के परिवार में बीसों ही प्राणी थे, कोई ममेरा भाई था, कोई फुफेरा; कोई भांजा था, कोई भतीजा, लेकिन यहाँ हमें उनसे कोई प्रयोजन नहीं, वह अच्छे वकील थे, लक्ष्मी प्रसन्न थीं और कुटुम्ब के दरिद्र प्राणियों को आश्रय देना उनका कर्त्तव्य ही था। हमारा सम्बन्ध तो केवल उनकी दोनों कन्याओं से है, जिनमें बड़ी का नाम निर्मला और छोटी का कृष्णा था। अभी कल दोनों साथ-साथ गुड़िया खेलती थीं। निर्मला का पन्द्रहवां साल था, कृष्णा का दसवां, फिर भी उनके स्वभाव में कोई विशेष अन्तर न था। दोनों चंचल, खिलाड़िन और सैर-तमाशे पर जान देती थीं। दोनों गुड़िया का धूमधाम से ब्याह करती थीं, सदा काम से जी चुराती थीं। माँ पुकारती रहती थी, पर दोनों कोठे पर छिपी बैठी रहती थीं कि न जाने किस काम के लिए बुलाती हैं। दोनों अपने भाइयों से लड़ती थीं, नौकरों को डांटती थीं और बाजे की आवाज़ सुनते ही द्वार पर आकर खड़ी हो जाती थीं पर आज एकाएक एक ऐसी बात हो गई है, जिसने बड़ी को बड़ी और छोटी को छोटी बना दिया है। कृष्णा वही है, पर निर्मला बड़ी गम्भीर, एकान्त-प्रिय और लज्जाशील हो गई है।

इधर महीनों से बाबू उदयभानुलाल निर्मला के विवाह की बातचीत कर रहे थे। आज उनकी मेहनत ठिकाने लगी है। बाबू भालचन्द्र सिन्हा के ज्येष्ठ पुत्र भुवन मोहन सिन्हा से बात पक्की हो गई है। वर के पिता ने कह दिया है कि आपकी खुशी ही दहेज दें, या न दें, मुझे इसकी परवाह नहीं; हाँ, बारात में जो लोग जाएँ उनका आदर-सत्कार अच्छी तरह होना चहिए, जिसमें मेरी और आपकी जग-हँसाई न हो। बाबू उदयभानुलाल थे तो वकील, पर संचय करना न जानते थे। दहेज उनके सामने कठिन समस्या थी। इसलिए जब वर के पिता ने स्वयं कह दिया कि मुझे दहेज की परवाह नहीं, तो मानों उन्हें आँखें मिल गई। डरते थे, न जाने किस-किस के सामने हाथ फैलाना पड़े, दो-तीन महाजनों को ठीक कर रखा था। उनका अनुमान था कि हाथ रोकने पर भी बीस हज़ार से कम खर्च न होंगे। यह आश्वासन पाकर वे खुशी के मारे फूले न समाए।

इसकी सूचना ने अज्ञान बलिका को मुँह ढाँप कर एक कोने में बिठा रखा है। उसके हृदय में एक विचित्र शंका समा गई है, रोम-रोम में एक अज्ञात भय का संचार हो गया है, न जाने क्या होगा। उसके मन में वे उमंगें नहीं हैं, जो युवतियों की आँखों में तिरछी चितवन बनकर, ओंठों पर मधुर हास्य बनकर और अंगों में आलस्य बनकर प्रकट होती है। नहीं वहाँ अभिलाषाएँ नहीं हैं वहाँ केवल शंकाएं, चिन्ताएं और भीरु कल्पनाएँ हैं। यौवन का अभी तक पूर्ण प्रकाश नहीं हुआ है।

कृष्णा कुछ-कुछ जानती है, कुछ-कुछ नहीं जानती। जानती है, बहन को अच्छे-अच्छे गहने मिलेंगे, द्वार पर बाजे बजेंगे, मेहमान आएँगे, नाच होगा- यह जानकर प्रसन्न है और यह भी जानती है कि बहन सबके गले मिलकर रोएगी, यहाँ से रो-धोकर विदा हो जाएगी, मैं अकेली रह जाऊँगी- यह जानकर दुखी है, पर यह नहीं जानती कि यह किसलिए हो रहा है, माताजी और पिताजी क्यों बहन को इस घर से निकालने को इतने उत्सुक हो रहे हैं। बहन ने तो किसी को कुछ नहीं कहा, किसी से लड़ाई नहीं की, क्या इसी तरह एक दिन मुझे भी ये लोग निकाल देंगे? मैं भी इसी तरह कोने में बैठकर रोऊंगी और किसी को मुझ पर दया न आएगी? इसलिए वह भयभीत भी है।

संध्या का समय था, निर्मला छत पर जानकर अकेली बैठी आकाश की और तृषित नेत्रों से ताक रही थी। ऐसा मन होता था पंख होते, तो वह उड़ जाती और इन सारे झंझटों से छूट जाती। इस समय बहुधा दोनों बहनें कहीं सैर करने जाया करती थीं। बग्घी खाली न होती, तो बगीचे में ही टहला करतीं, इसलिए कृष्णा उसे खोजती फिरती थी, जब कहीं न पाया, तो छत पर आई और उसे देखते ही हँसकर बोली- तुम यहाँ आकर छिपी बैठी हो और मैं तुम्हें ढूंढती फिरती हूँ। चलो, बग्घी तैयार करा आई हूँ।

निर्मला ने उदासीन भाव से कहा- तू जा, मैं न जाऊँगी।

कृष्णा- नहीं मेरी अच्छी दीदी, आज जरूर चलो। देखो, कैसी ठण्डी-ठण्डी हवा चल रही है।

निर्मला- मेरा मन नहीं चाहता, तू चली जा।

कृष्णा की आँखें डबडबा आई। कांपती हुई आवाज़ से बोली- आज तुम क्यों नहीं चलतीं? मुझसे क्यों नहीं बोलतीं? क्यों इधर-उधर छिपी-छिपी फिरती हो? मेरा जी अकेले बैठे-बैठे घबराता है। तुम न चलोगी, तो मैं भी न जाऊँगी। यहीं तुम्हारे साथ बैठी रहूँगी।

निर्मला- और जब मैं चली जाऊँगी, तब क्या करेगी? तब किसके साथ खेलेगी और किसके साथ घूमने जाएगी, बता?

कृष्णा- मैं भी तुम्हारे साथ चलूँगी। अकेले मुझसे यहाँ न रहा जाएगा।

निर्मला मुस्कराकर बोली- तुझे अम्मा न जाने देंगी।

कृष्णा- तो मैं भी तुम्हें न जाने दूँगी। तुम अम्मा से कह क्यों नहीं देती कि मैं न जाऊँगी।

निर्मला- कह तो रही हूँ, कोई सुनता है!

कृष्णा- तो क्या यह तुम्हारा घर नहीं है?

निर्मला- नहीं, मेरा घर होता, तो कोई क्यों जबरदस्ती निकाल देता?

कृष्णा- इसी तरह किसी दिन मैं भी निकाल दी जाऊँगी?

निर्मला- और नहीं क्या तू बैठी रहेगी! हम लड़कियाँ हैं, हमारा घर कहीं नहीं होता।

कृष्णा- चन्दर भी निकाल दिया जाएगा?

निर्मला- चन्दर तो लड़का है, उसे कौन निकालेगा?

कृष्णा- तो लड़कियाँ बहुत खराब होती होंगी?

निर्मला- खराब न होतीं, तो घर से भगाई क्यों जाती?

कृष्णा- चन्दर इतना बदमाश है, उसे कोई नहीं भगाता। हम-तुम तो कोई बदमाशी भी नहीं करतीं।

एकाएक चन्दर धम-धम करता हुआ छत पर आ पहुँचा और निर्मला को देखकर बोला- अच्छा आप यहाँ बैठी हैं। ओहो! अब तो बाजे बजेंगे, दीदी दुल्हन बनेंगी, पालकी पर चढ़ेंगी, ओहो! ओहो!

चन्दर का पूरा नाम चन्द्रभानु सिन्हा था। निर्मला से तीन साल छोटा और कृष्णा से दो साल बड़ा।

निर्मला- चन्दर, मुझे चिढ़ाओगे तो अभी जाकर अम्मा से कह दूँगी।

चन्दर- तो चिढ़ती क्यों हो? तुम भी बाजे सुनना! ओ हो-हो! अब आप दुल्हन बनेंगी! क्यों किशनी, तू बाजे सुनेगी न? वैसे बाजे तूने कभी न सुने होंगे?

कृष्णा- क्या बैण्ड से भी अच्छे होंगे?

चन्दर- हाँ-हाँ, बैण्ड से भी अच्छे, हज़ार गुने अच्छे, लाख गुने अच्छे। तुम जानो क्या? एक बैण्ड सुन लिया, तो समझने लगीं कि उससे अच्छे बाजे

नहीं होते। बाजे बजाने वाले लाल-लाल वर्दियाँ और काली-काली टोपियाँ पहने होंगे। ऐसे खबूसूरत मालूम होंगे कि तुमसे क्या कहूँ आतिशबाजियाँ भी होंगी, हवाइयां आसमान में उड़ जाएँगी और वहाँ तारों में लगेंगी तो लाल, पीले, हरे, नीले तारे टूट-टूटकर गिरेंगे। बड़ा मजा आएगा।

कृष्णा- और क्या-क्या होगा चन्दर, बता दे मेरे भैया?

चन्दर- मेरे साथ घूमने चल, तो रास्ते में सारी बातें बता दूँ। ऐसे-ऐसे तमाशे होंगे कि देखकर तेरी आँखें खुल जाएँगी। हवा में उड़ती हुई परियाँ होंगी; सचमुच की परियाँ।

कृष्णा- अच्छा चलो, लेकिन न बताओगे, तो मारूँगी।

चन्द्रभानु और कृष्णा चले गए, पर निर्मला अकेली बैठी रह गई। कृष्णा के चले जाने से इस समय उसे बड़ा क्षोभ हुआ। कृष्णा, जिसे वह प्राणों से भी अधिक प्यार करती थी, आज इतनी निठुर हो गई। अकेली छोड़कर चली गई। बात कोई न थी, लेकिन दुःखी हृदय दुखती हुई आँख है, जिसमें हवा से भी पीड़ा होती है। निर्मला बड़ी देर तक बैठी रोती रही। भाई-बहन, माता-पिता, सभी इसी भांति मुझे भूल जाएँगे, सबकी आँखें फिर जाएँगी, फिर शायद इन्हें देखने को भी तरस जाऊँ।

बाग में फूल खिले हुए थे। मीठी-मीठी सुगन्ध आ रही थी। चैत की शीतल मन्द समीर चल रही थी। आकाश में तारे छिटके हुए थे। निर्मला इन्हीं शोकमय विचारों में पड़ी-पड़ी सो गई और आँख लगते ही उसका मन स्वप्न-देश में, विचरने लगा। क्या देखती है कि सामने एक नदी लहरें मार रही है और वह नदी के किनारे नाव की बाट देख रही है। संध्या का समय है। अंधेरा किसी भयंकर जन्तु की भांति बढ़ता चला आता है। वह घोर चिन्ता में पड़ी हुई है कि कैसे यह नदी पार होगी, कैसे पहुँचूंगी! रो रही है कि कहीं रात न हो जाए, नहीं तो मैं अकेली यहाँ कैसे रहूँगी। एकाएक उसे एक सुन्दर नौका घाट की ओर आती दिखाई देती है। वह खुशी से उछल पड़ती है और ज्योंही नाव घाट पर आती है, वह उस पर चढ़ने के लिए बढ़ती है, लेकिन ज्योंही नाव के पटरे पर पैर रखना चाहती है, उसका मल्लाह बोल उठता है- तेरे लिए यहाँ जगह नहीं है! वह मल्लाह की खुशामद करती है, उसके पैरों पड़ती है, रोती है, लेकिन वह यह कहे जाता है, तेरे लिए यहाँ जगह नहीं है। एक क्षण में नाव खुल जाती है। वह चिल्ला-चिल्लाकर रोने लगती है। नदी के निर्जन तट पर रात भर कैसे रहेगी,

यह सोच वह नदी में कूदकर उस नाव को पकड़ना चाहती है कि इतने में कहीं से आवाज़ आती है- ठहरो, ठहरो, नदी गहरी है, डूब जाओगी। वह नाव तुम्हारे लिए नहीं है, मैं आता हूँ, मेरी नाव में बैठ जाओ। मैं उस पार पहुँचा दूँगा। वह भयभीत होकर इधर-उधर देखती है कि यह आवाज़ कहाँ से आई? थोड़ी देर के बाद एक छोटी-सी डोंगी आती दिखाई देती है। उसमें न पाल है, न पतवार और न मस्तूल। पेंदा फटा हुआ है, तख्ते टूटे हुए, नाव में पानी भरा हुआ है और एक आदमी उसमें से पानी उलीच रहा है। वह उससे कहती है, यह तो टूटी हुई है, यह कैसे पार लगेगी? मल्लाह कहता है- तुम्हारे लिए यही भेजी गई है, आकर बैठ जाओ! वह एक क्षण सोचती है- इसमें बैठूं या न बैठूं? अन्त में वह निश्चय करती है- बैठ जाऊँ। यहाँ अकेली पड़ी रहने से नाव में बैठ जाना फिर भी अच्छा है। किसी भयंकर जन्तु के पेट में जाने से तो यही अच्छा है कि नदी में डूब जाऊँ। कौन जाने, नाव पार पहुँच ही जाएँ। यह सोचकर वह प्राणों की मुट्ठी में लिए हुए नाव पर बैठ जाती है। कुछ देर तक नाव डगमगाती हुई चलती है, लेकिन प्रतिक्षण उसमें पानी भरता जाता है। वह भी मल्लाह के साथ दोनों हाथों से पानी उलीचने लगती है। यहाँ तक कि उनके हाथ थक जाते हैं, पर पानी बढ़ता ही चला जाता है, आखिर नाव चक्कर खाने लगती है, मालूम होती है- अब डूबी, अब डूबी। तब वह किसी अदृश्य सहारे के लिए दोनों हाथ फैलाती है, नाव नीचे जाती है और उसके पैर उखड़ जाते हैं। वह जोर से चिल्लाई और चिल्लाते ही उसकी आँखें खुल गई। देखा, तो माता सामने खड़ी उसका कन्धा पकड़कर हिला रही थी।

2

बाबू उदयभानुलाल का मकान बाज़ार बना हुआ है। बरामदे में सुनार के हथौड़े और कमरे में दर्जी की सुईयाँ चल रही हैं। सामने नीम के नीचे बढ़ई चारपाइयाँ बना रहा है। खपरैल में हलवाई के लिए भट्ठा खोदा गया है। मेहमानों के लिए अलग एक मकान ठीक किया गया है। यह प्रबन्ध किया जा रहा है कि हरेक मेहमान के लिए एक-एक चारपाई, एक-एक कुर्सी और एक-एक मेज हो। हर तीन मेहमानों के लिए एक-एक कहार रखने की तजवीज हो रही है। अभी बारात आने में एक महीने की देर है,

लेकिन तैयारियाँ अभी से हो रही हैं। बारातियों का ऐसा सत्कार किया जाए कि किसी को जबान हिलाने का मौका न मिले। वे लोग भी याद करें कि किसी के यहाँ बारात में गए थे। पूरा मकान बर्तनों से भरा हुआ है। चाय के सेट हैं, नाश्ते की तश्तरियाँ, थाल, लोटे, गिलास।

जो लोग नित्य खाट पर पड़े हुक्का पीते रहते थे, बड़ी तत्परता से काम में लगे हुए हैं। अपनी उपयोगिता सिद्ध करने का ऐसा अच्छा अवसर उन्हें फिर बहुत दिनों के बाद मिलेगा। जहाँ एक आदमी को जाना होता है, पाँच दौड़ते हैं। काम कम होता है, हुल्लड़ अधिक। जरा-जरा सी बात पर घंटों तर्क-वितर्क होता है और अन्त में वकील साहब को आकर निर्णय करना पड़ता है। एक कहता है, यह घी खराब है, दूसरा कहता है, इससे अच्छा बाज़ार में मिल जाए तो टांग की राह से निकल जाऊँ। तीसरा कहता है, इसमें तो हीक आती है। चौथा कहता है, तुम्हारी नाक ही सड़ गई है, तुम क्या जानो घी किसे कहते हैं। जब से यहाँ आए हो, घी मिलने लगा है, नहीं तो घी के दर्शन भी न होते थे! इस पर तकरार बढ़ जाती है और वकील साहब को झगड़ा चुकाना होता है।

रात के नौ बजे थे। उदयभानुलाल अन्दर बैठे हुए खर्च का तखमीना लगा रहे थे। वह प्राय: रोज़ ही तखमीना लगाते थे पर रोज़ ही उसमें कुछ-न-कुछ परिवर्तन और परिवर्धन करना पड़ता था। सामने कल्याणी भौंहे सिकोड़े हुए खड़ी थी। बाबू साहब ने बड़ी देर के बाद सिर उठाया और बोले- दस हज़ार से कम नहीं होता, बल्कि शायद और बढ़ जाएँ।

कल्याणी- दस दिन में पाँच से दस हज़ार हुए। एक महीने में तो शायद एक लाख नौबत आ जाए।

उदयभानु- क्या करूँ, जग हँसाई भी तो अच्छी नहीं लगती। कोई शिकायत हुई तो लोग कहेंगे, नाम बड़े दर्शन थोड़े। फिर जब वह मुझसे दहेज एक पाई नहीं लेते तो मेरा भी कर्तव्य है कि मेहमानों के आदर-सत्कार में कोई बात उठा न रखूँ।

कल्याणी- जब से ब्रह्मा ने सृष्टि रची, तब से आज तक कभी बारातियों को कोई प्रसन्न नहीं रख सकता। उन्हें दोष निकालने और निन्दा करने का कोई-न-कोई अवसर मिल ही जाता है। जिसे अपने घर सूखी रोटियां भी मयस्सर नहीं, वह भी बारात में जाकर तानाशाह बन बैठता है। तेल खुशबूदार नहीं, साबुन टके सेर का जाने कहाँ से बटोर लाए, कहार

बात नहीं सुनते, लालटेनें धुआं देती हैं, कुर्सियों में खटमल है, चारपाइयाँ ढीली हैं, जनवासे की जगह हवादार नहीं। ऐसी-ऐसी हज़ारों शिकायतें होती रहती हैं। उन्हें आप कहाँ तक रोकिएगा? अगर यह मौका न मिला, तो और कोई ऐब निकाल लिए जाएँगे। भई, यह तेल तो रंडियों के लगाने लायक है, हमें तो सादा तेल चाहिए। जनाब ने यह साबुन नहीं भेजा है, अपनी अमीरी की शान दिखाई है, मानो हमने साबुन देखा ही नहीं। ये कहार नहीं यमदूत हैं, जब देखिये सिर पर सवार! लालटेनें ऐसी भेजी हैं कि आँखें चमकने लगती हैं, अगर दस-पाँच दिन इस रोशनी में बैठना पड़े तो आँखें फूट जाएँ। जनवासा क्या है, अभागे का भाग्य है, जिस पर चारों तरफ से झोंके आते रहते हैं। मैं तो फिर यही कहूँगी कि बारतियों के नखरों का विचार ही छोड़ दो।

उदयभानु- तो आखिर तुम मुझे क्या करने को कहती हो?

कल्याणी- कह तो रही हूँ, पक्का इरादा कर लो कि मैं पाँच हज़ार से अधिक न खर्च करूँगा। घर में तो टका है नहीं, कर्ज ही का भरोसा ठहरा, तो इतना कर्ज क्यों लें कि जिन्दगी में अदा न हो। आखिर मेरे और बच्चे भी तो हैं, उनके लिए भी तो कुछ चाहिए।

उदयभानु- तो आज मैं मरा जाता हूँ?

कल्याणी- जीने-मरने का हाल कोई नहीं जानता।

उदयभानु- तो तुम बैठी यही मनाया करती हो?

कल्याणी- इसमें बिगड़ने की तो कोई बात नहीं। मरना एक दिन सभी को है। कोई यहाँ अमर होकर थोड़े ही आया है। आँखें बन्द कर लेने से तो होने-वाली बात न टलेगी। रोज़ आँखों देखती हूँ, बाप का देहान्त हो जाता है, उसके बच्चे गली-गली ठोकरें खाते फिरते हैं। आदमी ऐसा काम ही क्यों करे?

उदयभानु न जलकर कहा- जो अब समझ लूँ कि मेरे मरने के दिन निकट आ गए, यही तुम्हारी भविष्यवाणी है! सुहाग से स्त्रियों का जी ऊबते नहीं सुना था, आज यह नई बात मालूम हुई। रंडापे में भी कोई सुख होगा ही!

कल्याणी- तुमसे दुनिया की कोई भी बात कही जाती है, तो जहर उगलने लगते हो। इसलिए न कि जानते हो, इसे कहीं टिकना नहीं है, मेरी

ही रोटियों पर पड़ी हुई है या और कुछ? जहाँ कोई बात कही, बस सिर हो गए, मानों मैं घर की लौंडी हूँ, मेरा केवल रोटी और कपड़े का नाता है। जितना ही मैं दबती हूँ, तुम और भी दबाते हो। मुफ्तखोर माल उड़ायें, कोई मुँह न खोले, शराब-कबाब में रुपए लुटें, कोई जबान न हिलाए। वे सारे कांटे मेरे बच्चों ही के लिए तो बोये जा रहे है।

उदयभानु- तो मैं क्या तुम्हारा गुलाम हूँ?

कल्याणी- तो क्या मैं तुम्हारी लौंडी हूँ?

उदयभानु- ऐसे मर्द और होंगे, जो औरतों के इशारों पर नाचते हैं।

कल्याणी- तो ऐसी स्त्रियों भी होंगी, जो मर्दों की जूतियाँ सहा करती हैं।

उदयभानु- मैं कमाकर लाता हूँ, जैसे चाहूँ खर्च कर सकता हूँ। किसी को बोलने का अधिकार नहीं।

कल्याणी- तो आप अपना घर संभालिए! ऐसे घर को मेरा दूर ही से सलाम है, जहाँ मेरी कोई पूछ नहीं। घर में तुम्हारा जितना अधिकार है, उतना ही मेरा भी। इससे जौ भर भी कम नहीं। अगर तुम अपने मन के राजा हो, तो मैं भी अपने मन को रानी हूँ। तुम्हारा घर तुम्हें मुबारक रहे मेरे लिए पेट की रोटियों की कमी नहीं है। तुम्हारे बच्चे हैं, मारो या जिलाओ। न आँखों से देखूंगी, न पीड़ा होगी। आँखें फूटीं, पीर गई!

उदयभानु- क्या तुम समझती हो कि तुम न संभालेगी तो मेरा घर ही न संभलेगा? मैं अकेले ऐसे-ऐसे दस घर संभाल सकता हूँ।

कल्याणी- कौन! अगर आज के महीने दिन मिट्टी में न मिल जाए, तो कहना कोई कहती थी!

यह कहते-कहते कल्याणी का चेहरा तमतमा उठा, वह झमककर उठी और कमरे के द्वार की ओर चली। वकील साहब मुकदमें में तो खूब मीन-मेख निकालते थे, लेकिन स्त्रियों के स्वभाव का उन्हें कुछ यों ही-सा ज्ञान था। यही एक ऐसी विद्या है, जिसमें आदमी बूढ़ा होने पर भी कोरा रह जाता है। अगर वे अब भी नरम पड़ जाते और कल्याणी का हाथ पकड़कर बिठा लेते, तो शायद वह रुक जाती, लेकिन आपसे यह तो हो न सका, उल्टे चलते-चलते एक और चरका दिया। बोले- मैके का घमंड होगा!

कल्याणी ने द्वार पर रुककर पति की ओर लाल-लाल नेत्रों से देखा और बिफरकर बोली- मैके वाले मेरे तकदीर के साथी नहीं है और न मैं इतनी नीच हूँ कि उनकी रोटियों पर जा पड़ूँ।

उदयभानु- तब कहाँ जा रही हो?

कल्याणी- तुम यह पूछने वाले कौन होते हो? ईश्वर की सृष्टि में असंख्य पापियों के लिए जगह है, क्या मेरे ही लिए जगह नहीं है?

यह कहकर कल्याणी कमरे के बाहर निकल गई। आंगन में आकर उसने एक बार आकाश की ओर देखा, मानो तारागण को साक्षी दे रही है कि मैं इस घर में कितनी निर्दयता से निकाली जा रही हूँ। रात के ग्यारह बज गए थे। घर में सन्नाटा छा गया था, दोनों बेटों की चारपाई उसी के कमरे में रहती थी। वह अपने कमरे में आई, देखा चन्द्रभानु सोया है, सबसे छोटा सूर्यभानु चारपाई पर उठ बैठा है। माता को देखते ही वह बोला- तुम तहाँ दई तीं अम्मा?

कल्याणी दूर ही से खड़े-खड़े बोली- कहीं तो नहीं बेटा, तुम्हारे बाबूजी के पास गई थी।

सूर्य- तुम तली दई, मुधे अतेले दर लदता था। तुम क्यों तली दई तीं, बताओ?

यह कहकर बच्चे ने गोद में चढ़ने के लिए दोनों हाथ फैला दिये। कल्याणी अब अपने को न रोक सकी। मातृ-स्नेह के सुधा-प्रवाह से उसका संतप्त हृदय परिप्लावित हो गया। हृदय के कोमल पौधों, जो क्रोध के ताप से मुरझा गए थे, फिर हरे हो गए। आँखें सजल हो गई। उसने बच्चे को गोद में उठा लिया और छाती से लगाकर बोली- तुमने पुकार क्यों न लिया, बेटा?

सूर्य- पुतालता तो ता, तुम थुनती न तीं, बताओ अब तो कबी न दाओगी।

कल्याणी- नहीं भैया, अब नहीं जाऊँगी।

यह कहकर कल्याणी सूर्यभानु को लेकर चारपाई पर लेटी। माँ के हृदय से लिपटते ही बालक निःशंक होकर सो गया, कल्याणी के मन में संकल्प-विकल्प होने लगे, पति की बातें याद आतीं तो मन होता- घर को तिलांजलि देकर चली जाऊँ, लेकिन बच्चों का मुँह देखती, तो वात्सल्य से चित्त गद्गद् हो जाता। बच्चों को किस पर छोड़कर जाऊँ? मेरे इन

लालों को कौन पालेगा, ये किसके होकर रहेंगे? कौन प्रातःकाल इन्हें दूध और हलवा खिलाएगा, कौन इनकी नींद सोयेगा, इनकी नींद जागेगा? बेचारे कौड़ी के तीन हो जाएँगे। नहीं प्यारों, मैं तुम्हें छोड़कर नहीं जाऊँगी। तुम्हारे लिए सब कुछ सह लूँगी। निरादर-अपमान, जली-कटी, खोटी-खरी, घुड़की-झिड़की सब तुम्हारे लिए सहूंगी।

कल्याणी तो बच्चे को लेकर लेटी, पर बाबू साहब को नींद न आई। उन्हें चोट करने वाली बातें बड़ी मुश्किल से भूलती थी। उफ्, यह मिजाज! मानो मैं ही इनकी स्त्री हूँ। बात मुँह से निकालनी मुश्किल है। अब मैं इनका गुलाम होकर रहूं। घर में अकेली यह रहें और बाकी जितने अपने बेगाने हैं, सब निकाल दिये जाएँ। जला करती हैं; मनाती हैं कि यह किसी तरह मरें, तो मैं अकेली आराम करूँ। दिल की बात मुँह से निकल ही आती है, चाहे कोई कितना ही छिपाये। कई दिन से देख रहा हूँ, ऐसी ही जली-कटी सुनाया करती हैं। मैके का घमंड होगा, लेकिन वहाँ कोई भी न पूछेगा, अभी सब आवभगत करते हैं। जब जाकर सिर पड़ जाएँगी तो आटे-दाल का भाव मालूम हो जाएगा। रोती हुई जाएँगी। वाह रे घमंड! सोचती हैं- मैं ही यह गृहस्थी चलाती हूँ। अभी चार दिन को कहीं चला जाऊँ, तो मालूम हो जाएगा, सारी शेखी किरकिरी हो जाएगा। एक बार इनका घमंड तोड़ ही दूँ। जरा वैधव्य का मजा भी चखा दूँ। न जाने इनकी हिम्मत कैसे पड़ती है कि मुझे यों कोसने लगते हैं। मालूम होता है, प्रेम इन्हें छू नहीं गया या समझती हैं, यह घर से इतना चिमटा हुआ है कि इसे चाहे जितना कोसूं, टलने का नाम न लेगा। यही बात है, पर यहाँ संसार से चिमटने वाले जीव नहीं हैं! जहन्नुम में जाए यह घर, जहाँ ऐसे प्राणियों से पाला पड़े। घर है या नरक? आदमी बाहर से थका-मांदा आता है, तो उसे घर में आराम मिलता है। यहाँ आराम के बदले कोसने सुनने पड़ते हैं। मेरी मृत्यु के लिए व्रत रखे जाते हैं। यह है पचीस वर्ष के दाम्पत्य जीवन का अन्त! बस, चल ही दूँ। जब देख लूँगा इनका सारा घमंड धूल में मिल गया और मिजाज ठंडा हो गया, तो लौट आऊँगा। चार-पाँच दिन काफी होंगे। लो, तुम भी याद करोगी किसी से पाला पड़ा था।

यही सोचते हुए बाबू साहब उठे, रेशमी चादर गले में डाली, कुछ रुपए लिए, अपना कार्ड निकालकर दूसरे कुर्ते की जेब में रखा, छड़ी उठाई और

चुपके से बाहर निकले। सब नौकर नींद में मस्त थे। कुत्ता आहट पाकर चौंक पड़ा और उनके साथ हो लिया।

पर यह कौन जानता था कि यह सारी लीला विधि के हाथों रची जा रही है। जीवन-रंगशाला का वह निर्दय सूत्रधार किसी अगम गुप्त स्थान पर बैठा हुआ अपनी जटिल क्रूर क्रीड़ा दिखा रहा है। यह कौन जानता था कि नकल असल होने जा रही है, अभिनय सत्य का रूप ग्रहण करने वाला है।

निशा ने इन्दू को परास्त करके अपना साम्राज्य स्थापित कर लिया था। उसकी पैशाचिक सेना ने प्रकृति पर आतंक जमा रखा था। सदवृत्तियाँ मुँह छिपाये पड़ी थीं और कुवृत्तियाँ विजय-गर्व से इठलाती फिरती थीं। वन में वन्यजन्तु शिकार की खोज में विचार रहे थे और नगरों में नर-पिशाच गलियों में मंडराते फिरते थे।

बाबू उदयभानुलाल लपके हुए गंगा की ओर चले जा रहे थे। उन्होंने अपना कुर्ता घाट के किनारे रखकर पाँच दिन के लिए मिर्जापुर चले जाने का निश्चय किया था। उनके कपड़े देखकर लोगों को डूब जाने का विश्वास हो जाएगा, कार्ड कुर्ते की जेब में था। पता लगाने में कोई दिक्कत न हो सकती थी। दम-के-दम में सारे शहर में खबर मशहूर हो जाएगी। आठ बजते-बजते तो मेरे द्वार पर सारा शहर जमा हो जाएगा, तब देखूँ, देवी जी क्या करती हैं?

यही सोचते हुए बाबू साहब गलियों में चले जा रहे थे, सहसा उन्हें अपने पीछे किसी दूसरे आदमी के आने की आहट मिली, समझे कोई होगा। आगे बढ़े, लेकिन जिस गली में वह मुड़ते उसी तरफ यह आदमी भी मुड़ता था। तब बाबू साहब को आशंका हुई कि यह आदमी मेरा पीछा कर रहा है। ऐसा आभास हुआ कि इसकी नीयत साफ नहीं है। उन्होंने तुरन्त जेबी लालटेन निकाली और उसके प्रकाश में उस आदमी को देखा। एक वरिष्ठ मनुष्य कन्धे पर लाठी रखे चला आता था। बाबू साहब उसे देखते ही चौंक पड़े। यह शहर का छटा हुआ बदमाश था। तीन साल पहले उस पर डाके का अभियोग चला था। उदयभानु ने उस मुकदमे में सरकार की ओर से पैरवी की थी और इस बदमाश को तीन साल की सजा दिलाई थी। तभी से वह इनके खून का प्यासा हो रहा था। कल ही वह छूटकर आया था। आज दैवात् साहब अकेले रात को दिखाई दिये, तो उसने सोचा यह इनसे दाव चुकाने का अच्छा मौका है। ऐसा मौका शायद ही फिर

कभी मिले। तुरन्त पीछे हो लिया और वार करने की घात ही में था कि बाबू साहब ने जेबी लालटेन जलाई। बदमाश जरा ठिठककर बोला- क्यों बाबूजी पहचानते हो? मैं हूँ मतई।

बाबू साहब ने डपटकर कहा- तुम मेरे पीछे-पीछे क्यों आ रहे हो?

मतई- क्यों, किसी को रास्ता चलने की मनाही है? यह गली तुम्हारे बाप की है?

बाबू साहब जवानी में कुश्ती लड़े थे, अब भी हृष्ट-पुष्ट आदमी थे। दिल के भी कच्चे न थे। छड़ी संभालकर बोले- अभी शायद मन नहीं भरा। अबकी सात साल को जाओगे।

मतई- मैं सात साल को जाऊँगा या चौदह साल को, पर तुम्हें जिन्दा न छोड़ूंगा। हाँ, अगर तुम मेरे पैरों पर गिरकर कसम खाओ कि अब किसी को सजा न कराऊँगा, तो छोड़ दूँ। बोलो मंजूर है?

उदयभानु- तेरी शामत तो नहीं आई?

मतई- शामत मेरी नहीं आई, तुम्हारी आई है। बोलो खाते हो कसम-एक!

उदयभानु- तुम हटते हो कि मैं पुलिसमैन को बुलाऊँ।

मतई- दो!

उदयभानु- (गरजकर) हट जा बादमाश, सामने से!

मतई- तीन!

मुँह से 'तीन' शब्द निकालते ही बाबू साहब के सिर पर लाठी का ऐसा तुला हाथ पड़ा कि वह अचेत होकर जमीन पर गिर पड़े। मुँह से केवल इतना ही निकला- हाय! मार डाला!

मतई ने समीप आकर देखा, तो सिर फट गया था और खून की धार निकल रही थी। नाड़ी का कहीं पता न था। समझ गया कि काम तमाम हो गया। उसने कलाई से सोने की घड़ी खोल ली, कुर्ते से सोने के बटन निकाल लिए, उंगली से अंगूठी उतारी और अपनी राह चला गया, मानो कुछ हुआ ही नहीं। हाँ, इतनी दया की कि लाश रास्ते से घसीटकर किनारे डाल दी। हाय, बेचारे क्या सोचकर चले थे, क्या हो गया! जीवन, तुमसे ज्यादा असार भी दुनिया में कोई वस्तु है? क्या वह उस दीपक की भांति ही क्षणभंगुर नहीं है, जो हवा के एक झोंके से बुझ जाता है! पानी के एक बुलबुले को देखते हो, लेकिन उसे टूटते भी कुछ देर लगती है,

जीवन में उतना सार भी नहीं। साँस का भरोसा ही क्या और इसी नश्वरता पर हम अभिलाषाओं के कितने विशाल भवन बनाते हैं! नहीं जानते, नीचे जाने वाली साँस ऊपर आएगी या नहीं, पर सोचते इतनी दूर की हैं, मानो हम अमर हैं।

3

विवाह का विलाप और अनाथों का रोना सुनाकर हम पाठकों का दिल न दुखाएंगे। जिसके ऊपर पड़ती है, वह रोता है, विलाप करता है, पछाड़ें खाता है। यह कोई नई बात नहीं। हाँ, अगर आप चाहें तो कल्याणी की उस घोर मानसिक यातना का अनुमान कर सकते हैं, जो उसे इस विचार से हो रही थी कि मैं ही अपने प्राणाधार की घातिका हूँ। वे वाक्य जो क्रोध के आवेश में उसके असंयत मुख से निकले थे, अब उसके हृदय को बाणों की भांति छेद रहे थे। अगर पति ने उसकी गोद में कराह-कराहकर प्राण-त्याग दिए होते, तो उसे संतोष होता कि मैंने उनके प्रति अपने कर्तव्य का पालन किया। शोकाकुल हृदय को इससे ज्यादा सान्त्वना और किसी बात से नहीं होती। उसे इस विचार से कितना संतोष होता कि मेरे स्वामी मुझसे प्रसन्न गए, अन्तिम समय तक उनके हृदय में मेरा प्रेम बना रहा। कल्याणी को यह सन्तोष न था। वह सोचती थी- हा! मेरी पचीस बरस की तपस्या निष्फल हो गई। मैं अन्त समय अपने प्राणपति के प्रेम के वंचित हो गई।। अगर मैंने उन्हें ऐसे कठोर शब्द न कहे होते, तो वह कदापि रात को घर से न जाते। न जाने उनके मन में क्या-क्या विचार आए हों? उनके मनोभावों की कल्पना करके और अपने अपराध को बढ़ा-बढ़ाकर वह आठों पहर कुढ़ती रहती थी। जिन बच्चों पर वह प्राण देती थी, अब उनकी सूरत से चिढ़ती। इन्हीं के कारण मुझे अपने स्वामी से रार मोल लेनी पड़ी। यही मेरे शत्रु हैं। जहाँ आठों पहर कचहरी-सी लगी रहती थी, वहाँ अब खाक उड़ती है। वह मेला ही उठ गया। जब खिलाने वाला ही न रहा, तो खाने वाले कैसे पड़े रहते। धीरे-धीरे एक महीने के अन्दर सभी भांजे-भतीजे विदा हो गए। जिनका दावा था कि हम पानी की जगह खून बहाने वालों में हैं, वे ऐसा सरपट भागे कि पीछे फिरकर भी न देखा। दुनिया ही दूसरी हो गई। जिन बच्चों को देखकर प्यार करने को

जी चाहता था उनके चेहरे पर अब मक्खियां भिनभिनाती थीं। न जाने वह कांति कहाँ चली गई?

शोक का आवेग कम हुआ, तो निर्मला के विवाह की समस्या उपस्थित हुई। कुछ लोगों की सलाह हुई कि विवाह इस साल रोक दिया जाए, लेकिन कल्याणी ने कहा- इतनी तैयरियों के बाद विवाह को रोक देने से सब किया-धरा मिट्टी में मिल जाएगा और दूसरे साल फिर यही तैयारियाँ करनी पड़ेंगी, जिसकी कोई आशा नहीं। विवाह कर ही देना अच्छा है। कुछ लेना-देना तो है ही नहीं। बारातियों के सेवा-सत्कार का काफी सामान हो चुका है, विलम्ब करने में हानि-ही-हानि है। अतएव महाशय भालचन्द्र को शोक-सूचना के साथ यह सन्देश भी भेज दिया गया। कल्याणी ने अपने पत्र में लिखा- इस अनाथिनी पर दया कीजिए और डूबती हुई नाव को पार लगाइये। स्वामीजी के मन में बड़ी-बड़ी कामनाएँ थीं, किंतु ईश्वर को कुछ और ही मंजूर था। अब मेरी लाज आपके हाथ है। कन्या आपकी हो चुकी। मैं लोगों के सेवा-सत्कार करने को अपना सौभाग्य समझती हूँ, लेकिन यदि इसमें कुछ कमी हो, कुछ त्रुटि पड़े, तो मेरी दशा का विचार करके क्षमा कीजिएगा। मुझे विश्वास है कि आप इस अनाथिनी की निन्दा न होने देंगे, आदि।

कल्याणी ने यह पत्र डाक से न भेजा, बल्कि पुरोहित से कहा- आपको कष्ट तो होगा, पर आप स्वयं जाकर यह पत्र दीजिए और मेरी ओर से बहुत विनय के साथ कहिएगा कि जितने कम आदमी आएँ, उतना ही अच्छा। यहाँ कोई प्रबन्ध करने वाला नहीं है।

पुरोहित मोटेराम यह सन्देश लेकर तीसरे दिन लखनऊ जा पहुँचे।

संध्या का समय था। बाबू भालचन्द्र दीवानखाने के सामने आरामकुर्सी पर नंग-धड़ंग लेटे हुए हुक्का पी रहे थे। बहुत ही स्थूल, ऊँचे कद के आदमी थे। ऐसा मालूम होता था कि काला देव है या कोई हब्शी अफ्रीका से पकड़कर आया है। सिर से पैर तक एक ही रंग था- काला। चेहरा इतना स्याह था कि मालूम न होता था कि माथे का अंत कहाँ है, सिर का आरम्भ कहाँ। बस, कोयले की एक सजीव मूर्ति थी। आपको गर्मी बहुत सताती थी। दो आदमी खड़े पंखा झल रहे थे, उस पर भी पसीने का तार बंधा हुआ था। आप आबकारी के विभाग में एक ऊँचे ओहदे पर थे। पाँच सौ रुपए वेतन मिलता था। ठेकेदारों से खूब रिश्वत लेते थे। ठेकेदार

शराब के नाम पानी बेचें, चौबीसों घंटे दुकान खुली रखें, आपको केवल खुश रखना काफी था। सारा कानून आपकी खुशी थी। इतनी भयंकर मूर्ति थी कि चांदनी रात में लोग उन्हें देखकर सहसा चौंक पड़ते थे- बालक और स्त्रियां ही नहीं, पुरुष तक सहम जाते थे। चांदनी रात इसलिए कहा गया कि अंधेरी रात में तो उन्हें कोई देख ही न सकता था- श्यामलता अन्धकार में विलीन हो जाती थी। केवल आँखों का रंग लाल था। जैसे पक्का मुसलमान पाँच बार नमाज पढ़ता है, वैसे ही आप भी पाँच बार शराब पीते थे, मुफ्त की शराब तो काजी को हलाल है, फिर आप तो शराब के अफसर ही थे, जितनी चाहें पियें, कोई हाथ पकड़ने वाला न था। जब प्यास लगती शराब पी लेते। जैसे कुछ रंगों में परस्पर सहानुभूति है, उसी तरह कुछ रंगों में परस्पर विरोध है। लालिमा के संयोग से कालिमा और भी भयंकर हो जाती है।

बाबू साहब ने पंडितजी को देखते ही कुर्सी से उठकर कहा- अख्खाह! आप हैं? आइए-आइए। धन्य भाग! अरे कोई है। कहाँ चले गए सब-के-सब, झगडू, गुरदीन, छकौड़ी, भवानी, रामगुलाम कोई है? क्या सब-के-सब मर गए! चलो रामगुलाम, भवानी, छकौड़ी, गुरदीन, झगडू। कोई नहीं बोलता सब मर गए! दर्जन-भर आदमी हैं, पर मौके पर एक की भी सूरत नहीं नज़र आती, न जाने सब कहाँ गायब हो जाते हैं। आपके वास्ते कुर्सी लाओ।

बाबू साहब ने ये पाँचों नाम कई बार दुहराए, लेकिन यह न हुआ कि पंखा झलने वाले दोनों आदमियों में से किसी को कुर्सी लाने को भेज देते। तीन-चार मिनट के बाद एक काना आदमी खाँसता हुआ आकर बोला- सरकार, इतना की नौकरी हमार कीन न होई! कहाँ तक उधार-बाढ़ी लै-लै खाई मांगत-मांगत थेथर होय गए न।

भाल॰- बको मत, जाकर कुर्सी लाओ। जब कोई काम करने की कहा गया, तो रोने लगता है। कहिए पंडितजी, वहाँ सब कुशल है?

मोटेराम- क्या कुशल कहूँ बाबूजी, अब कुशल कहाँ? सारा घर मिट्टी में मिल गया।

इतने में कहार ने एक टूटा हुआ चीड़ का सन्दूक लाकर रख दिया और बोला- कुर्सी-मेज हमारे उठाए नाहीं उठत है।

पंडितजी शर्माते हुए डरते-डरते उस पर बैठे कि कहीं टूट न जाए और कल्याणी का पत्र बाबू साहब के हाथ में रख दिया।

भाल०- अब और कैसे मिट्टी में मिलेगा? इससे बड़ी और कौन विपत्ति पड़ेगी? बाबू उदयभानु लाल से मेरी पुरानी दोस्ती थी। आदमी नहीं, हीरा था! क्या दिल था, क्या हिम्मत थी, (आँखें पोंछकर) मेरा तो जैसे दाहिना हाथ ही कट गया। विश्वास मानिए, जबसे यह खबर सुनी है, आँखों में अंधेरा-सा छा गया है। खाने बैठता हूँ, तो कौर मुँह में नहीं जाता। उनकी सूरत आँखों के सामने खड़ी रहती है। मुँह जूठा करके उठ जाता हूँ। किसी काम में दिल नहीं लगता। भाई के मरने का रंज भी इससे कम ही होता है। आदमी नहीं, हीरा था!

मोटेराम- सरकार, नगर में अब ऐसा कोई रईस नहीं रहा।

भाल०- मैं खूब जानता हूँ, पंडितजी, आप मुझसे क्या कहते हैं। ऐसा आदमी लाख-दो-लाख में एक होता है। जितना मैं उनको जानता था, उतना दूसरा नहीं जान सकता। दो-ही-तीन बार की मुलाकात में उनका भक्त हो गया और मरने दम तक रहूँगा। आप समधिन साहब से कह दीजिएगा, मुझे दिली रंज है।

मोटेराम- आपसे ऐसी ही आशा थी! आज-जैसे सज्जनों के दर्शन दुर्लभ हैं। नहीं तो आज कौन बिना दहेज के पुत्र का विवाह करता है।

भाल०- महाराज, दहेज की बातचीत ऐसे सत्यवादी पुरुषों से नहीं की जाती। उनसे सम्बन्ध हो जाना ही लाख रुपए के बराबर है। मैं इसी को अपना अहोभाग्य समझता हूँ। हा! कितनी उदार आत्मा थी। रुपए को तो उन्होंने कुछ समझा ही नहीं, तिनके के बराबर भी परवाह नहीं की। बुरा रिवाज है, बेहद बुरा! मेरा बस चले, तो दहेज लेने वालों और दहेज देने वालों दोनों ही को गोली मार दूँ, हाँ साहब, साफ गोली मार दूँ, फिर चाहे फांसी ही क्यों न हो जाए! पूछो, आप लड़के का विवाह करते हैं कि उसे बेचते हैं? अगर आपको लड़के के शादी में दिल खोलकर खर्च करने का अरमान है, तो शौक के खर्च कीजिए, लेकिन जो कुछ कीजिए, अपने बल पर। यह क्या कि कन्या के पिता का गला रेतिए। नीचता है, घोर नीचता! मेरा बस चले, तो इन पाजियों को गोली मार दूँ।

मोटेराम- धन्य हो सरकार! भगवान् ने आपको बड़ी बुद्धि दी है। यह धर्म का प्रताप है। मालकिन की इच्छा है कि विवाह का मुहूर्त वही रहे

और उन्होंने सारी बातें पत्र में लिख दी हैं। बस, अब आप ही उबारें तो हम उबर सकते हैं। इस तरह तो बारात में जितने सज्जन आएँगे, उनकी सेवा-सत्कार हम करेंगे ही, लेकिन परिस्थिति अब बहुत बदल गई है सरकार, कोई करने-धरने वाला नहीं है। बस ऐसी बात कीजिए कि वकील साहब के नाम पर बट्टा न लगे।

भालचन्द्र एक मिनट तक आँखें बन्द किए बैठे रहे, फिर एक लम्बी साँस खींचकर बोले- ईश्वर को मंजूर ही न था कि वह लक्ष्मी मेरे घर आती, नहीं तो क्या यह वज्र गिरता? सारे मनसूबे खाक में मिल गए। फूला न समाता था कि वह शुभ-अवसर निकट आ रहा है, पर क्या जानता था कि ईश्वर के दरबार में कुछ और षड्यन्त्र रचा जा रहा है। मरने वाले की याद ही रुलाने के लिए काफी है। उसे देखकर तो जख्म और भी हरा हो जाएगा। उस दशा में न जाने क्या कर बैठूं। इसे गुण समझिए, चाहे दोष कि जिससे एक बार मेरी घनिष्ठता हो गई, फिर उसकी याद चित्त से नहीं उतरती। अभी तो खैर इतना ही है कि उनकी सूरत आँखों के सामने नाचती रहती है, लेकिन यदि वह कन्या घर में आ गई, तब मेरा जिन्दा रहना कठिन हो जाएगा। सच मानिए, रोते-रोते मेरी आँखें फूट जाएँगी। जानता हूँ, रोना-धोना व्यर्थ है। जो मर गया वह लौटकर नहीं आ सकता। सब्र करने के सिवाय और कोई उपाय नहीं है, लेकिन दिल से मजबूर हूँ। उस अनाथ बालिका को देखकर मेरा कलेजा फट जाएगा।

मोटेराम- ऐसा न कहिए सरकार! वकील साहब नहीं तो क्या, आप तो हैं। अब आप ही उसके पिता-तुल्य हैं। वह अब वकील साहब की कन्या नहीं, आपकी कन्या है। आपके हृदय के भाव तो कोई जानता नहीं, लोग समझेंगे, वकील साहब का देहान्त हो जाने के कारण आप अपने वचन से फिर गए। इसमें आपकी बदनामी है। चित्त को समझाइए और हँसी-खुशी कन्या का पाणिग्रहण करा लीजिए। हाथी मरे तो नौ लाख का। लाख विपत्ति पड़ी है, लेकिन मालकिन आप लोगों की सेवा-सत्कार करने में कोई बात न उठा रखेंगी।

बाबू साहब समझ गए कि पंडित मोटेराम कोरे पोथी के ही पंडित नहीं, वरन व्यवहार-नीति में भी चतुर हैं। बोले- पंडितजी, हलफ से कहता हूँ, मुझे उस लड़की से जितना प्रेम है, उतना अपनी लड़की से भी नहीं है, लेकिन जब ईश्वर को मंजूर नहीं है, तो मेरा क्या बस है? वह मृत्यु एक

प्रकार की अमंगल सूचना है, जो विधाता की ओर से हमें मिली है। यह किसी आने वाली मुसीबत की आकाशवाणी है। विधाता स्पष्ट रीति से कह रहा है कि यह विवाह मंगलमय न होगा। ऐसी दशा में आप ही सोचिये, यह संयोग कहाँ तक उचित है। आप तो विद्वान आदमी हैं। सोचिए, जिस काम का आरम्भ ही अमंगल से हो, उसका अंत मंगलमय हो सकता है? नहीं, जानबूझकर मक्खी नहीं निगली जाती। समधिन साहब को समझाकर कह दीजिएगा, मैं उनकी आज्ञापालन करने को तैयार हूँ, लेकिन इसका परिणाम अच्छा न होगा। स्वार्थ के वश में होकर मैं अपने परम मित्र की सन्तान के साथ यह अन्याय नहीं कर सकता।

इस तर्क ने पंडितजी को निरुत्तर कर दिया। वादी ने यह तीर छोड़ा था, जिसकी उनके पास कोई काट न थी। शत्रु ने उन्हीं के हथियार से उन पर वार किया था और वह उसका प्रतिकार न कर सकते थे। वह अभी कोई जवाब सोच ही रहे थे, कि बाबू साहब ने फिर नौकरों को पुकारना शुरू किया- अरे, तुम सब फिर गायब हो गए-झगड़ू, छकौड़ी, भवानी, गुरूदीन, रामगुलाम! एक भी नहीं बोलता, सब-के-सब मर गए। पंडितजी के वास्ते पानी-वानी की फिक्र है? ना जाने इन सबों को कोई कहाँ तक समझाए। अक्ल छू तक नहीं गई। देख रहे हैं कि एक महाशय दूर से थके-मांदे चले आ रहे हैं, पर किसी को जरा भी परवाह नहीं। लाओ, पानी-वानी रखो। पंडितजी, आपके लिए शर्बत बनवाऊँ या फलाहारी मिठाई मंगवा दूँ।

मोटेरामजी मिठाइयों के विषय में किसी तरह का बन्धन न स्वीकार करते थे। उनका सिद्धान्त था कि घृत से सभी वस्तुएँ पवित्र हो जाती हैं। रसगुल्ले और बेसन के लड्डू उन्हें बहुत प्रिय थे, पर शर्बत से उन्हें रुचि न थी। पानी से पेट भरना, उनके नियम के विरुद्ध था। सकुचाते हुए बोले- शर्बत पीने की तो मुझे आदत नहीं, मिठाई खा लूँगा।

भाल०- फलाहारी न?

मोटेराम- इसका मुझे कोई विचार नहीं।

भाल०- है तो यही बात। छूत-छात सब ढकोसला है। मैं स्वयं नहीं मानता। अरे, अभी तक कोई नहीं आया? छकौड़ी, भवानी, गुरूदीन, रामगुलाम, कोई तो बोले!

अबकी भी वही बूढ़ा कहार खाँसता हुआ आकर खड़ा हो गया और बोला- सरकार, मोर तलब दै दीन जाए। ऐसी नौकरी मोसे न होई। कहाँ लौ दौरी, दौरत-दौरत गोड़ पिराय लागत है।

भाल०- काम कुछ करो या न करो, पर तलब पहिले चाहिए! दिनभर पड़े-पड़े खांसा करो, तलब तो तुम्हारी चढ़ रही है। जाकर बाज़ार से एक आने की ताजी मिठाई ला। दौड़ता हुआ जा।

कहार को यह हुक्म देकर बाबू साहब घर में गए और स्त्री से बोले- वहाँ से एक पंडितजी आए हैं। यह खत लाए हैं, जरा पढ़ो तो।

पत्नी जी का नाम रंगीलीबाई था। गोरे रंग की प्रसन्न-मुख महिला थीं। रूप और यौवन उनसे विदा हो रहे थे, पर किसी प्रेमी मित्र की भांति मचल-मचल कर तीस साल तक जिसके गले से लगे रहे, उसे छोड़ते न बनता था।

रंगीलीबाई बैठी पान लगा रही थीं। बोली- कह दिया न कि हमें वहाँ ब्याह करना मंजूर नहीं।

भाल०- हाँ, कह तो दिया, पर मारे संकोच के मुँह से शब्द न निकलता था। झूठ-मूठ का होला करना पड़ता।

रंगीली- साफ बात करने में संकोच क्या? हमारी इच्छा है; नहीं करते? किसी का कुछ लिया तो नहीं है? जब दूसरी जगह दस हज़ार नगद मिल रहे हैं तो वहाँ क्यों करूँ? उनकी लड़की कोई सोने की थोड़ी ही है। वकील साहब जीते होते, तो शरमाते-शरमाते पन्द्रह-बीस हज़ार दे मरते। अब वहाँ क्या रखा है?

भालचन्द्र- एक दफा जवाब देकर मुकर जाना अच्छी बात नहीं। कोई मुख से कुछ न कहे, पर बदनामी हुए बिना नहीं रहती। मगर तुम्हारी जिद से मजबूर हूँ।

रंगीलीबाई ने पान खाकर खत खोला और पढ़ने लगीं। हिन्दी का अभ्यास बाबू साहब को तो बिल्कुल न था और यद्यपि रंगीलीबाई भी शायद ही कभी किताब पढ़ती हों पर खत-वत पढ़ लेती थीं। पहली ही पंक्ति पढ़कर उनकी आँखें सजल हो गईं और पत्र समाप्त किया तो उनकी आँखों से आँसू बह रहे थे। एक-एक शब्द करुणा के रस में डूबा हुआ था। एक-एक अक्षर से दीनता टपक रही थी। रंगीलीबाई की कठोरता पत्थर

की नहीं लाख की थी, जो एक ही आंच से पिघल गयी। रुंधे हुए कण्ठ से बोलीं- अभी ब्राह्मण बैठा है न?

भालचन्द्र पत्नी के आँसुओं को देख-देख सूखे जाते थे। अपने ऊपर झल्ला रहे थे कि नाहक मैंने यह खत इसे दिखाया। इसकी जरूरत ही क्या थी? इतनी बड़ी भूल उनसे कभी नहीं हुई थी। संदिग्ध भाव से बोले- शायद बैठा हो, मैंने तो जाने को कह दिया था।

रंगीली ने खिड़की से झांककर देखा। पंडित मोटेरामजी बगुले की तरह ध्यान लगाए बाज़ार के रास्ते की ओर ताक रहे थे। लालसा से व्यग्र होकर कभी यह पहलू बदलते कभी वह। 'एक आने की मिठाई' ने तो आशा की कमर पहले ही तोड़ दी थी, उसमें भी यह विलम्ब? दारुण दशा थी। उन्हें बैठे देखकर रंगीली बोली- है, अभी है। जाकर कह दो, हम विवाह करेंगे। बेचारी बड़ी मुसीबत में है।

भालचन्द्र- तुम भी कभी-कभी बच्चों की सी बातें करने लगती हो। अभी उससे कह आया हूँ कि मुझे विवाह करना मंजूर नहीं। एक लंबी-चौड़ी भूमिका बांधनी पड़ी। अब जाकर यह संदेश कहूँगा तो वह अपने दिल में क्या कहेगा, जरा सोचो तो। यह शादी-विवाह का मामला है। लड़कों का खेल नहीं कि अभी एक बात की, अभी पलट गए। भले आदमी की बात न हुई, दिल्लगी हुई!

रंगीली- अच्छा, तुम अपने मुँह से न कहो। उस ब्राह्मण को मेरे पास भेज दो। मैं इस तरह समझा दूँगी कि तुम्हारी बात भी रह जाए और मेरी भी। इसमें तो कोई आपत्ति नहीं है?

भालचन्द्र- तुम अपने सिवाय सारी दुनिया को नादान समझती हो। तुम कहो या मैं कहूँ, बात एक ही है। जो बात तय हो गई वह तय हो गई। अब मैं उसे फिर नहीं उठाना चाहता। तुम्हीं तो बार-बार कहती थीं कि मैं वहाँ न करूँगी। तुम्हारे ही कारण मुझे अपनी बात खोनी पड़ी। अब तुम फिर रंग बदलती हो। यह तो मेरी छाती पर मूंग दलना है। आखिर तुम्हें कुछ तो मेरे मान-अपमान का विचार करना चाहिए।

रंगीली- तो मुझे क्या मालूम था कि विधवा की दशा इतनी हीन हो गई है? तुम्हें ने तो कहा था कि उसने पति की सारी सम्पत्ति छिपा रखी है और अपनी गरीबी का ढोंग रचकर काम निकालना चाहती है। एक

ही छटी हुई औरत है। तुमने जो कहा, वह मैंने मान लिया। भलाई करके बुराई करने में तो लज्जा और संकोच है। बुराई करके भलाई करने में कोई संकोच नहीं। अगर तुम 'हाँ' कर आए होते और मैं 'नहीं' करने को कहती तो तुम्हारा संकोच उचित होता। 'नहीं' करने के बाद 'हाँ' करने में तो अपना बड़प्पन है।

भालचन्द्र- तुम्हें बड़प्पन मालूम होता है, मुझे तो लुच्चापन ही मालूम होता है। फिर तुमने यह कैसे मान लिया कि मैंने वकलाइन के विषय में जो बात कही थी, वह झूठी थी? यह पत्र देखकर? तुम जैसी खुद सरल हो वैसे ही दूसरों को भी सरल समझती हो।

रंगीली- इस पत्र में बनावट नहीं मालूम होती। बनावट की बात दिल में चुभती नहीं। उसमें बनावट की गन्ध अवश्य रहती है।

भालचन्द्र- बनावट की बात ऐसी चुभती है कि सच्ची बात उसके सामने बिल्कुल फीकी मालूम होती है। यह किस्से-कहानियाँ लिखने वाले, जिनके किताबें पढ़-पढ़कर तुम घंटों रोती रहीं, क्या सच्ची बातें लिखते हैं? सरासर झूठ का तूमार बांधते हैं! यह भी एक कला है।

रंगीली- क्यों जी, तुम मुझसे भी उड़ते हो, दाई से पेट छिपाते हो? मैं तुम्हारी बात मान जाती हूँ तो तुम समझते हो, इसे चकमा दिया; मगर मैं तुम्हारी एक-एक नस पहचानती हूँ। तुम अपना ऐब मेरे सिर मढ़कर खुद बेदाग बचना चाहते हो, बोलो कुछ झुठ कहती हूँ? जब वकील साहब जीते थे तो तुमने सोचा था कि ठहराव की जरूरत ही क्या है, वह खुद ही जितना समझेंगे देंगे, बल्कि बिना ठहराव के और भी ज्यादा मिलने की आशा होगी। अब वकील साहब का देहान्त हो गया तो तरह-तरह के हीले-हवाले करने लगे। यह भलमनसी नहीं, छोटापन है। इसका इलजाम भी तुम्हारे सिर है। मैं शादी-विवाह के नजदीक न जाऊँगी। तुम्हारी जैसी इच्छा हो, करो। ढोंगी आदमियों से मुझे चिढ़ है। जो बात करो, सफाई से करो, बुरा हो या अच्छा। 'हाथी के दाँत दिखाने के और, खिलाने के और' वाली नीति पर चलना तुम्हें शोभा नहीं देता। बोलो, अब भी वहाँ शादी करते हो या नहीं?

भालचन्द्र- जब मैं बेईमान, दगाबाज और झूठा ठहरा, तो मुझसे पूछना ही क्या! मगर खूब पहचानती हो आदमियों को। क्या कहना है, तुम्हारी इस सूझबूझ की। बलैया ले लें।

रंगीली- हो बड़े हयादार, अब भी नहीं शर्माते। ईमान से कहो, मैंने बात ताड़ ली कि नहीं!

भालचन्द्र- अजी जाओ, वह दूसरी औरतें होती हैं, जो मर्दों को पहचानती हैं। अब तक मैं यही समझता था कि औरतों की दृष्टि बड़ी सूक्ष्म होती है; पर आज यह विश्वास उठ गया और महात्माओं ने औरतों के विषयों में जो तत्त्व की बातें कही हैं, उनको मानना पड़ा।

रंगीली- जरा आईने में अपनी सूरत तो देख आओ, तुम्हें मेरी कसम है! जरा देख लो, कितने झेंपे हुए हो।

भालचन्द्र- सच कहना, कितना झेंपा हुआ हूँ?

रंगीली- उतना ही, जितना कोई भलमानस चोर चोरी खुल जाने पर झेंपता है।

भालचन्द्र- अच्छी बात है, उसी पर फैसला रहा।

रंगीली- जरा इशारा न करना।

भालचन्द्र- अजी, मैं उसकी तरफ ताकूंगा भी नहीं।

संयोग से इसी वक्त भुवनमोहन भी आ पहुँचा। ऐसे सुंदर, सुडौल, बलिष्ठ युवक कॉलेजों में बहुत कम देखने में आते हैं। बिल्कुल माँ को पड़ा था। वही गोरा-चिट्टा रंग, वही पतले-पतले गुलाब की पत्ती के-से होंठ; वही चौड़ा माथा, बड़ी-बड़ी आँखें, डील-डौल बाप का-सा था। ऊँचा कोट, ब्रीचेन्ज टाई, बूट, हैट उस पर खूब खिल रहे थे। हाथ में एक स्टिक थी। चाल में जवानी का गरूर था, आँखों में आत्म-गौरव। रंगीली ने कहा- आज बड़ी देर लगाई तुमने। यह देखो, तुम्हारी ससुराल से यह खत आया है। तुम्हारी सास ने लिखा है। साफ-साफ बतला तो, अभी सवेरा है। तुम्हें वहाँ शादी करना मंजूर है या नहीं।

भुवन- शादी करनी तो चाहिए अम्मा, पर मैं करूँगा नहीं।

रंगीली- क्यों?

भुवन- कहीं ऐसी जगह शादी करवाइए कि खूब रुपए मिलें। और न सही, एक लाख का डौल हो, वहाँ अब क्या रखा है! वकील साहब रहे ही नहीं, बुढ़िया के पास अब क्या होगा?

रंगीली- तुम्हें ऐसी बातें मुँह से निकालते शर्म नहीं आती?

भुवन- इसमें शर्म की कौन-सी बात है? रुपए किसे काटते हैं? लाख रुपए तो लाख जन्म में भी न जमाकर पाऊँगा। इस साल पास भी हो गया,

तो कम-से-कम पाँच साल तक रुपए की सूरत नज़र न आएगी। फिर सौ-दो सौ रुपए महीने कमाने लगूँगा। पाँच-छः सौ तक पहुँचते-पहुँचते उम्र के तीन भाग बीत जाएँगे। रुपए जमा करने की नौबत न आएगी। दुनिया का कुछ मजा न उठा सकूँगा। किसी धनी लड़की से शादी हो जाती, तो चैन से कटती। मैं ज्यादा नहीं चाहता, बस एक लाख नकद हो या फिर कोई ऐसी जायदाद वाली बेवा मिले, जिसके एक ही लड़की हो।

रंगीली- चाहे औरत कैसी ही मिले!

भुवन- धन सारे ऐबों को छिपा देगा। मुझे वह गालियाँ भी सुनाए, तो भी चूँ न करूँ। दुधारू गाय की लात किसे बुरी मालूम होती है?

बाबू साहब ने प्रशंसासूचक भाव से कहा- हमें उन लोगों के साथ सहानुभूति है और दुःख है कि ईश्वर ने उन्हें विपत्ति में डाला; लेकिन बुद्धि से काम लेकर ही कोई निश्चय करना चाहिए। हम कितने फटे-हाल हो जाएँ, फिर भी अच्छी-खासी बारात हो जाएगी। वहाँ भोजन का ठिकाना नहीं। सिवा इसके कि लोग हँसें, और कोई नतीजा न निकलेगा।

रंगीली- तुम बाप-पुत एक ही थाली के चट्टे-बट्टे हो। दोनों उस गरीब लड़की के ऊपर छुरी फेंकना चाहते हो।

भुवन- जो गरीब हो, उसे गरीबों ही के यहाँ सम्बंध करना चाहिए। अपनी हैसियत से बढ़कर...

रंगीली- चुप भी रह, आया है वहाँ से हैसियत लेकर। तुम कहाँ के ऐस धन्नासेठ हो? कोई आदमी द्वार पर आ जाए, तो एक लोटे पानी को तरस जाए। बड़ी हैसियत वाले बने हो!

यह कहकर रंगीली वहाँ से उठकर रसोई का प्रबन्ध करने चली गई।

भुवनमोहन मुस्कुराता हुआ अपने कमरे में चला गया और बाबू साहब मूंछों पर ताव देते हुए बाहर आए कि मोटेराम को अंतिम निश्चय सुना दें, पर उनका कहीं पता न था।

मोटेरामजी कुछ देर तक तो कहार की बाट देखते रहे, जब उसके आने में बहुत देर हुई, तो उनसे बैठा न गया। सोचा, यहाँ बैठे-बैठे काम न चलेगा, कुछ उद्योग करना चाहिए। भाग्य के भरोसे यहाँ अड़ी बैठे रहे तो भूखों मर जाएँगे। यहाँ तुम्हारी दाल नहीं गलने की! चुपके से लकड़ी उठाई और जिधर कहार गया था, उसी तरफ चले। बाज़ार थोड़ी दूर पर

था, एक क्षण में जा पहुँचे। देखा तो बुड्ढा एक हलवाई की दुकान पर बैठा चिलम पी रहा था। उसके देखते ही आपने बेतकल्लुफी से कहा- अभी कुछ तैयार नहीं है क्या महरा? सरकार वहाँ बैठे बिगड़ रहे हैं कि जाकर सो गया या कहीं ताड़ी पीने लगा।

मैंने कहा- सरकार यह बात नहीं, बुड्ढा आदमी है, आते-ही-आते तो आएगा। बड़े विचित्र जीव हैं। न जाने, इनके यहाँ कैसे नौकर टिकते हैं।

कहार- मुझे छोड़कर आज तक दूसरा कोई टिका नहीं, और न टिकेगा। साल-भर से तलब नहीं मिली। किसी को तलब नहीं देते। जहाँ किसी ने तलब मांगी और वे लगे उसे डांटने। बेचारा नौकरी छोड़कर भाग जाता है। वे दोनों आदमी जो पंखा झल रहे थे, सरकारी नौकर हैं। सरकार से दो अर्दली मिले हैं न! इसी से पड़े हुए हैं। मैं भी सोचता हूँ, जैसा तेरा ताना-बाना, वैसी मेरी भरनी। दस कट गए हैं, साल-दो साल और इसी तरह कट जाएँगे।

मोटेराम- तो तुम्हीं अकेले हो? नाम तो कई कहारों के लेते हैं।

कहार- यह सब इन दो-तीन महीनों के अन्दर आए और छोड़-छोड़कर चले गए। यह अपना रोब जमाने को अभी तक उनका नाम जपा करते हैं। कहीं नौकरी दिलवाएगा, चलूँ?

मोटेराम- अजी, बहुत नौकरी हैं। कहार तो आजकल ढूंढे नहीं मिलते। तुम तो बहुत पुराने आदमी हो। तुम्हारे लिए नौकरी की क्या कमी है। यहाँ कोई ताजी चीज़ है? मुझसे कहने लगे, खिचड़ी बनवाइएगा या बाटी लगाइएगा? मैंने कह दिया, सरकार बुड्ढा आदमी है, रात को उसे मेरा भोजन बनाने में कष्ट होगा। मैं कुछ बाज़ार से ही खा लूँगा। इसकी आप चिन्ता न करें। बोले, अच्छी बात है, कहार आपको दुकान पर मिलेगा- बोलो साहजी, कुछ तर माल तैयार है। लड्डू तो ताजे मालूम होते हैं। तौल हैं। तौल दो एक सेर-भर, आ जाऊँ वहीं ऊपर न?

यह कहकर मोटेरामजी हलवाई की दुकान पर जा बैठे और तर माल चखने लगे, खूब छककर खाया। ढाई-तीन सेर चट कर गए। खाते थे और हलवाई की तारीफ करते थे। साहजी, तुम्हारी दुकान का जैसा नाम सुना था वैसा ही माल पाया। बनारस वाले रसगुल्ले नहीं बना पाते, कलाकन्द अच्छी बनाते हैं। पर तुम्हारी उनसे बुरी नहीं। माल डालने से अच्छी चीज़ नहीं बन जाती, विद्या चाहिए।

हलवाई- कुछ और लीजिए, महाराज! थोड़ी-सी रबड़ी मेरी तरफ से लीजिए।

मोटेराम- इच्छा तो नहीं है, लेकिन दे दो पाव-भर।

हलवाई- पाव-भर से क्या कीजिएगा? चीज़ अच्छी है, आधा सेर तो लीजिए। और नौ बजते-बजते मकान पर आए। यहाँ सन्नाटा-सा छाया हुआ था। एक लालटेन जल रही थी। आपने चबूतरे पर बिस्तर जमाया और सो गए।

सबेरे अपने नियमानुसार कोई आठ बजे, उठे तो देखा कि बाबू साहब टहल रहे हैं। इन्हें जगा देखकर पालागन कर बोले- महाराज, आप रात कहाँ चले गए? मैं बड़ी रात तक आपकी राह देखता रहा। भोजन का सब सामान बड़ी देर तक रखा रहा। जब आप नहीं आए तो रखवा दिया गया। आपने कुछ भोजन किया था या नहीं?

मोटेराम- हलवाई की दुकान से कुछ खा आया था।

भालचन्द्र- अजी, पूरी-मिठाई में वह आनन्द कहाँ जो बाटी और दाल में है। दस-बारह आने खर्च हो गए होंगे, फिर भी पेट न भरा होगा। आप मेरे मेहमान हैं; जितने पैसे हों, ले लीजिएगा।

मोटेराम- आप ही के हलवाई की दुकान पर खा आया था, वह जो नुक्कड़ पर बैठता है।

भालचन्द्र- कितने पैसे देने पड़े?

मोटेराम- आपके हिसाब में लिखा दिए हैं।

भालचन्द्र- जितनी मिठाइयां ली हों मुझे बता दीजिए, नहीं तो पीछे से बेईमानी करने लगेगा। एक ही ठग है।

मोटेराम- कोई ढाई सेर मिठाई थी और आधा सेर रबड़ी।

बाबू साहब ने विस्फारित नेत्रों से पंडितजी को देखा, मानो कोई अचम्भे की बात सुनी हो। तीन सेर तो कभी यहाँ महीने-भर का टोटल भी न होता था और यह महाशय एक बार में कोई चार रुपए का माल उड़ा गए। अगर एक-आध दिन रह गए, तो बधिया बैठ जाएगी। पेट है या शैतान की कब्र? तीन सेर! कुछ ठिकाना है। उद्विग्न दशा में दौड़े हुए अन्दर गए और रंगीली से बोले- कुछ सुनती हो, यह महाशय कल तीन सेर मिठाई उड़ा गए। तीन सेर पक्की तौल।

रंगीलीबाई ने विस्मित होकर कहा- अजी नहीं, तीन सेर भला क्या खा जाएगा! आदमी है या बैल?

भालचन्द्र- तीन सेर तो अपने मुँह से कह रहा है। चार से कम न खाई होगी, पक्की तौल!

रंगीली- पेट में सनीचर है क्या?

भालचन्द्र- आज और रह गया, तो छह सेर पर हाथ फेरेगा!

रंगीली- तो आज रहे ही क्यों, खत का जवाब देना हो, देकर विदा करो। अगर रहे, तो साफ कह देना कि हमारे यहाँ मिठाई मुफ्त नहीं आती। खिचड़ी बनाना हो बनावे, नहीं तो अपनी राह ले। जिन्हें ऐसे पेटुओं को खिलाने से मुक्ति मिलती हो, वे खिलावें, हमें ऐसी मुक्ति न चाहिए।

मगर पंडितजी विदा होने को तैयार बैठे थे, इसलिए बाबू साहब को कौशल से काम लेने की जरूरत न पड़ी। पूछा- क्या तैयार कर दी महाराज?

मोटेराम- हाँ सरकार, अब चलूँगा। नौ बजे की गाड़ी मिलेगी न?

भालचन्द्र- भला आज तो रहिए?

यह कहते-कहते बाबू साहब को भय हुआ कि कहीं यह महाराज सचमुच न रह जाएँ, इसलिए वाक्य को यों पूरा किया- हाँ, वहाँ भी लोग आपका इन्तजार कर रहे होंगे।

मोटेराम- एक-दो दिन की तो कोई बात न थी। विचार भी यही था कि त्रिवेणी का स्नान करूँगा, पर बुरा न मानिए तो कहूँ- आप लोगों में ब्राह्मणों के प्रति लेशमात्र भी श्रद्धा नहीं है। हमारे यजमान हैं, जो हमारा मुँह जोहते रहते हैं कि पंडितजी कोई आज्ञा दें, तो उसका पालन करें। हम उनके द्वार पर पहुँच जाते हैं, तो अपना धन्य भाग समझते हैं और सारा घर- छोटे से बड़े तक- हमारी सेवा-सत्कार में मग्न हो जाता है। जहाँ अपना आदर नहीं वहाँ एक क्षण ठहरना असह्य है। जहाँ ब्राह्मण का आदर नहीं, वहाँ कल्याण नहीं हो सकता।

भालचन्द्र- महाराज, हमसे तो ऐसा अपराध नहीं हुआ।

मोटेराम- अपराध नहीं हुआ! और अपराध कहते किसे हैं? अभी आप ही ने घर जाकर कहा है कि यह महाशय तीन सेर मिठाई चट कर गए। पक्की तौल! आपने अभी खाने वाले देखे कहाँ? एक बार खिलाइए तो

आँखें खुल जाएँ। ऐसे-ऐसे महान पुरुष पड़े हुए हैं, जो पंसेरी-भर मिठाई खा जाएँ और डकार तक न लें। मिठाई खाने के लिए हमारी चिरौरी की जाती है। हम भिक्षुक ब्राह्मण नहीं हैं, जो आपके द्वार पर खड़े रहें। आपका नाम सुनकर आए थे, यह न जानते थे कि यहाँ मेरे भोजन के भी लाले पड़ेंगे। भगवान आपका भला करे।

बाबू साहब ऐसा झेंपे कि मुँह से बात न निकली। जिन्दगी-भर में उन पर कभी ऐसी फटकार न पड़ी थी। बहुत बातें बनाईं- आपकी चर्चा न थी, एक दूसरे महाशय की बात थी, लेकिन पंडितजी का क्रोध शान्त न हुआ। सबकुछ सह सकते थे, पर अपने पेट की निन्दा न सह सकते थे। औरत को रूप की निन्दा जितनी अप्रिय लगती है, उससे कहीं अधिक अप्रिय पुरुष को अपने पेट की निन्दा लगती है। बाबू सहब मनाते तो थे, पर यह धड़का भी समाया हुआ था कि यह टिक न जाएँ। उनकी कृपणता का पर्दा खुल गया था, अब उसमें संदेह न था। उस पर्दे को ढांकना जरूरी था। अपनी कृपणता को छिपाने के लिए उन्होंने कोई बात उठा न रखी, पर होने वाली बात होकर रही। पछता रहे थे कि कहाँ से घर में इसकी बात करने लगा और कहा भी तो उच्च स्वर में। यह दुष्ट भी कान लगाए सुनता रहा; किन्तु अब पछताने से क्या हो सकता था! जाने किस मनहूस की सूरत देखी थी कि यह विपत्ति गले पड़ी। अगर इस वक्त यहाँ से रुष्ट होकर चला गया, तो वहाँ जाकर बदनाम करेगा और मेरा सारा कौशल खुल जाएगा। अब तो इसका मुँह बंद कर देना ही पड़ेगा।

यह सोच-विचार करते हुए रंगीलीबाई से बोले- इस दुष्ट ने हमारी-तुम्हारी बातें सुन लीं। रूठकर चला जा रहा है।

रंगीली- जब तुम जानते थे कि द्वार पर खड़ा है, तो धीरे से क्यों न बोले?

भालचन्द्र- विपत्ति आती है, तो अकेले नहीं आती। यह क्या जानता था कि वह द्वार पर कान लगाए खड़ा है।

रंगीली- न जाने किसका मुँह देखा था!

भालचन्द्र- वही दुष्ट सामने लेटा हुआ था। जानता तो उधर ताकता ही नहीं। अभी तो इसे कुछ दे-दिलाकर राजी करना पड़ेगा।

रंगीली- ऊंह जाने भी दो। जब तुम्हें वहाँ विवाह ही नहीं करना है, तो क्या परवाह है? जो चाहे कहे।

भालचन्द्र- यों जान न बचेगी। लाओ, दस रुपए विदाई दे दूँ। ईश्वर फिर इस मनहूस की सूरत न दिखाए। रंगीली ने बहुत पछताते-पछताते दस रुपए निकाले और बाबू साहब ने उन्हें ले जाकर पंडितजी के चरणों पर रख दिए। पंडितजी ने दिल में कहा- धत्तेरे मक्खीचूस की- ऐसा रगड़ा कि याद ही करोगे! तुम समझते हो कि दस रुपए देकर उसे उल्लू बना लूँगा। इस फेर में न रहना। यहाँ तुम्हारी नस-नस पहचानते हैं। रुपए जेब में रख लिए और आशीर्वाद देकर अपनी राह ली।

बाबू साहब बड़ी देर तक खड़े सोच रहे थे- मालूम नहीं, अब भी मुझे कृपण ही समझ रहा है या पर्दा ढक गया। कहीं ये रुपए भी तो पानी में नहीं गिर पड़े।

4

कल्याणी के सामने अब एक विषम समस्या आ खड़ी हुई। पति के देहान्त के बाद उसे अपनी दुरावस्था का यह पहला और बहुत ही कड़वा अनुभव हुआ। दरिद्र विधवा के लिए इससे बड़ी और क्या विपत्ति हो सकती है कि जवान बेटी सिर पर सवार हो? लड़के नंगे पांव पढ़ने जा सकते हैं, चौका-बर्तन भी अपने हाथ से किया जा सकता है, रूखा-सूखा खाकर निर्वाह किया जा सकता है, झोपड़े में दिन काटे जा सकते हैं; लेकिन युवती कन्या घर में नहीं बैठाई जा सकती। कल्याणी को भालचन्द्र पर ऐसा क्रोध आता था कि स्वयं जाकर उसके मुँह में कालिख लगाऊँ, सिर के बाल नोंच लूँ, कहूँ कि तू अपनी बात से फिर गया, तो अपने बाप का बेटा नहीं। पंडित मोटेराम ने उनकी कपट-लीला का नग्न वृतान्त सुना दिया था।

वह इसी क्रोध में बैठी थी कि कृष्णा खेलती हुई आई और बोली- कै दिन में बारात आएगी, अम्मा? पंडितजी तो आ गए?

कल्याणी- बारात का सपना देख रही है क्या?

कृष्णा- वही चन्दर तो कह रहा है कि दो-तीन दिन में बारात आएगी। क्या न आएगी, अम्मा?

कल्याणी- एक बार तो कह दिया, सिर क्यों खाती है?

कृष्णा- सबके घर तो बारात आ रही है, हमारे घर क्यों नहीं आती?

कल्याणी- तेरे घर जो बारात लाने वाला था, उस घर में आग लग गई?

कृष्णा- सच अम्मा, तब तो सारा घर जल गया होगा। कहाँ रहते होंगे? बहन कहाँ जाकर रहेगी?

कल्याणी- अरे पगली, तू तो बात ही नहीं समझती। आग लगी, वह अब हमारे यहाँ ब्याह न करेगा।

कृष्णा- यह क्यों अम्मा? पहले तो ठीक हो गया था?

कल्याणी- बहुत-से रुपए मांगता है। मेरे पास उसे देने को रुपए नहीं हैं।

कृष्णा- क्या बड़े लालची हैं, अम्मा?

कल्याणी- लालची नहीं तो और क्या है! पूरा कसाई, निर्दयी, दगाबाज!

कृष्णा- तब तो अम्मा बहुत अच्छा कि उसके घर बहन का ब्याह नहीं हुआ। बहन उसके साथ कैसे रहती? यह तो खुश होने की बात है अम्मा, तुम रंज क्यों करती हो?

कल्याणी ने पुत्री को स्नेहमयी दृष्टि से देखा। उसका कथन कितना सत्य है! भोले शब्दों में समस्या का कितना मार्मिक निरूपण है! सचमुच यह तो पसन्न होने की बात है कि ऐसे कुपात्रों से सम्बन्ध नहीं हुआ, रंज की कोई बात नहीं। ऐसे कुमानसों के बीच में बेचारी निर्मला की न जाने क्या गति होती। अपने नसीबों को रोती। जरा-सा घी दाल में अधिक पड़ जाता, तो सारे घर में शोर मच जाता। जरा खाना ज्यादा पक जाता तो सास दुनिया सिर पर उठा लेती। लड़का भी ऐसा लोभी है। बड़ी अच्छी बात हुई, नहीं तो बेचारी को उम्र-भर रोना पड़ता। कल्याणी यहाँ से उठी, तो उसका हृदय हल्का हो गया।

लेकिन विवाह तो करना ही था और हो सके तो इसी साल, नहीं तो दूसरे साल फिर नए सिरे से तैयारियाँ करनी पड़ेंगी। अब अच्छे घर की जरूरत नहीं थी। अच्छे वर की जरूरत न धी। अभागिन को अच्छा घर-वर कहाँ मिलता? अब किसी भांति सिर का बोझ उतारना था, किसी भांति लड़की को पार करना था- उसे कुएं में झोंकना था। वह रूपवती है, गुणशील है, चतुर है, कुलीन है, तो हुआ करे, दहेज हो तो सारे दोष गुण हैं। प्राणों का कोई मूल्य नहीं, केवल दहेज का मूल्य है। कितनी विषम भाग्य लीला है!

कल्याणी का दोष कुछ कम न था। अबला विधवा होना उसे दोषों से मुक्त नहीं कर सकता। उसे अपने लड़के लड़कियों से कहीं ज्यादा प्यारे थे। लड़के हल के बैल है; भूसे-खली पर पहला हक उनका है। उनके खाने से जा बचे, वह गायों का। मकान था, कुछ नकद था, कई हज़ार के गहने थे, उन्हें पढ़ाना-लिखाना था। एक कन्या और भी चार-पाँच साल में विवाह करने योग्य हो जाएगी। इसलिए वह कोई बड़ी रकम दहेज में न दे सकती थी। आखिर लड़कों को भी तो कुछ चाहिए। वे क्या समझेंगे कि हमारा भी कोई बाप था।

पंडित मोटेराम को लखनऊ से लौटे पन्द्रह दिन बीत चुके थे। लौटने के बाद दूसरे दिन वर की खोज में निकले थे। उन्होंने प्रण किया था कि मैं लखनऊ वालों को दिखा दूँगा कि संसार में तुम्हीं अकेले नहीं हो, तुम्हारे ऐसे और भी कितने पड़े हुए हैं। कल्याणी रोज़ दिन गिना करती थी। आज उसने उन्हें पत्र लिखने का निश्चय किया और कलम-दवात लेकर बैठी ही थी कि पंडित मोटेराम ने पदार्पण किया।

कल्याणी- आइए पंडितजी, मैं तो आपको खत लिखने ही जा रही थी। कब लौटे?

मोटेराम- लौटा तो प्रातःकाल ही था; पर उसी समय एक सेठ के यहाँ से निमंत्रण आ गया। कई दिन से तर माल न मिले थे। मैंने कहा, लगे हाथ यह भी काम निपटाता चलूँ। अभी इधर से लौटा आ रहा हूँ, कोई पाँच सौ ब्राह्मणों की पंगत थी।

कल्याणी- कुछ कार्य सिद्ध हुआ या रास्ता ही नापना पड़ा?

मोटेराम- कार्य क्यों न सिद्ध होता? भला यह भी कोई बात है! पाँच जगह बातचीत कर आया हूँ। पाँचों की नकल लाया हूँ। उनमें से आप जिसे चाहे पसंद करें! यह देखिए लड़के का बाप डाक के सीगे में 100 रु० महीने का नौकर है। लड़का अभी कॉलेज में पढ़ रहा है। मगर नौकरी का भरोसा है, घर में कोई जायदाद नहीं है। लड़का होनहार मालूम होता है। खानदान भी अच्छा है। 2000 रु० में तय हो जाएगी। मांगते तो वह तीन हज़ार हैं।

कल्याणी- लड़के के कोई भाई हैं?

मोटेराम- नहीं; मगर तीन बहनें हैं और तीनों कुंवारी। माता जीवित हैं। अच्छा अब दूसरी नकल देखिए। यह लड़का रेल के सीगे में 50 रु०

महीना पाता है। माँ-बाप नहीं है। बहुत ही रूपवान, सुशील और शरीर से हृष्ट-पुष्ट कसरती जवान है। मगर खानदान अच्छा नहीं। कोई कहता था, माँ नाइन थी; कोई कहता था, ठकुराइन थी। बाप किसी रियासत में मुख्तार थे। घर पर थोड़ी-सी जमींदारी है, मगर उस पर कई हज़ार का कर्ज है। वहाँ कुछ लेना-देना न पड़ेगा। उम्र कोई 20 साल होगी।

कल्याणी- खानदान में दाग न होता, तो मंजूर कर लेती। देखकर तो मक्खी नहीं निगली जाती।

मोटेराम- तीसरी नकल देखिए। एक जमींदार का लड़का है, कोई एक हज़ार सालाना नफा है। कुछ खेती-बाड़ी भी होती है, लड़का पढ़ा-लिखा तो थोड़ा है, पर कचहरी-अदालत के काम में चतुर है। दुहाजु है, पहली स्त्री को मरे हुए दो साल हुए, कोई संतान नहीं। लेकिन रहन-सहन मोटा है, पीसना-कूटना घर में ही होता है।

कल्याणी- कुछ दहेज मांगते हैं?

मोटेराम- इसकी कुछ न पूछिए। चार हज़ार सुनाते हैं। अच्छा, यह चौथी नकल देखिए। लड़का वकील है, उम्र कोई पैंतीस साल होगी। तीन-चार सौ की आमदनी है। पहली स्त्री मर चुकी है। उसके तीन लड़के भी हैं। अपना घर बनवाया है। कुछ जायदाद भी खरीदी है। यहाँ भी लेन-देन का झगड़ा नहीं है।

कल्याणी- खानदान कैसा है?

मोटेराम- बहुत ही उत्तम, पुराने रईस हैं। अच्छा, यहाँ पाँचवीं नकल देखिए। बाप का छापाखाना है, लड़का पढ़ा तो बी.ए. तक है, पर उसी छापेखाने में काम करता है, उम्र अठारह साल की होगी। घर में प्रेस के सिवाय कोई जायदाद नहीं है, मगर किसी का कर्ज सिर पर नहीं। खानदान न बहुत अच्छा है, न बहुत बुरा। लड़का बहुत सुंदर और सच्चरित्र है। मगर एक हज़ार से कम में मामला तय न होगा। मांगते तो वह तीन हज़ार हैं। अब बताइए, आप कौन-सा वर पसंद करती हैं?

कल्याणी- आपको सबों में कौन पसंद हैं?

मोटेराम- मुझे तो दो वर पसंद हैं। एक वह जो रेलवई में है; और दूसरा वह जो छापेखाने में काम करता है।

कल्याणी- मगर पहले में तो खानदान में दोष बताते हैं?

मोटेराम- हाँ, यह दोष है। तो छापेखाने वाले को ही रहने दीजिए।

कल्याणी- वहाँ एक हज़ार देने को कहाँ से आएगा? एक हज़ार तो आपका अनुमान है, शायद वह मुँह फैलाएं। आप तो घर की दशा देख ही रहे हैं। भोजन मिलता जाए, यही गनीमत है। रुपए कहाँ से आएँगे? जमींदार साहब चार हज़ार सुनाते हैं, डाक बाबू भी दो हज़ार का सवाल करते हैं। इनको जाने दीजिए। बस, वकील साहब ही बच रहें, पैंतीस साल की उम्र भी कोई ऐसी ज्यादा नहीं। इन्हीं को क्यों न रखिए?

मोटेराम- आप खूब सोच-विचार लें। मैं यों आपकी मर्जी का ताबेदार हूँ। जहाँ कहिएगा, वहाँ टीका कर आऊंगा। मगर एक हज़ार का मुँह न देखिए, छापेखाने वाला लड़का रत्न है। उसके साथ कन्या का जीवन सफल हो जाएगा। जैसी वह रूप और गुण की पूरी है, वैसा ही लड़का भी सुंदर और सुशील है।

कल्याणी- पसंद तो मुझे भी यही है, महाराज। पर रुपए किसके घर से आएँ? कौन देखने वाला है? खाने वाले तो खा-पीकर चम्पत हुए। अब किसी की भी सूरत दिखाई नहीं देती; बल्कि और मुझसे बुरा मानते हैं, कि हमें निकाल दिया। जो बात अपने बस के बाहर है, उसके लिए हाथ ही क्यों फैलाऊं? संतान किसको प्यारी नहीं होती? कौन उसे सुखी नहीं देखना चाहता? पर जब अपना काबू भी हो! ईश्वर का नाम लेकर वकील साहब को टीका कर आइए। आयु कुछ अधिक है; लेकिन मरना-जीना विधि के हाथ है। पैंतीस साल का आदमी बुड्ढा नहीं कहलाता। अगर लड़की के भाग्य में सुख भोगना बदा है, तो जहाँ जाएगी सुखी रहेगी; दुख भोगना है तो जहाँ जाएगी, दुःख झेलेगी। हमारी निर्मला को बच्चों से प्रेम है। उनके बच्चों को अपना समझेगी। आप शुभ मुहूर्त देखकर टीका कर आएँ।

5

निर्मला का विवाह हो गया। ससुराल आ गई। वकील साहब का नाम था मुंशी तोताराम। सांवले रंग के मोटे-ताजे आदमी थे। उम्र तो अभी चालीस से अधिक न थी, पर वकालत के कठिन परिश्रम ने सिर के बाल पका दिये थे। व्यायाम करने का उन्हें अवकाश न मिलता था। यहाँ तक कि कभी कहीं घूमने भी न जाते, इसलिए तोंद निकल आई थी। देह के स्थूल

होते हुए भी आए दिन कोई-न-कोई शिकायत रहती थी। मंदग्नि और बवासीर से तो उनका चिरस्थायी सम्बन्ध था। अतएव बहुत फूंक-फूंककर कदम रखते थे। उनके तीन लड़के थे। बड़ा मंसाराम सोलह वर्ष का था, मंझला जियाराम बारह और सियाराम सात वर्ष का। तीनों अंग्रेजी पढ़ते थे। घर में वकील साहब की विधवा बहिन के सिवा और कोई औरत न थी। वही घर की मालकिन थी। उनका नाम था रुक्मिणी और अवस्था पचास के ऊपर थी। ससुराल में कोई न था। स्थायी रीति से यहीं रहती थीं।

तोताराम दम्पति-विज्ञान में कुशल थे। निर्मला को प्रसन्न रखने के लिए उनमें जो स्वाभाविक कमी थी, उसे वह उपहारों से पूरी करना चाहते थे। यद्यपि वह बहुत ही मितव्ययी पुरुष थे, पर निर्मला के लिए कोई-न-कोई तोहफा रोज़ लाया करते। मौके पर धन की परवाह न करते थे। लड़के के लिए थोड़ा दूध आता था, पर निर्मला के लिए मेवे, मुरब्बे, मिठाइयां-किसी चीज़ की कमी न थी। अपनी जिन्दगी में कभी सैर-तमाशे देखने न गए थे, पर अब छुट्टियों में निर्मला को सिनेमा, सरकस, थिएटर, दिखाने ले जाते थे। अपने बहुमूल्य समय का थोड़ा-सा हिस्सा उसके साथ बैठकर ग्रामोफोन बजाने में व्यतीत किया करते थे।

लेकिन निर्मला को न जाने क्यों तोताराम के पास बैठने और हँसने-बोलने में संकोच होता था। इसका कदाचित् यह कारण था कि अब तक ऐसा ही एक आदमी उसका पिता था, जिसके सामने वह सिर-झुकाकर, देह चुराकर निकलती थी, अब उनकी अवस्था का एक आदमी उसका पति था। वह उसे प्रेम की वस्तु नहीं, सम्मान की वस्तु समझती थी। उनसे भागती फिरती, उनको देखते ही उसकी प्रफुल्लता पलायन कर जाती थी।

वकील साहब को उनके दम्पत्ति-विज्ञान ने सिखाया था कि युवती के सामने खूब प्रेम की बातें करनी चाहिए। दिल निकालकर रख देना चाहिए, यही उसके वशीकरण का मुख्य मंत्र है। इसलिए वकील साहब अपने प्रेम-प्रदर्शन में कोई कसर न रखते थे, लेकिन निर्मला को इन बातों से घृणा होती थी। वही बातें, जिन्हें किसी युवक के मुख से सुनकर उनका हृदय प्रेम से उन्मत्त हो जाता, वकील साहब के मुँह से निकलकर उसके हृदय पर शर के समान आघात करती थीं। उनमें रस न था उल्लास न था, उन्माद न था, हृदय न था, केवल बनावट थी, धोखा था और शुष्क, नीरस शब्दाडम्बर। उसे इत्र और तेल बुरा न लगता, सैर-तमाशे बुरे न लगते,

बनाव-सिंगार भी बुरा न लगता था, बुरा लगता था, तो केवल तोताराम के पास बैठना। वह अपना रूप और यौवन उन्हें न दिखाना चाहती थी, क्योंकि वहाँ देखने वाली आँखें न थीं। वह उन्हें इन रसों का आस्वादन लेने योग्य न समझती थी। कली प्रभात-समीर ही के स्पर्श से खिलती है। दोनों में समान सारस्य है। निर्मला के लिए वह प्रभात समीर कहाँ था?

पहला महीना गुजरते ही तोताराम ने निर्मला को अपना खजांची बना लिया। कचहरी से आकर दिनभर की कमाई उसे दे देते। उनका ख्याल था कि निर्मला इन रुपयों को देखकर फूली न समाएगी। निर्मला बड़े शौक से इस पद का काम अंजाम देती। एक-एक पैसे का हिसाब लिखती, अगर कभी रुपए कम मिलते, तो पूछती आज कम क्यों हैं। गृहस्थी के सम्बन्ध में उनसे खूब बातें करती। इन्हीं बातों के लायक वह उनको समझती थी। ज्योंही कोई विनोद की बात उनके मुँह से निकल जाती, उसका मुख मलिन हो जाता था।

निर्मला जब वस्त्राभूषणों से अलंकृत होकर आइने के सामने खड़ी होती और उसमें अपने सौन्दर्य की सुषमापूर्ण आभा देखती, तो उसका हृदय एक सतृष्ण कामना से तड़प उठता था। उस वक्त उसके हृदय में एक ज्वाला-सी उठती। मन में आता इस घर में आग लगा दूँ। अपनी माता पर क्रोध आता, पर सबसे अधिक क्रोध बेचारे निरपराध तोताराम पर आता। वह सदैव इस ताप से जला करती। बांका सवार लट्टू-टट्टू पर सवार होना कब पसन्द करेगा, चाहे उसे पैदल ही क्यों न चलना पड़े? निर्मला की दशा उसी बांके सवार की-सी थी। वह उस पर सवार होकर उड़ना चाहती थी, उस उल्लासमयी विद्युत् गति का आनन्द उठाना चाहती थी, टट्टू के हिनहिनाने और कनौतियां खड़ी करने से क्या आशा होती? संभव था कि बच्चों के साथ हँसने-खेलने से वह अपनी दशा को थोड़ी देर के लिए भूल जाती, कुछ मन हरा हो जाता, लेकिन रुक्मिणी देवी लड़कों को उसके पास फटकने तक न देतीं, मानो वह कोई पिशाचिनी है, जो उन्हें निगल जाएगी। रुक्मिणी देवी का स्वभाव सारे संसार से निराला था, यह पता लगाना कठिन था कि वह किस बात से खुश होती थीं और किस बात से नाराज। एक बार जिस बात से खुश हो जाती थीं, दूसरी बार उसी बात से जल जाती थी। अगर निर्मला अपने कमरे में बैठी रहती, तो कहतीं कि न जाने कहाँ की मनहूसिन है! अगर वह कोठे पर चढ़ जाती या महरियों

से बातें करती, तो छाती पीटने लगतीं- न लाज है, न शरम, निगोड़ी ने हया भून खाई! अब क्या कुछ दिनों में बाज़ार में नाचेगी!

जब से वकील साहब ने निर्मला के हाथ में रुपए- पैसे देने शुरू किए, रुक्मिणी उसकी आलोचना करने पर आरूढ़ हो गई। उन्हें मालूम होता था। कि अब प्रलय होने में बहुत थोड़ी कसर रह गई है। लड़कों को बार-बार पैसों की जरूरत पड़ती। जब तक खुद स्वामिनी थीं, उन्हें बहला दिया करती थीं। अब सीधे निर्मला के पास भेज देतीं। निर्मला को लड़कों के चटोरापन अच्छा न लगता था। कभी-कभी पैसे देने से इन्कार कर देती। रुक्मिणी को अपने वाग्बाण सर करने का अवसर मिल जाता- अब तो मालकिन हुई है, लड़के काहे को जियेंगे। बिना माँ के बच्चे को कौन पूछे? रुपयों की मिठाइयां खा जाते थे, अब धेले-धेले को तरसते हैं। निर्मला अगर चिढ़कर किसी दिन बिना कुछ पूछे-ताछे पैसे दे देती, तो देवीजी उसकी दूसरी ही आलोचना करतीं- इन्हें क्या, लड़के मरे या जियें, इनकी बला से, माँ के बिना कौन समझाये कि बेटा, बहुत मिठाइयां मत खाओ। आई-गई तो मेरे सिर जाएगी, इन्हें क्या? यहीं तक होता, तो निर्मला शायद जब्त कर जाती, पर देवीजी तो खुफिया पुलिस से सिपाही की भांति निर्मला का पीछा करती रहती थीं। अगर वह कोठे पर खड़ी है, तो अवश्य ही किसी पर निगाह डाल रही होगी, महरी से बातें करती है, तो अवश्य ही उनकी निन्दा करती होगी। बाज़ार से कुछ मंगवाती है, तो अवश्य कोई विलास वस्तु होगी। यह बराबर उसके पत्र पढ़ने की चेष्टा किया करती। छिप-छिपकर बातें सुना करती। निर्मला उनकी दोधारी तलवार से कांपती रहती थी। यहाँ तक कि उसने एक दिन पति से कहा- आप जरा जीजी को समझा दीजिए, क्यों मेरे पीछे पड़ी रहती हैं?

तोताराम ने तेज होकर कहा- तुम्हें कुछ कहा है, क्या?

'रोज़ ही कहती हैं। बात मुँह से निकालना मुश्किल है। अगर उन्हें इस बात की जलन हो कि यह मालकिन क्यों बनी हुई है, तो आप उन्हीं को रुपए-पैसे दीजिए, मुझे न चाहिए, यही मालकिन बनी रहें। मैं तो केवल इतना चाहती हूँ कि कोई मुझे ताने-मेहने न दिया करे।'

यह कहते-कहते निर्मला की आँखों से आँसू बहने लगे। तोताराम को अपना प्रेम दिखाने का यह बहुत ही अच्छा मौका मिला। बोले- मैं आज ही उनकी खबर लूँगा। साफ कह दूँगा, मुँह बन्द करके रहना है, तो रहो, नहीं

तो अपनी राह लो। इस घर की स्वामिनी वह नहीं है, तुम हो। वह केवल तुम्हारी सहायता के लिए हैं। अगर सहायता करने के बदले तुम्हें दिक करती हैं, तो उनके यहाँ रहने की जरूरत नहीं। मैंने सोचा था कि विधवा हैं, अनाथ हैं, पाव भर आटा खाएगी, पड़ी रहेंगी। जब और नौकर-चाकर खा रहे हैं, तो वह तो अपनी बहिन ही है। लड़कों की देखभाल के लिए एक औरत की जरूरत भी थी, रख लिया, लेकिन इसके यह माने नहीं कि वह तुम्हारे ऊपर शासन करें।

निर्मला ने फिर कहा- लड़कों को सिखा देती हैं कि जाकर माँ से पैसे मांगे, कभी कुछ-कभी कुछ। लड़के आकर मेरी जान खाते हैं। घड़ी भर लेटना मुश्किल हो जाता है। डांटती हूँ, तो वह आँखें लाल-पीली करके दौड़ती हैं। मुझे समझती हैं कि लड़कों को देखकर जलती है। ईश्वर जानते होंगे कि मैं बच्चों को कितना प्यार करती हूँ। आखिर मेरे ही बच्चे तो हैं। मुझे उनसे क्यों जलन होने लगी?

तोताराम क्रोध से कांप उठे। बोले- तुम्हें जो लड़का दिक करे, उसे पीट दिया करो। मैं भी देखता हूँ कि लौंडे शरीर हो गए हैं। मंसाराम को तो मैं बोर्डिंग हाउस में भेज दूँगा। बाकी दोनों को तो आज ही ठीक किये देता हूँ।

उस वक्त तोताराम कचहरी जा रहे थे, डांट-डपट करने का मौका न था, लेकिन कचहरी से लौटते ही उन्होंने घर में रुक्मिणी से कहा- क्यों बहिन, तुम्हें इस घर में रहना है या नहीं? अगर रहना है, शान्त होकर रहो। यह क्या कि दूसरों का रहना मुश्किल कर दो।

रुक्मिणी समझ गईं कि बहू ने अपना वार किया, पर वह दबने वाली औरत न थीं। एक तो उम्र में बड़ी तिस पर इसी घर की सेवा में जिन्दगी काट दी थी। किसकी मजाल थी कि उन्हें बेदखल कर दे! उन्हें भाई की इस क्षुद्रता पर आश्चर्य हुआ। बोलीं- तो क्या लौंडी बनाकर रखोगे? लौंडी बनकर रहना है, तो इस घर की लौंडी न बनूंगी। अगर तुम्हारी यह इच्छा हो कि घर में कोई आग लगा दे और मैं खड़ी देखा करूँ, किसी को बेराह चलते देखूं, तो चुप साध लूँ, जो जिसके मन में आए करे, मैं मिट्टी की देवी बनी रहूं, तो यह मुझसे न होगा। यह हुआ क्या, जो तुम इतना आपे से बाहर हो रहे हो? निकल गई सारी बुद्धिमानी, कल की लौंडिया चोटी पकड़कर नचाने लगी? कुछ पूछना न ताछना, बस, उसने तार खींचा और तुम काठ के सिपाही की तरह तलवार निकालकर खड़े हो गए।

तोता- सुनता हूँ, कि तुम हमेशा खुचर निकालती रहती हो, बात-बात पर ताने देती हो। अगर कुछ सीख देनी हो, तो उसे प्यार से, मीठे शब्दों में देनी चाहिए। तानों से सीख मिलने के बदले उलटा और जी जलने लगता है।

रुक्मिणी- तो तुम्हारी यह मर्जी है कि किसी बात में न बोलूँ, यही सही, लेकिन फिर यह न कहना, कि तुम घर में बैठी थीं, क्यों नहीं सलाह दी। जब मेरी बातें जहर लगती हैं, तो मुझे क्या कुत्ते ने काटा है, जो बोलूँ? मिसाल है- 'नाटों खेती, बहुरियों घर।' मैं भी देखूं, बहुरिया कैसे घर चलाती है!

इतने में सियाराम और जियाराम स्कूल से आ गए। आते ही आते दोनों बुआजी के पास जाकर खाने को मांगने लगे।

रुक्मिणी ने कहा- जाकर अपनी नई अम्मा से क्यों नहीं मांगते, मुझे बोलने का हुक्म नहीं है।

तोता- अगर तुम लोगों ने उस घर में कदम रखा, तो टांग तोड़ दूँगा। बदमाशी पर कमर बांधी है।

जियाराम जरा शोख था। बोला- उनको तो आप कुछ नहीं कहते, हमीं को धमकाते हैं। कभी पैसे नहीं देतीं।

सियाराम ने इस कथन का अनुमोदन किया- कहती हैं, मुझे दिक करोगे तो कान काट लूँगी। कहती है कि नहीं जिया?

निर्मला अपने कमरे से बोली- मैंने कब कहा था कि तुम्हारे कान काट लूँगी अभी से झूठ बोलने लगे?

इतना सुनना था कि तोताराम ने सियाराम के दोनों कान पकड़कर उठा लिया। लड़का जोर से चीख मारकर रोने लगा।

रुक्मिणी ने दौड़कर बच्चे को मुंशीजी के हाथ से छुड़ा लिया और बोलीं- बस, रहने भी दो, क्या बच्चे को मार डालोगे? हाय-हाय! कान लाल हो गया। सच कहा है, नई बीवी पाकर आदमी अन्धा हो जाता है। अभी से यह हाल है, तो इस घर के भगवान ही मालिक हैं।

निर्मला अपनी विजय पर मन-ही-मन प्रसन्न हो रही थी, लेकिन जब मुंशीजी ने बच्चे का कान पकड़कर उठा लिया, तो उससे न रहा गया। छुड़ाने को दौड़ी, पर रुक्मिणी पहले ही पहुँच गई थीं। बोलीं- पहले आग

लगा दी, अब बुझाने दौड़ी हो। जब अपने लड़के होंगे, तब आँखें खुलेंगी। पराई पीर क्या जानो?

निर्मला- खड़े तो हैं, पूछ लो न, मैंने क्या आग लगा दी? मैंने इतना ही कहा था कि लड़के मुझे पैसों के लिए बार-बार दिक करते हैं, इसके सिवाय जो मेरे मुँह से कुछ निकला हो, तो मेरे आँखें फूट जाएँ।

तोता- मैं खुद इन लौंडों की शरारत देखा करता हूँ, अन्धा थोड़े ही हूँ। तीनों जिद्दी और शरीर हो गए हैं। बड़े मियां को तो मैं आज ही होस्टल में भेजता हूँ।

रुक्मिणी- अब तक तुम्हें इनकी कोई शरारत न सूझी थी, आज आँखें क्यों इतनी तेज हो गईं?

तोताराम- तुम्हीं ने इन्हें इतना शोख कर रखा है।

रुक्मिणी- तो मैं ही विष की गांठ हूँ। मेरे ही कारण तुम्हारा घर चौपट हो रहा है। लो मैं जाती हूँ, तुम्हारे लड़के हैं, मारो चाहे काटो, न बोलूँगी।

यह कहकर वह वहाँ से चली गईं। निर्मला बच्चे को रोते देखकर विह्वल हो उठी। उसने उसे छाती से लगा लिया और गोद में लिए हुए अपने कमरे में लाकर उसे चुमकारने लगी, लेकिन बालक और भी सिसक-सिसक कर रोने लगा। उसका अबोध हृदय इस प्यार में वह मातृ-स्नेह न पाता था, जिससे दैव ने उसे वंचित कर दिया था। यह वात्सल्य न था, केवल दया थीं। यह वह वस्तु थी, जिस पर उसका कोई अधिकार न था, जो केवल भिक्षा के रूप में उसे दी जा रही थी। पिता ने पहले भी दो-एक बार मारा था, जब उसकी माँ जीवित थी, लेकिन तब उसकी माँ उसे छाती से लगाकर रोती न थी। वह अप्रसन्न होकर उससे बोलना छोड़ देती, यहाँ तक कि वह स्वयं थोड़ी ही देर के बाद कुछ भूलकर फिर माता के पास दौड़ा जाता था। शरारत के लिए सजा पाना तो उसकी समझ में आता था, लेकिन मार खाने पर चुमकारा जाना, उसकी समझ में न आता था।

मातृ-प्रेम में कठोरता होती थी, लेकिन मृदुलता से मिली हुई। इस प्रेम में करुणा थी, पर वह कठोरता न थी, जो आत्मीयता का गुप्त संदेश है। स्वस्थ अंग की परवाह कौन करता है? लेकिन वही अंग जब किसी वेदना से टपकने लगता है, तो उसे ठेस और धक्के से बचाने का यत्न किया जाता है। निर्मला का करुण रोदन, बालक को उसके अनाथ होने

की सूचना दे रहा था। वह बड़ी देर तक निर्मला की गोद में बैठा रोता रहा और रोते-रोते सो गया। निर्मला ने उसे चारपाई पर सुलाना चाहा, तो बालक ने सुषुप्तावस्था में अपनी दोनों कोमल बाहें उसकी गर्दन में डाल दीं और ऐसा चिपट गया, मानो नीचे कोई गढ़ा हो। शंका और भय से उसका मुख विकृत हो गया। निर्मला ने फिर बालक को गोद में उठा लिया, चारपाई पर न सुला सकी। इस समय बालक को गोद में लिए हुए उसे वह तुष्टि हो रही थी, जो अब तक कभी न हुई थी, आज पहली बार उसे आत्मवेदना हुई, जिसके ना आँख नहीं खुलती, अपना कर्तव्य-मार्ग नहीं समझता। वह मार्ग अब दिखायी देने लगा।

6

उस दिन अपने प्रगाढ़ प्रणय का सबल प्रमाण देने के बाद मुंशी तोताराम को आशा हुई थी कि निर्मला के मर्म-स्थल पर मेरा सिक्का जम जाएगा, लेकिन उनकी यह आशा लेशमात्र भी पूरी न हुई बल्कि पहले तो वह कभी-कभी उनसे हँसकर बोला भी करती थी, अब बच्चों ही के लालन-पालन में व्यस्त रहने लगी। जब घर आते, बच्चों को उसके पास बैठे पाते। कभी देखते कि उन्हें खिला रही है, कभी कपड़े पहना रही है, कभी कोई खेल खेला रही है और कभी कोई कहानी कह रही है। निर्मला का तृषित हृदय प्रणय की ओर से निराश होकर, इस अवलम्ब ही को गनीमत समझने लगा, बच्चों के साथ हँसने-बोलने में उसकी मातृ-कल्पना तृप्त होती थीं। पति के साथ हँसने-बोलने में उसे जो संकोच, जो अरुचि तथा जो अनिच्छा होती थी, यहाँ तक कि वह उठकर भाग जाना चाहती, उसके बदले बालकों के सच्चे, सरल स्नेह से चित्त प्रसन्न हो जाता था। पहले मंसाराम उसके पास आते हुए झिझकता था, लेकिन मानसिक विकास में पाँच साल छोटा। हॉकी और फुटबाल ही उसका संसार, उसकी कल्पनाओं का मुक्त-क्षेत्र तथा उसकी कामनाओं का हरा-भरा बाग था। इकहरे बदन का छरहरा, सुन्दर, हँसमुख, लज्जाशील बालक था, जिसका घर से केवल भोजन का नाता था, बाकी सारे दिन न जाने कहाँ घूमा करता। निर्मला उसके मुँह से खेल की बातें सुनकर थोड़ी देर के लिए अपनी चिन्ताओं को भूल जाती और चाहती थी एक बार फिर वही दिन

आ जाते, जब वह गुड़िया खेलती और उसके ब्याह रचाया करती थी और जिसे अभी थोड़े, बहुत ही थोड़े दिन गुजरे थे।

मुंशी तोताराम अन्य एकान्त-सेवी मनुष्यों की भांति विषयी जीव थे। कुछ दिनों तो वह निर्मला को सैर-तमाशे दिखाते रहे, लेकिन जब देखा कि इसका कुछ फल नहीं होता, तो फिर एकान्त-सेवन करने लगे। दिनभर के कठिन मासिक परिश्रम के बाद उनका चित्त आमोद-प्रमोद के लिए लालायित हो जाता, लेकिन जब अपनी विनोद-वाटिका में प्रवेश करते और उसके फूलों को मुरझाया, पौधों को सूखा और क्यारियों से धूल उड़ती हुई देखते, तो उनका जी चाहता- क्यों न इस वाटिका को उजाड़ दूँ? निर्मला उनसे क्यों विरक्त रहती है, इसका रहस्य उनकी समझ में न आता था। दम्पति शास्त्र के सारे मन्त्रों की परीक्षा कर चुके, पर मनोरथ पूरा न हुआ। अब क्या करना चाहिए, यह उनकी समझ में न आता था।

एक दिन वह इसी चिंता में बैठे हुए थे कि उनके सहपाठी मित्र नयनसुखराम आकर बैठ गए और सलाम-वलाम के बाद मुस्कराकर बोले- आजकल तो खूब गहरी छनती होगी। नई बीवी का आलिंगन करके जवानी का मजा आ जाता होगा? बड़े भाग्यवान हो! भई रूठी हुई जवानी को मनाने का इससे अच्छा कोई उपाय नहीं कि नया विवाह हो जाए। यहाँ तो जिन्दगी बवाल हो रही है। पत्नी जी इस बुरी तरह चिमटी हैं कि किसी तरह पिण्ड ही नहीं छोड़ती। मैं तो दूसरी शादी की फिक्र में हूँ। कहीं डौल हो, तो ठीक-ठाक कर दो। दस्तूरी में एक दिन तुम्हें, उसके हाथ के बने हुए पान खिला देंगे।

तोताराम ने गम्भीर भाव से कहा- कहीं ऐसी हिमाकत न कर बैठना, नहीं तो पछताओगे। लौंडियां तो लौंडों से ही खुश रहती हैं। हम तुम अब उस काम के नहीं रहे। सच कहता हूँ। मैं तो शादी करके पछता रहा हूँ, बुरी बला गले पड़ी! सोचा था, दो-चार साल और जिन्दगी का मजा उठा लूँ, पर उलटी आंतें गले पड़ीं।

नयनसुख- तुम क्या बातें करते हो। लौडियों को पंजों में लाना क्या मुश्किल बात है, जरा सैर-तमाशे दिखा दो, उनके रूप-रंग की तारीफ कर दो, बस, रंग जम गया।

तोता- यह सब कुछ कर-धरके हार गया।

नयन- अच्छा, कुछ इत्र-तेल, फूल-पत्ते, चाट-वाट का भी मजा चखाया?

तोता- अजी, यह सब कर चुका। दम्पत्ति-शास्त्र के सारे मन्त्रों का इम्तहान ले चुका, सब कोरी गप्पे हैं।

नयन- अच्छा, तो अब मेरी एक सलाह मानो, जरा अपनी सूरत बनवा लो। आजकल यहाँ एक बिजली के डॉक्टर आए हुए हैं, जो बुढ़ापे के सारे निशान मिटा देते हैं। क्या मजाल कि चेहरे पर एक झुर्रीया या सिर का बाल पका रह जाए। न जाने क्या जादू कर देते हैं कि आदमी का चोला ही बदल जाता है।

तोता- फीस क्या लेते हैं?

नयन- फीस तो सुना है, शायद पाँच सौ रुपए!

तोता- अजी, कोई पाखंडी होगा, बेवकूफों को लूट रहा होगा। कोई रोगन लगाकर दो-चार दिन के लिए जरा चेहरा चिकना कर देता होगा। इश्तहारी डॉक्टरों पर तो अपना विश्वास ही नहीं। दस-पाँच की बात होती, तो कहता, जरा दिल्लगी ही सही। पाँच सौ रुपए बड़ी रकम है।

नयन- तुम्हारे लिए पाँच सौ रुपए कौन बड़ी बात है। एक महीने की आमदनी है। मेरे पास तो भाई पाँच सौ रुपए होते, तो सबसे पहला काम यही करता। जवानी के एक घण्टे की कीमत पाँच सौ रुपए से कहीं ज्यादा है।

तोता- अजी, कोई सस्ता नुस्खा बताओ, कोई फकीरी जड़ी-बूटी जो कि बिना हर्र-फिटकरी के रंग चोखा हो जाए। बिजली और रेडियम बड़े आदमियों के लिए रहने दो। उन्हीं को मुबारक हो।

नयन- तो फिर रंगीलेपन का स्वांग रचो। यह ढीला-ढाला कोट फेंकों, तंजेब की चुस्त अचकन हो, चुन्नटदार पाजामा, गले में सोने की जंजीर पड़ी हुई, सिर पर जयपुरी साफा बांधा हुआ, आँखों में सुरमा और बालों में हिना का तेल पड़ा हुआ। तोंद का पिचकना भी जरूरी है। दोहरा कमरबन्द बांधो। जरा तकलीफ तो होगी, पर अचकन सज उठेगी। खिजाब मैं ला दूँगा। सौ-पचास गजलें याद कर लो और मौके-मौके से शेर पढ़ो। बातों में रस भरा हो। ऐसा मालूम हो कि तुम्हें दीन और दुनिया की कोई फिक्र नहीं है, बस, जो कुछ है, प्रियतमा ही है। जवांमर्दी और साहस के काम करने का मौका ढूंढते रहो। रात को झूठ-मूठ शोर करो- चोर-चोर और

तलवार लेकर अकेले पिल पड़ो। हाँ, जरा मौका देख लेना, ऐसा न हो कि सचमुच कोई चोर आ जाए और तुम उसके पीछे दौड़ो, नहीं तो सारी कलई खुल जाएगी और मुत के उल्लू बनोगे। उस वक्त तो जवांमर्दी इसी में है कि दम साधे खड़े रहो, जिससे वह समझे कि तुम्हें खबर ही नहीं हुई, लेकिन ज्योंही चोर भाग खड़ा हो, तुम भी उछलकर बाहर निकलो और तलवार लेकर 'कहाँ? कहाँ?' कहते दौड़ो। ज्यादा नहीं, एक महीना मेरी बातों का इम्तहान करके देखें। अगर वह तुम्हारी दम न भरने लगे, तो जो जुर्माना कहो, वह दूँ।

तोताराम ने उस वक्त तो यह बातें हँसी में उड़ा दीं, जैसा कि एक व्यवहार कुशल मनुष्य को करना चहिए था, लेकिन इसमें की कुछ बातें उसके मन में बैठ गई। उनका असर पड़ने में कोई संदेह न था। धीरे-धीरे रंग बदलने लगे, जिसमें लोग खटक न जाएँ। पहले बालों से शुरू किया, फिर सुरमे की बारी आई, यहाँ तक कि एक-दो महीने में उनका कलेवर ही बदल गया। गजलें याद करने का प्रस्ताव तो हास्यास्पद था, लेकिन वीरता की डींग मारने में कोई हानि न थी।

उस दिन से वह रोज़ अपनी जवांमर्दी का कोई-न-कोई प्रसंग अवश्य छेड़ देते। निर्मला को सन्देह होने लगा कि कहीं इन्हें उन्माद का रोग तो नहीं हो रहा है। जो आदमी मूंग की दाल और मोटे आटे के दो फुलके खाकर भी नमक सुलेमानी का मुहताज हो, उसके छैलेपन पर उन्माद का सन्देह हो, तो आश्चर्य ही क्या? निर्मला पर इस पागलपन का और क्या रंग जमता? हाँ, उसे उन पर दया आने लगी। क्रोध और घृणा का भाव जाता रहा। क्रोध और घृणा उन पर होती है, जो अपने होश में हो, पागल आदमी तो दया ही का पात्र है। वह बात-बात में उनकी चुटकियां लेती, उनका मजाक उड़ाती, जैसे लोग पागलों के साथ किया करते हैं। हाँ, इसका ध्यान रखती थी कि वह समझ न जाएँ। वह सोचती, बेचारा अपने पाप का प्रायश्चित कर रहा है। यह सारा स्वांग केवल इसलिए तो है कि मैं अपना दुःख भूल जाऊँ। आखिर अब भाग्य तो बदल सकता नहीं, इस बेचारे को क्यों जलाऊँ?

एक दिन रात को नौ बजे तोताराम बांके बने हुए सैर करके लौटे और निर्मला से बोले- आज तीन चोरों से सामना हो गया। जरा शिवपुर की तरफ चला गया था। अंधेरा था ही। ज्योंही रेल की सड़क के पास पहुँचा,

तो तीन आदमी तलवार लिए हुए न जाने किधर से निकल पड़े। यकीन मानो, तीनों काले देव थे। मैं बिल्कुल अकेला, पास में सिर्फ यह छड़ी थी। उधर तीनों तलवार बांधे हुए, होश उड़ गए। समझ गया कि जिन्दगी का यहीं तक साथ था, मगर मैंने भी सोचा, मरता ही हूँ, तो वीरों की मौत क्यों न मरूं। इतने में एक आदमी ने ललकार कर कहा- रख दे तेरे पास जो कुछ हो और चुपके से चला जा।

मैं छड़ी संभालकर खड़ा हो गया और बोला- मेरे पास तो सिर्फ यह छड़ी है और इसका मूल्य एक आदमी का सिर है।

मेरे मुँह से इतना निकलना था कि तीनों तलवार खींचकर, मुझ पर झपट पड़े और मैं उनके वारों को छड़ी पर रोकने लगा। तीनों झल्ला-झल्लाकर वार करते थे, खटाके की आवाज़ होती थी और मैं बिजली की तरह झपटकर उनके तारों को काट देता था। कोई दस मिनट तक तीनों ने खूब तलवार के जौहर दिखाये, पर मुझ पर रेफ तक न आई। मजबूरी यही थी कि मेरे हाथ में तलवार न थी। यदि कहीं तलवार होती, तो एक को जीता न छोड़ता। खैर, कहाँ तक बयान करूँ। उस वक्त मेरे हाथों की सफाई देखने काबिल थी। मुझे खुद आश्चर्य हो रहा था कि यह चपलता मुझमें कहाँ से आ गई। जब तीनों ने देखा कि यहाँ दाल नहीं गलने की, तो तलवार म्यान में रख ली और पीठ ठोककर बोले- जवान, तुम-सा वीर आज तक नहीं देखा। हम तीनों तीन सौ पर भारी गाँव-के-गाँव ढोल बजाकर लूटते हैं, पर आज तुमने हमें नीचा दिखा दिया। हम तुम्हारा लोहा मान गए। यह कहकर तीनों फिर नज़रों से गायब हो गए।

निर्मला ने गम्भीर भाव से मुस्कराकर कहा- इस छड़ी पर तो तलवार के बहुत से निशान बने हुए होंगे?

मुंशीजी इस शंका के लिए तैयार न थे, पर कोई जवाब देना आवश्यक था, बोले- मैं वारों को बराबर खाली कर देता। दो-चार चोटें छड़ी पर पड़ीं भी, तो उचटती हुई, जिनसे कोई निशान नहीं पड़ सकता था।

अभी उनके मुँह से पूरी बात भी न निकली थी कि सहसा रुक्मिणी देवी बदहवास दौड़ती हुई आईं और हाँफते हुए बोलीं- तोता है कि नहीं? मेरे कमरे में साँप निकल आया है। मेरी चारपाई के नीचे बैठा हुआ है। मैं उठकर भागी। मुआ कोई दो गज का होगा। फन निकाले फुफकार रहा है, जरा चलो तो। डंडा लेते चलना।

तोताराम के चेहरे का रंग उड़ गया, मुँह पर हवाइयां छूटने लगीं, मगर मन के भावों को छिपाकर बोले- साँप यहाँ कहाँ? तुम्हें धोखा हुआ होगा। कोई रस्सी होगी।

रुक्मिणी- अरे, मैंने अपनी आँखों देखा है। जरा चलकर देख लो न। हैं! हैं। मर्द होकर डरते हो?

मुंशीजी घर से तो निकले, लेकिन बरामदे में फिर ठिठक गए। उनके पांव ही न उठते थे कलेजा धड़-धड़ कर रहा था। साँप बड़ा क्रोधी जानवर है। कहीं काट ले तो मुफ्त में प्राण से हाथ धोना पड़े। बोले- डरता नहीं हूँ। साँप ही तो है, शेर तो नहीं, मगर साँप पर लाठी नहीं असर करती, जाकर किसी को भेजूं, किसी के घर से भाला लाए।

यह कहकर मुंशीजी लपके हुए बाहर चले गए। मंसाराम बैठा खाना खा रहा था। मुंशीजी तो बाहर चले गए, इधर वह खाना छोड़, अपनी हॉकी का डंडा हाथ में ले, कमरे में घुस ही तो पड़ा और तुरंत चारपाई खींच ली। साँप मस्त था, भागने के बदले फन निकालकर खड़ा हो गया। मंसाराम ने चटपट चारपाई की चादर उठाकर साँप के ऊपर फेंक दी और ताबड़तोड़ तीन-चार डंडे कसकर जमाये। साँप चादर के अंदर तड़प कर रह गया। तब उसे डंडे पर उठाये हुए बाहर चला। मुंशीजी कई आदमियों को साथ लिए चले आ रहे थे। मंसाराम को साँप लटकाए आते देखा, तो सहसा उनके मुँह से चीख निकल पड़ी, मगर फिर संभल गए और बोले- मैं तो आ ही रहा था, तुमने क्यों जल्दी की? दे दो, कोई फेंक आए।

यह कहकर बहादुरी के साथ रुक्मिणी के कमरे के द्वार पर जाकर खड़े हो गए और कमरे को खूब देखभाल कर मूंछों पर ताव देते हुए निर्मला के पास जाकर बोले- मैं जब तक आऊं- आऊं, मंसाराम ने मार डाला। बेसमझ लड़का डंडा लेकर दौड़ पड़ा। साँप हमेशा भाले से मारना चाहिए। यही तो लड़कों में ऐब है। मैंने ऐसे-ऐसे कितने साँप मारे हैं। साँप को खिला-खिलाकर मारता हूँ। कितनों ही को मुट्ठी से पकड़कर मसल दिया है।

रुक्मिणी ने कहा- जाओ भी, देख ली तुम्हारी मर्दानगी।

मुंशीजी झेंपकर बोले- अच्छा जाओ, मैं डरपोक ही सही, तुमसे कुछ इनाम तो नहीं मांग रहा हूँ। जाकर महाराज से कहो, खाना निकाले।

मुंशीजी तो भोजन करने गए और निर्मला द्वार की चौखट पर खड़ी सोच रही थी- भगवान्। क्या इन्हें सचमुच कोई भीषण रोग हो रहा है? क्या मेरी दशा को और भी दारुण बनाना चाहते हो? मैं इनकी सेवा कर सकती हूँ, सम्मान कर सकती हूँ, अपना जीवन इनके चरणों पर अर्पण कर सकती हूँ, लेकिन वह नहीं कर सकती, जो मेरे किये नहीं हो सकता। अवस्था का भेद मिटाना मेरे वश की बात नहीं। आखिर यह मुझसे क्या चाहते हैं- समझ गई। आह यह बात पहले ही नहीं समझी थी, नहीं तो इनको क्यों इतनी तपस्या करनी पड़ती क्यों इतने स्वांग भरने पड़ते।

7

उस दिन से निर्मला का रंग-ढंग बदलने लगा। उसने अपने को र्कतव्य पर मिटा देने का निश्चय कर दिया। अब तक नैराश्य के संताप में उसने कर्तव्य पर ध्यान ही न दिया था। उसके हृदय में विप्लव की ज्वाला-सी दहकती रहती थी, जिसकी असह्य वेदना ने उसे संज्ञाहीन-सा कर रखा था। अब उस वेदना का वेग शांत होने लगा। उसे ज्ञात हुआ कि मेरे लिए जीवन का कोई आंनद नहीं। उसका स्वप्न देखकर क्यों इस जीवन को नष्ट करूँ। संसार में सब-के-सब प्राणी सुख-सेज ही पर तो नहीं सोते। मैं भी उन्हीं अभागों में से हूँ। मुझे भी विधाता ने दुख की गठरी ढोने के लिए चुना है। वह बोझ सिर से उतर नहीं सकता। उसे फेंकना भी चाहूँ, तो नहीं फेंक सकती। उस कठिन भार से चाहें आँखों में अंधेरा छा जाए, चाहे गर्दन टूटने लगे, चाहे पैर उठाना दुस्तर हो जाए, लेकिन वह गठरी ढोनी ही पड़ेगी? उम्रभर का कैदी कहाँ तक रोएगा? रोए भी तो कौन देखता है? किसे उस पर दया आती है? रोने से काम में हर्ज होने के कारण उसे और यातनाएँ ही तो सहनी पड़ती हैं।

दूसरे दिन वकील साहब कचहरी से आए तो देखा- निर्मला की सहास्य मूर्ति अपने कमरे के द्वार पर खड़ी है। वह अनिन्द्य छवि देखकर उनकी आँखें तृप्त हो गईं। आज बहुत दिनों के बाद उन्हें यह कमल खिला हुआ दिखलाई दिया। कमरे में एक बड़ा-सा आईना दीवार में लटका हुआ था। उस पर एक परदा पड़ा रहता था। आज उसका परदा उठा हुआ था। वकील साहब ने कमरे में कदम रखा, तो शीशे पर निगाह पड़ी। अपनी

सूरत साफ-साफ दिखाई दी। उनके हृदय में चोट-सी लग गई। दिनभर के परिश्रम से मुख की कांति मलिन हो गई थी, भांति-भांति के पौष्टिक पदार्थ खाने पर भी गालों की झुर्रियां साफ दिखाई दे रही थीं। तोंद कसी होने पर भी किसी मुँहजोर घोड़े की भांति बाहर निकली हुई थी। आईने के ही सामने किन्तु दूसरी ओर ताकती हुई निर्मला भी खड़ी हुई थी। दोनों सूरतों में कितना अंतर था। एक रत्न जटित विशाल भवन, दूसरा टूटा-फूटा खंडहर। वह उस आईने की ओर न देख सके। अपनी यह हीनावस्था उनके लिए असह्य थी। वह आईने के सामने से हट गए, उन्हें अपनी ही सूरत से घृणा होने लगी। फिर इस रूपवती कामिनी को उनसे घृणा करना कोई आश्चर्य की बात न थी। निर्मला की ओर ताकने का भी उन्हें साहस न हुआ। उसकी यह अनुपम छवि उनके हृदय का शूल बन गई।

निर्मला ने कहा- आज इतनी देर कहाँ लगाई? दिनभर राह देखते-देखते आँखे फूट जाती हैं।

तोताराम ने खिड़की की ओर ताकते हुए जवाब दिया- मुकदमों के मारे दम मारने की छुट्टी नहीं मिलती। अभी एक मुकदमा और था, लेकिन मैं सिरदर्द का बहाना करके भाग खड़ा हुआ।

निर्मला- तो क्यों इतने मुकदमे लेते हो? काम उतना ही करना चाहिए जितना आराम से हो सके। प्राण देकर थोड़े ही काम किया जाता है। मत लिया करो, बहुत मुकदमे। मुझे रुपयों का लालच नहीं। तुम आराम से रहोगे, तो रुपए बहुत मिलेंगे।

तोताराम- भई, आती हुई लक्ष्मी भी तो नहीं ठुकराई जाती।

निर्मला- लक्ष्मी अगर रक्त और मांस की भेंट लेकर आती है, तो उसका न आना ही अच्छा। मैं धन की भूखी नहीं हूँ।

इसी वक्त मंसाराम भी स्कूल से लौटा। धूप में चलने के कारण मुख पर पसीने की बूंदे आई हुई थीं, गोरे मुखड़े पर खून की लाली दौड़ रही थी, आँखों से ज्योति-सी निकलती मालूम होती थी। द्वार पर खड़ा होकर बोला- अम्मा जी, लाइए, कुछ खाने का निकालिए, जरा खेलने जाना है।

निर्मला जाकर गिलास में पानी लाई और एक तश्तरी में कुछ मेवे रखकर मंसाराम को दिए। मंसाराम जब खाकर चलने लगा, तो निर्मला ने पूछा- कब तक आओगे?

मंसाराम- कह नहीं सकता, गोरों के साथ हॉकी का मैच है। बारक यहाँ से बहुत दूर है।

निर्मला- भई, जल्द आना। खाना ठण्डा हो जाएगा, तो कहोगे मुझे भूख नहीं है।

मंसाराम ने निर्मला की ओर सरल स्नेह भाव से देखकर कहा- मुझे देर हो जाए तो समझ लीजिएगा, वहीं खा रहा हूँ। मेरे लिए बैठने की जरूरत नहीं।

वह चला गया, तो निर्मला बोली- पहले तो घर में आते ही न थे, मुझसे बोलते शर्माते थे। किसी चीज़ की जरूरत होती, तो बाहर से ही मंगवा भेजते। जब से मैंनें बुलाकर कहा, तब से आने लगे हैं।

तोताराम ने कुछ चिढ़कर कहा- यह तुम्हारे पास खाने-पीने की चीज़ें मांगने क्यों आता है? दीदी से क्यों नही कहता?

निर्मला ने यह बात प्रशंसा पाने के लोभ से कही थी। वह यह दिखाना चाहती थी कि मैं तुम्हारे लड़कों को कितना चाहती हूँ। यह कोई बनावटी प्रेम न था। उसे लड़कों से सचमुच स्नेह था। उसके चरित्र में अभी तक बाल-भाव ही प्रधान था, उसमें वही उत्सुकता, वही चंचलता, वही विनोदप्रियता विद्यमान थी और बालकों के साथ उसकी ये बालवृत्तियां प्रस्फुटित होती थीं। पत्नी-सुलभ ईर्ष्या अभी तक उसके मन में उदय नहीं हुई थी, लेकिन पति के प्रसन्न होने के बदले नाक-भौं सिकोड़ने का आशय न समझकर बोली- मैं क्या जानूं, उनसे क्यों नहीं मांगते? मेरे पास आते हैं, तो दुत्कार नहीं देती। अगर ऐसा करूँ, तो यही होगा कि यह लड़कों को देखकर जलती है।

मुंशीजी ने इसका कुछ जवाब न दिया, लेकिन आज उन्होंने मुवक्किलों से बातें नहीं कीं, सीधे मंसाराम के पास गए और उसका इम्तहान लेने लगे। यह जीवन में पहला ही अवसर था कि इन्होंने मंसाराम या किसी लड़के की शिक्षोन्नति के विषय में इतनी दिलचस्पी दिखायी हो। उन्हें अपने काम से सिर उठाने की फुरसत ही न मिलती थी। उन्हें इन विषयों को पढ़े हुए चालीस वर्ष के लगभग हो गए थे। तब से उनकी ओर आँख तक न उठाई थी। वह कानूनी पुस्तकों और पत्रों के सिवा और कुछ पढ़ते ही न थे। इसका समय ही न मिलता, पर आज उन्हीं विषयों में मंसाराम

की परीक्षा लेने लगे। मंसाराम जहीन था और इसके साथ ही मेहनती भी था। खेल में भी टीम का कैप्टन होने पर भी वह क्लास में प्रथम रहता था। जिस पाठ को एक बार देख लेता, पत्थर की लकीर हो जाती थी। मुंशीजी को उतावली में ऐसे मार्मिक प्रश्न तो सूझे नहीं, जिनके उत्तर देने में चतुर लड़के को भी कुछ सोचना पड़ता और ऊपरी प्रश्नों को मंसाराम से चुटकियों में उड़ा दिया। कोई सिपाही अपने शत्रु पर वार खाली जाते देखकर, जैसे झल्ला-झल्लाकर और भी तेजी से वार करता है, उसी भांति मंसाराम के जवाबों को सुन-सुनकर वकील साहब भी झल्लाते थे। वह कोई ऐसा प्रश्न करना चाहते थे, जिसका जवाब मंसाराम से न बन पड़े। देखना चाहते थे कि इसका कमजोर पहलू कहाँ है। यह देखकर अब उन्हें संतोष न हो सकता था कि वह क्या करता है। वह यह देखना चाहते थे कि यह क्या नहीं कर सकता। कोई अभ्यस्त परीक्षक मंसाराम की कमजोरियों को आसानी से दिखा देता, पर वकील साहब अपनी आधी शताब्दी की भूली हुई शिक्षा के आधार पर इतने सफल कैसे होते? अंत में उन्हें अपना गुस्सा उतारने के लिए कोई बहाना न मिला तो बोले- मैं देखता हूँ, तुम सारे दिन इधर-उधर मटरगश्ती किया करते हो, मैं तुम्हारे चरित्र को तुम्हारी बुद्धि से बढ़कर समझता हूँ और तुम्हारा यों आवारा घूमना मुझे कभी गवारा नहीं हो सकता।

मंसाराम ने निर्भीकता से कहा- मैं शाम को एक घण्टा खेलने के लिए जाने के सिवा दिनभर कहीं नहीं जाता। आप अम्मा या बुआजी से पूछ लें। मुझे खुद इस तरह घूमना पसंद नहीं। हाँ, खेलने के लिए हेड मास्टर साहब आग्रह करके बुलाते हैं, तो मजबूरन जाना पड़ता है। अगर आपको मेरा खेलने जाना पसंद नहीं है, तो कल से न जाऊँगा।

मुंशीजी ने देखा कि बातें दूसरी ही रुख पर जा रही हैं, तो तीव्र स्वर में बोले- मुझे इस बात का इत्मीनान क्योंकर हो कि खेलने के सिवा कहीं नहीं घूमने जाते? मैं बराबर शिकायतें सुनता हूँ।

मंसाराम ने उत्तेजित होकर कहा- किन महाशय ने आपसे यह शिकायत की है, जरा मैं भी तो सुनूं?

वकील- कोई हो, इससे तुमसे कोई मतलब नहीं। तुम्हें इतना विश्वास होना चाहिए कि मैं झूठा आक्षेप नहीं करता।

मंसाराम- अगर मेरे सामने कोई आकर कह दे कि मैंने इन्हें कहीं घूमते देखा है, तो मुँह न दिखाऊं।

वकील- किसी को ऐसी क्या गरज पड़ी है कि तुम्हारे मुँह पर तुम्हारी शिकायत करे और तुमसे वैर मोल ले? तुम अपने दो-चार साथियों को लेकर उसके घर की खपरैल फोड़ते फिरो। मुझसे इस किस्म की शिकायत एक आदमी ने नहीं, कई आदमियों ने की है और कोई वजह नहीं है कि मैं अपने दोस्तों की बात पर विश्वास न करूँ। मैं चाहता हूँ कि तुम स्कूल ही में रहा करो।

मंसाराम ने मुँह गिराकर कहा- मुझे वहाँ रहने में कोई आपत्ति नहीं है, जब से कहिए, चला जाऊँ।

वकील- तुमने मुँह क्यों लटका लिया? क्या वहाँ रहना अच्छा नहीं लगता? ऐसा मालूम होता है, मानो वहाँ जाने के भय से तुम्हारी नानी मरी जा रही है। आखिर बात क्या है, वहाँ तुम्हें क्या तकलीफ होगी?

मंसाराम छात्रालय में रहने के लिए उत्सुक नहीं था, लेकिन जब मुंशीजी ने यही बात कह दी और इसका कारण पूछा, सो वह अपनी झेंप मिटाने के लिए प्रसन्नचित्त होकर बोला- मुँह क्यों लटकाऊं? मेरे लिए जैसे बोर्डिंग हाउस। तकलीफ भी कोई नहीं, और हो भी तो उसे सह सकता हूँ। मैं कल से चला जाऊँगा। हाँ अगर जगह न खाली हुई, तो मजबूरी है।

मुंशीजी वकील थे। समझ गए कि यह लौंडा कोई ऐसा बहाना ढूंढ रहा है, जिसमें मुझे वहाँ जाना भी न पड़े और कोई इल्जाम भी सिर पर न आए। बोले- सब लड़कों के लिए जगह है, तुम्हारे ही लिए जगह न होगी?

मंसाराम- कितने ही लड़कों को जगह नहीं मिली और वे बाहर किराये के मकानों में पड़े हुए हैं। अभी बोर्डिंग हाउस में एक लड़के का नाम कट गया था, तो पचास अर्जियां उस जगह के लिए आई थीं।

वकील साहब ने ज्यादा तर्क-वितर्क करना उचित नहीं समझा। मंसाराम को कल तैयार रहने की आज्ञा देकर अपनी बग्घी तैयार करायी और सैर करने चल गए। इधर कुछ दिनों से वह शाम को प्रायः सैर करने चले जाए करते थे। किसी अनुभवी प्राणी ने बतलाया था कि दीर्घ जीवन के लिए इससे बढ़कर कोई मंत्र नहीं है। उनके जाने के बाद मंसाराम आकर रुक्मिणी से बोला बुआजी, बाबूजी ने मुझे कल से स्कूल में रहने को कहा है।

रुक्मिणी ने विस्मित होकर पूछा- क्यों?

मंसाराम- मैं क्या जानू? कहने लगे कि तुम यहाँ आवारों की तरह इधर-उधर फिरा करते हो।

रुक्मिणी- तूने कहा नहीं कि मैं कहीं नहीं जाता।

मंसाराम- कहा क्यों नहीं, मगर वह जब मानें भी।

रुक्मिणी- तुम्हारी नई अम्मा जी की कृपा होगी और क्या?

मंसाराम- नहीं, बुआजी, मुझे उन पर संदेह नहीं है, वह बेचारी भूल से कभी कुछ नहीं कहतीं। कोई चीज़ मांगने जाता हूँ, तो तुरन्त उठाकर दे देती हैं।

रुक्मिणी- तू यह त्रिया-चरित्र क्या जाने, यह उन्हीं की लगाई हुई आग है। देख, मैं जाकर पूछती हूँ।

रुक्मिणी झल्लाई हुई निर्मला के पास जा पहुँची। उसे आड़े हाथों लेने का, कांटों में घसीटने का, तानों से छेदने का, रुलाने का सुअवसर वह हाथ से न जाने देती थी। निर्मला उनका आदर करती थी, उनसे दबती थी, उनकी बातों का जवाब तक न देती थी। वह चाहती थी कि यह सिखावन की बातें कहें, जहाँ मैं भूलूँ वहाँ सुधारें, सब कामों की देख-रेख करती रहें, पर रुक्मिणी उससे तनी ही रहती थी।

निर्मला चारपाई से उठकर बोली- आइए दीदी, बैठिए।

रुक्मिणी ने खड़े-खड़े कहा- मैं पूछती हूँ क्या तुम सबको घर से निकालकर अकेले ही रहना चाहती हो?

निर्मला ने कातर भाव से कहा- क्या हुआ दीदी जी? मैंने तो किसी से कुछ नहीं कहा।

रुक्मिणी- मंसाराम को घर से निकाले देती हो, तिस पर कहती हो, मैंने तो किसी से कुछ नहीं कहा। क्या तुमसे इतना भी देखा नहीं जाता?

निर्मला- दीदी जी, तुम्हारे चरणों को छूकर कहती हूँ, मुझे कुछ नहीं मालूम। मेरी आँखे फूट जाएँ, अगर उसके विषय में मुँह तक खोला हो।

रुक्मिणी- क्यों व्यर्थ कसमें खाती हो। अब तक तोताराम कभी लड़के से नहीं बोलते थे। एक हफ्ते के लिए मंसाराम ननिहाल चला गया था, तो इतने घबराए कि खुद जाकर लिवा लाए। अब इसी मंसाराम को घर से निकालकर स्कूल में रखे देते हैं। अगर लड़के का बाल भी बांका हुआ,

तो तुम जानोगी। वह कभी बाहर नहीं रहा, उसे न खाने की सुध रहती है, न पहनने की- जहाँ बैठता, वहीं सो जाता है। कहने को तो जवान हो गया, पर स्वभाव बालकों-सा है। स्कूल में उसकी मरन हो जाएगी। वहाँ किसे फिक्र है कि इसने खाया या नहीं, कहाँ कपड़े उतारे, कहाँ सो रहा है। जब घर में कोई पूछने वाला नहीं, तो बाहर कौन पूछेगा मैंने तुम्हें चेता दिया, आगे तुम जानो, तुम्हारा काम जाने।

यह कहकर रुक्मिणी वहाँ से चली गई।

वकील साहब सैर करके लौटे, तो निर्मला न तुरंत यह विषय छेड़ दिया- मंसाराम से वह आजकल थोड़ी अंग्रेजी पढ़ती थी। उसके चले जाने पर फिर उसके पढ़ने का हरज न होगा? दूसरा कौन पढ़ाएगा? वकील साहब को अब तक यह बात न मालूम थी। निर्मला ने सोचा था कि जब कुछ अभ्यास हो जाएगा, तो वकील साहब को एक दिन अंग्रेजी में बातें करके चकित कर दूँगी। कुछ थोड़ा-सा ज्ञान तो उसे अपने भाइयों से ही हो गया था। अब वह नियमित रूप से पढ़ रही थी। वकील साहब की छाती पर साँप-सा लोट गया, त्योरियां बदलकर बोले- वे कब से पढ़ा रहा है, तुम्हें। मुझसे तुमने कभी नहीं कहा।

निर्मला ने उनका यह रूप केवल एक बार देखा था, जब उन्होंने सियाराम को मारते-मारते बेदम कर दिया था। वही रूप और भी विकराल बनकर आज उसे फिर दिखाई दिया। सहमती हुई बोली- उनके पढ़ने में तो इससे कोई हरज नहीं होता, मैं उसी वक्त उनसे पढ़ती हूँ, जब उन्हें फुरसत रहती है। पूछ लेती हूँ कि तुम्हारा हरज होता हो, तो जाओ। बहुधा जब वह खेलने जाने लगते हैं, तो दस मिनट के लिए रोक लेती हूँ। मैं खुद चाहती हूँ कि उनका नुकसान न हो।

बात कुछ न थी, मगर वकील साहब हताश से होकर चारपाई पर गिर पड़े और माथे पर हाथ रखकर चिंता में मग्न हो गए। उन्होंने जितना समझा था, बात उससे कहीं अधिक बढ़ गई थी। उन्हें अपने ऊपर क्रोध आया कि मैंने पहले ही क्यों न इस लौंडे को बाहर रखने का प्रबंध किया। आजकल जो यह महारानी इतनी खुश दिखाई देती हैं, इसका रहस्य अब समझ में आया। पहले कभी कमरा इतना सजा-सजाया न रहता था, बनाव-चुनाव भी न करती थीं, पर अब देखता हूँ कायापलट-सी हो गई है। जी में तो आया कि इसी वक्त चलकर मंसाराम को निकाल दें, लेकिन प्रौढ़ बुद्धि ने

समझाया कि इस अवसर पर क्रोध की जरूरत नहीं। कहीं इसने भांप लिया, तो गजब ही हो जाएगा। हाँ, जरा इसके मनोभावों को टटोलना चाहिए। बोले- यह तो मैं जानता हूँ कि तुम्हें दो-चार मिनट पढ़ाने से उसका हरज नहीं होता, लेकिन आवारा लड़का है, अपना काम न करने का उसे एक बहाना तो मिल जाता है। कल अगर फेल हो गया, तो साफ कह देगा- मैं तो दिन भर पढ़ाता रहता था। मैं तुम्हारे लिए कोई मिस नौकर रख दूँगा। कुछ ज्यादा खर्च न होगा। तुमने मुझसे पहले कहा ही नहीं। यह तुम्हें भला क्या पढ़ाता होगा, दो-चार शब्द बताकर भाग जाता होगा। इस तरह तो तुम्हें कुछ भी न आएगा।

निर्मला ने तुरन्त इस आक्षेप का खंडन किया- नहीं, यह बात तो नहीं। वह मुझे दिल लगाकर पढ़ाते हैं और उनकी शैली भी कुछ ऐसी है कि पढ़ने में मन लगता है। आप एक दिन जरा उनका समझाना देखिए। मैं तो समझती हूँ कि मिस इतने ध्यान से न पढ़ाएगी।

मुंशीजी अपनी प्रश्न-कुशलता पर मूंछों पर ताव देते हुए बोले- दिन में एक ही बार पढ़ाता है या कई बार?

निर्मला अब भी इन प्रश्नों का आशय न समझी। बोली- पहले तो शाम ही को पढ़ा देते थे, अब कई दिनों से एक बार आकर लिखना भी देख लेते हैं। वह तो कहते हैं कि मैं अपनी क्लास में सबसे अच्छा हूँ। अभी परीक्षा में इन्हीं को प्रथम स्थान मिला था, फिर आप कैसे समझते हैं कि उनका पढ़ने में जी नहीं लगता? मैं इसलिए और भी कहती हूँ कि दीदी समझेंगी, इसी ने यह आग लगाई है। मुफ्त में मुझे ताने सुनने पड़ेंगे। अभी जरा ही देर हुई, धमकाकर गई हैं।

मुंशीजी ने दिल में कहा- खूब समझता हूँ। तुम कल की छोकरी होकर मुझे चराने चलीं। दीदी का सहारा लेकर अपना मतलब पूरा करना चाहती हैं। बोले- मैं नहीं समझता, बोर्डिंग का नाम सुनकर क्यों लौंडे की नानी मरती है। और लड़के खुश होते हैं कि अब अपने दोस्तों में रहेंगे, यह उलटे रो रहा है। अभी कुछ दिन पहले तक यह दिल लगाकर पढ़ता था, यह उसी मेहनत का नतीजा है कि अपने क्लास में सबसे अच्छा है, लेकिन इधर कुछ दिनों से इसे सैर-सपाटे का चस्का पड़ चला है। अगर अभी से रोकथाम न की गई, तो पीछे करते-धरते न बन पड़ेगा। तुम्हारे लिए मैं एक मिस रख दूँगा।

दूसरे दिन मुंशीजी प्रातःकाल कपड़े-लत्ते पहनकर बाहर निकले। दीवानखाने में कई मुवक्किल बैठे हुए थे। इनमें एक राजा साहब भी थे, जिनसे मुंशीजी को कई हज़ार सालाना मेहनताना मिलता था, मगर मुंशीजी उन्हें वहीं बैठे छोड़ दस मिनट में आने का वादा करके बग्घी पर बैठकर स्कूल के हेडमास्टर के यहाँ जा पहुँचे। हेडमास्टर साहब बड़े सज्जन पुरुष थे। वकील साहब का बहुत आदर-सत्कार किया, पर उनके यहा एक लड़के की भी जगह खाली न थी। सभी कमरे भरे हुए थे। इंस्पेक्टर साहब की कड़ी ताकीद थी कि मुफस्सिल के लड़कों को जगह देकर तब शहर के लड़कों को दिया जाए। इसीलिए यदि कोई जगह खाली भी हुई, तो भी मंसाराम को जगह न मिल सकेगी, क्योंकि कितने ही बाहरी लड़कों के प्रार्थना-पत्र रखे हुए थे। मुंशीजी वकील थे, रात दिन ऐसे प्राणियों से साबिका रहता था, जो लोभवश असंभव का भी संभव, असाध्य को भी साध्य बना सकते हैं। समझे शायद कुछ दे-दिलाकर काम निकल जाए, दफ्तर क्लर्क से ढंग की कुछ बातचीत करनी चाहिए, पर उसने हँसकर कहा- मुंशीजी यह कचहरी नहीं, स्कूल है। हैडमास्टर साहब के कानों में इसकी भनक भी पड़ गई, तो जामे से बाहर हो जाएँगे और मंसाराम को खड़े-खड़े निकाल देंगे। संभव है, अफसरों से शिकायत कर दें। बेचारे मुंशीजी अपना-सा मुँह लेकर रह गए। दस बजते-बजते झुंझलाए हुए घर लौटे। मंसाराम उसी वक्त घर से स्कूल जाने को निकला मुंशीजी ने कठोर नेत्रों से उसे देखा, मानो वह उनका शत्रु हो और घर में चले गए।

इसके बाद दस-बारह दिनों तक वकील साहब का यही नियम रहा कि कभी सुबह कभी शाम, किसी-न-किसी स्कूल के हेडमास्टर से मिलते और मंसाराम को बोर्डिंग हाउस में दाखिल करने की चेष्टा करते, पर किसी स्कूल में जगह न थी। सभी जगहों से कोरा जवाब मिल गया। अब दो ही उपाय थे- या तो मंसाराम को अलग किराये के मकान में रख दिया जाए या किसी दूसरे स्कूल में भर्ती करा दिया जाए। ये दोनों बातें आसान थीं। मुफस्सिल के स्कूलों में जगह अक्सर खाली रहती थी, लेकिन अब मुंशीजी का शंकित हृदय कुछ शांत हो गया था। उस दिन से उन्होंने मंसाराम को कभी घर में जाते न देखा। यहाँ तक कि अब वह खेलने भी न जाता था। स्कूल जाने के पहले और आने के बाद, बराबर अपने कमरे में बैठा रहता। गर्मी के दिन थे, खुले हुए मैदान में भी देह से पसीने की धारें निकलती

थीं, लेकिन मंसाराम अपने कमरे से बाहर न निकलता। उसका आत्माभिमान आवारापन के आक्षेप से मुक्त होने के लिए विकल हो रहा था। वह अपने आचरण से इस कलंक को मिटा देना चाहता था।

एक दिन मुंशीजी बैठे भोजन कर रहे थे, कि मंसाराम भी नहाकर खाने आया, मुंशीजी ने इधर उसे महीनों से नंगे बदन न देखा था। आज उस पर निगाह पड़ी, तो होश उड़ गए। हड्डियों का ढांचा सामने खड़ा था। मुख पर अब भी ब्रह्मचर्य का तेज था, पर देह घुलकर कांटा हो गई थी। पूछा- आजकल तुम्हारी तबीयत अच्छी नहीं है, क्या? इतने दुर्बल क्यों हो?

मंसाराम ने धोती ओढ़कर कहा- तबीयत तो बिल्कुल अच्छी है।

मुंशीजी- फिर इतने दुर्बल क्यों हो?

मंसाराम- दुर्बल तो नहीं हूँ। मैं इससे ज्यादा मोटा कब था?

मुंशीजी- वाह, आधी देह भी नहीं रही और कहते हो, मैं दुर्बल नहीं हूँ? क्यों दीदी, यह ऐसा ही था?

रुक्मिणी आंगन में खड़ी तुलसी को जल चढ़ा रही थी, बोली- दुबला क्यों होगा, अब तो बहुत अच्छी तरह लालन-पालन हो रहा है। मैं गंवारिन थी, लड़कों को खिलाना-पिलाना नहीं जानती थी। खोमचा खिला-खिलाकर इनकी आदत बिगाड़ देते थी। अब तो एक पढ़ी-लिखी, गृहस्थी के कामों में चतुर औरत पान की तरह फेर रही है न! दुबला हो उसका दुश्मन।

मुंशीजी- दीदी, तुम बड़ा अन्याय करती हो। तुमसे किसने कहा कि लड़कों को बिगाड़ रही हो। जो काम दूसरों के किए न हो सके, वह तुम्हें खुद करने चाहिए। यह नहीं कि घर से कोई नाता न रखो। जो अभी खुद लड़की है, वह लड़कों की देख-रेख क्या करेगी? यह तुम्हारा काम है।

रुक्मिणी- जब तक अपना समझती थी, करती थी। जब तुमने गैर समझ लिया, तो मुझे क्या पड़ी है कि मैं तुम्हारे गले से चिपटूं? पूछो, कै दिन से दूध नहीं पिया? जाके कमरे में देख आओ, नाश्ते के लिए जो मिठाई भेजी गई थी, वह पड़ी सड़ रही है। मालकिन समझती हैं, मैंने तो खाने का सामान रख दिया, कोई न खाए तो क्या मैं मुँह में डाल दूँ? तो भैया, इस तरह वे लड़के पलते होंगे, जिन्होंने कभी लाड़-प्यार का सुख नहीं देखा। तुम्हारे लड़के बराबर पान की तरह फेरे जाते रहे हैं, अब अनाथों की तरह रहकर सुखी नहीं रह सकते। मैं तो बात साफ कहती हूँ। बुरा

मानकर ही कोई क्या कर लेगा? उस पर सुनती हूँ कि लड़के को स्कूल में रखने का प्रबंध कर रहे हो। बेचारे को घर में आने तक की मनाही है। मेरे पास आते भी डरता है, और फिर मेरे पास रखा ही क्या रहता है, जो जाकर खिलाऊंगी।

इतने में मंसाराम दो फुलके खाकर उठ खड़ा हुआ। मुंशीजी ने पूछा- क्या दो ही फुलके तो लिए थे। अभी बैठे एक मिनट से ज्यादा नहीं हुआ। तुमने खाया क्या, दो ही फुलके तो लिए थे।

मंसाराम ने सकुचाते हुए कहा- दाल और तरकारी भी तो थी। ज्यादा खा जाता हूँ, तो गला जलने लगता है, खट्टी डकारें आने लगतीं हैं।

मुंशीजी भोजन करके उठे तो बहुत चिंतित थे। अगर यों ही दुबला होता गया, तो उसे कोई भंयकर रोग पकड़ लेगा। उन्हें रुक्मिणी पर इस समय बहुत क्रोध आ रहा था। उन्हें यही जलन है कि मैं घर की मालकिन नहीं हूँ। यह नहीं समझतीं कि मुझे घर की मालकिन बनने का क्या अधिकार है? जिसे रुपया का हिसाब तक नहीं अता, वह घर की स्वामिनी कैसे हो सकती है? बनीं तो थीं सालभर तक मालकिन, एक पाई की बचत न होती थी। इस आमदनी में रूप कला दो-ढाई सौ रुपए बचा लेती थी। इनके राज में वही आमदनी खर्च को भी पूरी न पड़ती थी। कोई बात नहीं, लाड़-प्यार ने इन लड़कों को चौपट कर दिया। इतने बड़े-बड़े लड़कों को इसकी क्या जरूरत कि जब कोई खिलाए तो खाएं। इन्हें तो खुद अपनी फिक्र करनी चाहिए। मुंशी जी दिनभर उसी उधेड़-बुन में पड़े रहे। दो-चार मित्रों से भी जिक्र किया। लोगों ने कहा- उसके खेल-कूद में बाधा न डालिए, अभी से उसे कैद न कीजिए, खुली हवा में चरित्र के भ्रष्ट होने की उससे कम संभावना है, जितना बन्द कमरे में। कुसंगत से जरूर बचाइए, मगर यह नहीं कि उसे घर से निकलने ही न दीजिए। युवावस्था में एकान्तवास चरित्र के लिए बहुत ही हानिकारक है। मुंशीजी को अब अपनी गलती मालूम हुई। घर लौटकर मंसाराम के पास गए। वह अभी स्कूल से आया था और बिना कपड़े उतारे, एक किताब सामने खोलकर, सामने खिड़की की ओर ताक रहा था। उसकी दृष्टि एक भिखारिन पर लगी हुई थी, जो अपने बालक को गोद में लिए भिक्षा मांग रही थी। बालक माता की गोद में बैठा ऐसा प्रसन्न था, मानो वह किसी राजसिंहासन पर बैठा हो। मंसाराम उस बालक को देखकर रो पड़ा। यह बालक क्या मुझसे अधिक सुखी नहीं

है? इस अनन्त विश्व में ऐसी कौन-सी वस्तु है, जिसे वह इस गोद के बदले पाकर प्रसन्न हो? ईश्वर भी ऐसी वस्तु की सृष्टि नहीं कर सकते। ईश्वर ऐसे बालकों को जन्म ही क्यों देते हो, जिनके भाग्य में मातृ-वियोग का दुख भोगना बदा है? आज मुझ-सा अभागा संसार में और कौन है? किसे मेरे खाने-पीने की, मरने-जीने की सुध है। अगर मैं आज मर भी जाऊँ, तो किसके दिल को चोट लगेगी। पिता को अब मुझे रुलाने में मजा आता है, वह मेरी सूरत भी नहीं देखना चाहते, मुझे घर से निकाल देने की तैयारियाँ हो रही हैं। आह माता! तुम्हारा लाडला बेटा आज आवारा कहाँ जा रहा है। वही पिताजी, जिनके हाथ में तुमने हम तीनों भाइयों के हाथ पकड़ाए थे, आज मुझे आवारा और बदमाश कह रहे हैं। मैं इस योग्य भी नहीं कि इस घर में रह सकूं। यह सोचते-सोचते मंसाराम अपार वेदना से फूट-फूटकर रोने लगा।

उसी समय तोताराम कमरे में आकर खड़े हो गए। मंसाराम ने चटपट आँसू पोंछ डाले और सिर झुकाकर खड़ा हो गया। मुंशीजी ने शायद यह पहली बार उसके कमरे में कदम रखा था। मंसाराम का दिल धड़-धड़ करने लगा कि देखें आज क्या आफत आती है। मुंशीजी ने उसे रोते देखा, तो एक क्षण के लिए उनका वात्सल्य घोर निद्रा से चौंक पड़ा घबराकर बोले- क्यों, रोते क्यों हो बेटा। किसी ने कुछ कहा है?

मंसाराम ने बड़ी मुश्किल से उमड़ते हुए आँसुओं को रोककर कहा- जी नहीं, रोता तो नहीं हूँ।

मुंशीजी- तुम्हारी अम्मा ने तो कुछ नहीं कहा?

मंसाराम- जी नहीं, वह तो मुझसे बोलती ही नहीं।

मुंशीजी- क्या करूँ बेटा, शादी तो इसलिए की थी कि बच्चों को माँ मिल जाएगी, लेकिन वह आशा पूरी नहीं हुई, तो क्या बिल्कुल नहीं बोलतीं?

मंसाराम- जी नहीं, इधर महीनों से नहीं बोलीं।

मुंशीजी- विचित्र स्वभाव की औरत है, मालूम ही नहीं होता कि क्या चाहती है? मैं जानता कि उसका ऐसा मिजाज होगा, तो कभी शादी न करता रोज़ एक-न-एक बात लेकर उठ खड़ी होती है। उसी ने मुझसे कहा था कि यह दिनभर न जाने कहाँ गायब रहता है। मैं उसके दिल की बात क्या जानता था? समझा, तुम कुसंगत में पड़कर शायद दिनभर घूमा करते

हो। कौन ऐसा पिता है, जिसे अपने प्यारे पुत्र को आवारा फिरते देखकर रंज न हो? इसीलिए मैंने तुम्हें बोर्डिंग हाउस में रखने का निश्चय किया था। बस, और कोई बात नहीं थी, बेटा। मैं तुम्हारा खेलना-कूदना बंद नहीं करना चाहता था। तुम्हारी यह दशा देखकर मेरे दिल के टुकड़े हुए जाते हैं। कल मुझे मालूम हुआ मैं भ्रम में था। तुम शौक से खेलो, सुबह-शाम मैदान में निकल जाया करो। ताजी हवा से तुम्हें लाभ होगा। जिस चीज़ की जरूरत हो मुझसे कहो, उनसे कहने की जरूरत नहीं। समझ लो कि वह घर में है ही नहीं। तुम्हारी माता छोड़कर चली गई तो मैं तो हूँ।

बालक का सरल निष्कपट हृदय पितृ-प्रेम से पुलकित हो उठा। मालूम हुआ कि साक्षात् भगवान् खड़े हैं। नैराश्य और क्षोभ से विकल होकर उसने मन में अपने पिता को निष्ठुर और न जाने क्या-क्या समझ रखा। विमाता से उसे कोई गिला न था। अब उसे ज्ञात हुआ कि मैंने अपने देवतुल्य पिता के साथ कितना अन्याय किया है। पितृ-भक्ति की एक तरंग-सी हृदय में उठी, और वह पिता के चरणों पर सिर रखकर रोने लगा। मुंशीजी करुणा से विह्वल हो गए। जिस पुत्र को क्षणभर आँखों से दूर देखकर उनका हृदय व्यग्र हो उठता था, जिसके शील, बुद्धि और चरित्र का अपने-पराये सभी बखान करते थे, उसी के प्रति उनका हृदय इतना कठोर क्यों हो गया? वह अपने ही प्रिय पुत्र को शत्रु समझने लगे, उसको निर्वासन देने को तैयार हो गए। निर्मला पुत्र और पिता के बीच में दीवार बनकर खड़ी थी। निर्मला को अपनी ओर खींचने के लिए पीछे हटना पड़ता था, और पिता तथा पुत्र में अंतर बढ़ता जाता था। फलतः आज यह दशा हो गई है कि अपने अभिन्न पुत्र से उन्हें इतना छल करना पड़ रहा है। आज बहुत सोचने के बाद उन्हें एक ऐसी युक्ति सूझी है, जिससे आशा हो रही है कि वह निर्मला को बीच से निकालकर अपने दूसरे बाजू को अपनी तरफ खींच लेंगे। उन्होंने उस युक्ति का आरंभ भी कर दिया है, लेकिन इसमें अभीष्ट सिद्ध होगा या नहीं, इसे कौन जानता है।

जिस दिन से तोताराम ने निर्मला के बहुत मिन्नत-समाजत करने पर भी मंसाराम को बोर्डिंग हाउस में भेजने का निश्चय किया था, उसी दिन से उसने मंसाराम से पढ़ना छोड़ दिया था। यहाँ तक कि बोलती भी न थी। उसे स्वामी की इस अविश्वासपूर्ण तत्परता का कुछ-कुछ आभास हो गया था। ओफ्फोह! इतना शक्की मिजाज! ईश्वर ही इस घर की लाज रखें।

इनके मन में ऐसी-ऐसी दुर्भावनाएं भरी हुई हैं। मुझे यह इतनी गई-गुजरी समझते हैं। ये बातें सोच-सोचकर वह कई दिन रोती रही। तब उसने सोचना शुरू किया, इन्हें क्यों ऐसा संदेह हो रहा है? मुझमें ऐसी कौन-सी बात है, जो इनकी आँखों में खटकती है। बहुत सोचने पर भी उसे अपने में कोई ऐसी बात नज़र न आई। तो क्या उसका मंसाराम से पढ़ना, उससे हँसना-बोलना ही इनके संदेह का कारण है, तो फिर मैं पढ़ना छोड़ दूँगी, भूलकर भी मंसाराम से न बोलूँगी, उसकी सूरत न देखूंगी।

लेकिन यह तपस्या उसे असाध्य जान पड़ती थी। मंसाराम से हँसने-बोलने में उसकी विलासिनी कल्पना उत्तेजित भी होती थी और तृप्त भी। उससे बातें करते हुए उसे अपार सुख का अनुभव होता था, जिसे वह शब्दों में प्रकट न कर सकती थी। कुवासना की उसके मन में छाया भी न थी। वह स्वप्न में भी मंसाराम से कलुषित प्रेम करने की बात न सोच सकती थी। प्रत्येक प्राणी को अपने हमजोलियों के साथ, हँसने-बोलने की जो एक नैसर्गिक तृष्णा होती है, उसी की तृप्ति का यह एक अज्ञात साधन था। अब वह अतृप्त तृष्णा निर्मला के हृदय में दीपक की भांति जलने लगी। रह-रहकर उसका मन किसी अज्ञात वेदना से विकल हो जाता। खोई हुई किसी अज्ञात वस्तु की खोज में इधर-उधर घूमती-फिरती, जहाँ बैठती, वहाँ बैठी ही रह जाती, किसी काम में जी न लगता। हाँ, जब मुंशीजी आ जाते, वह अपनी सारी तृष्णाओं को नैराश्य में डुबाकर, उनसे मुस्कराकर इधर-उधर की बातें करने लगती।

कल जब मुंशीजी भोजन करके कचहरी चले गए, तो रुक्मिणी ने निर्मला को खूब तानों से छेदा; जानती तो थी कि यहाँ बच्चों का पालन-पोषण करना पड़ेगा, तो क्यों घरवालों से नहीं कह दिया कि वहाँ मेरा विवाह न करो? वहाँ जाती जहाँ पुरुष के सिवा और कोई न होता। वही यह बनाव-चुनाव और छवि देखकर खुश होता, अपने भाग्य को सराहता। यहाँ बुड्ढा आदमी तुम्हारे रंग-रूप, हाव-भाव पर क्या लट्टू होगा? इसने इन्हीं बालकों की सेवा करने के लिए तुमसे विवाह किया है, भोग-विलास के लिए नहीं। वह बड़ी देर तक घाव पर नमक छिड़कती रही, पर निर्मला ने चूं तक न की। वह अपनी सफाई तो पेश करना चाहती थी, पर न कर सकती थी। अगर कहे कि मैं वही कर रही हूँ, जो मेरे स्वामी की इच्छा है तो घर का भण्डा फूटता है। अगर वह अपनी भूल

स्वीकार करके उसका सुधार करती है, तो भय है कि उसका न जाने क्या परिणाम हो? वह यों बड़ी स्पष्टवादिनी थी, सत्य कहने में उसे संकोच या भय न होता था, लेकिन इस नाजुक मौके पर उसे चुप्पी साधनी पड़ी। इसके सिवा दूसरा उपाय न था। वह देखती थी मंसाराम बहुत विरक्त और उदास रहता है, यह भी देखती थी कि वह दिन-दिन दुर्बल होता जाता है, लेकिन उसकी वाणी और कर्म दोनों ही पर मोहर लगी हुई थी। चोर के घर चोरी हो जाने से उसकी जो दशा होती है, वही दशा इस समय निर्मला की हो रही थी।

8

जब कोई बात हमारी आशा के विरुद्ध होती है, तभी दुःख होता है। मंसाराम को निर्मला से कभी इस बात की आशा न थी कि वे उसकी शिकायत करेंगी। इसलिए उसे घोर वेदना हो रही थी। वह क्यों मेरी शिकायत करती है? क्या चाहती है? यही न कि वह मेरे पति की कमाई खाता है, इसके पढ़ाने-लिखाने में रुपए खर्च होते हैं, कपड़ा पहनता है। उनकी यही इच्छा होगी कि यह घर में न रहे। मेरे न रहने से उनके रुपए बच जाएँगे। वह मुझसे बहुत प्रसन्नचित्त रहती हैं। कभी मैंने उनके मुँह से कटु शब्द नहीं सुने। क्या यह सब कौशल है? हो सकता है? चिड़िया को जाल में फंसाने के पहले शिकारी दाने बिखेरता है। आह! मैं नहीं जानता था कि दाने के नीचे जाल है, यह मातृ-स्नेह केवल मेरे निर्वासन की भूमिका है।

अच्छा, मेरा यहाँ रहना क्यों बुरा लगता है? जो उनका पति है, क्या वह मेरा पिता नहीं है? क्या पिता-पुत्र का संबंध स्त्री-पुरुष के संबंध से कुछ कम घनिष्ट है? अगर मुझे उनके संपूर्ण अधिपत्य से ईर्ष्या नहीं होती, वह जो चाहे करें, मैं मुँह नहीं खोल सकता, तो वह मुझे एक अंगुल भर भूमि भी देना नहीं चाहतीं। आप पक्के महल में रहकर, क्यों मुझे वृक्ष की छाया में बैठा नहीं देख सकतीं?

हाँ, वह समझती होंगी कि वह बड़ा होकर मेरे पति की सम्पत्ति का स्वामी हो जाएगा, इसलिए अभी से निकाल देना अच्छा है। उनको कैसे विश्वास दिलाऊं कि मेरी ओर से यह शंका न करें। उन्हें क्योंकर बताऊँ

कि मंसाराम विष खाकर प्राण दे देगा, इसके पहले कि उनका अहित करे। उसे चाहे कितनी ही कठिनाइयाँ सहनी पड़ें वह उनके हृदय का शूल न बनेगा। यों तो पिताजी ने मुझे जन्म दिया है और अब भी मुझ पर उनका स्नेह कम नहीं है, लेकिन क्या मैं इतना भी नहीं जानता कि जिस दिन पिताजी ने उनसे विवाह किया, उसी दिन उन्होंने हमें अपने हृदय से बाहर निकाल दिया? अब हम अनाथों की भांति यहाँ पड़े रह सकते हैं, इस घर पर हमारा कोई अधिकार नहीं है। कदाचित् पूर्व संस्कारों के कारण यहाँ अन्य अनाथों से हमारी दशा कुछ अच्छी है, पर हैं अनाथ ही। हम उसी दिन अनाथ हुए, जिस दिन अम्मा जी परलोक सिधारीं। जो कुछ कसर रह गई थी, वह इस विवाह ने पूरी कर दी। मैं तो खुद पहले इनसे विशेष संबंध न रखता था। अगर, उन्हीं दिनों पिताजी से मेरी शिकायत की होती, तो शायद मुझे इतना दुख न होता। मैं तो उसे आघात के लिए तैयार बैठा था। संसार में क्या मैं मजदूरी भी नहीं कर सकता? लेकिन बुरे वक्त में इन्होंने चोट की। हिंसक पशु भी आदमी को गाफिल पाकर ही चोट करते हैं। इसीलिए मेरी आवभगत होती थी, खाना खाने के लिए उठने में जरा भी देर हो जाती थी, तो बुलावे पर बुलावे आते थे, जलपान के लिए प्रातः हलुआ बनाया जाता था, बार-बार पूछा जाता था- रुपयों की जरूरत तो नहीं है? इसीलिए वह सौ रुपयों की घड़ी मंगवाई थी।

मगर क्या इन्हें दूसरी शिकायत न सूझी, जो मुझे आवारा कहा? आखिर उन्होंने मेरी क्या आवारगी देखी? यह कह सकती थीं कि इसका मन पढ़ने-लिखने में नहीं लगता, एक-न-एक चीज़ के लिए नित्य रुपए मांगता रहता है। यही एक बात उन्हें क्यों सूझी? शायद इसीलिए कि यही सबसे कठोर आघात है, जो वह मुझ पर कर सकती हैं। पहली ही बार इन्होंने मुझे पर अग्नि-बाण चला दिया, जिससे कहीं शरण नहीं। इसीलिए न कि वह पिता की नज़रों से गिर जाए? मुझे बोर्डिंग-हाउस में रखने का तो एक बहाना था। उद्देश्य यह था कि इसे दूध की मक्खी की तरह निकाल दिया जाए। दो-चार महीने के बाद खर्च-वर्च देना बंद कर दिया जाए, फिर चाहे मरे या जिये। अगर मैं जानता कि यह प्रेरणा इनकी ओर से हुई है, तो कहीं जगह न रहने पर भी जगह निकाल लेता। नौकरों की कोठरियों में तो जगह मिल जाती, बरामदे में पड़े रहने के लिए बहुत जगह मिल जाती। खैर, अब सबेरा है। जब स्नेह नहीं रहा, तो केवल पेट भरने के

लिए यहाँ पड़े रहना बेहयाई है, यह अब मेरा घर नहीं। इसी घर में पैदा हुआ हूँ, यही खेला हूँ, पर यह अब मेरा नहीं। पिताजी भी मेरे पिता नहीं हैं। मैं उनका पुत्र हूँ, पर वह मेरे पिता नहीं हैं। संसार के सारे नाते स्नेह के नाते हैं। जहाँ स्नेह नहीं, वहाँ कुछ नहीं। हाय, अम्माजी, तुम कहाँ हो?

यह सोचकर मंसाराम रोने लगा। ज्यों-ज्यों मातृ-स्नेह की पूर्व-स्मृतियां जागृत होती थीं, उसके आँसू उमड़ते आते थे। वह कई बार अम्मा-अम्मा पुकार उठा, मानो वह खड़ी सुन रही हैं। मातृ-हीनता के दुःख का आज उसे पहली बार अनुभव हुआ। वह आत्माभिमानी था, साहसी था, पर अब तक सुख की गोद में लालन-पालन होने के कारण वह इस समय अपने आप को निराधार समझ रहा था।

रात के दस बज गए थे। मुंशीजी आज कहीं दावत खाने गए हुए थे। दो बार महरी मंसाराम को भोजन करने के लिए बुलाने आ चुकी थी। मंसाराम ने पिछली बार उससे झुंझलाकर कह दिया था- मुझे भूख नहीं है, कुछ न खाऊँगा। बार-बार आकर सिर पर सवार हो जाती है। इसीलिए जब निर्मला ने उसे फिर उसी काम के लिए भेजना चाहा, तो वह न गई।

बोली- बहूजी, वह मेरे बुलाने से न आवेंगे।

निर्मला- आएँगे क्यों नहीं? जाकर कह दे खाना ठण्डा हुआ जाता है। दो चार कौर खा लें।

महरी- मैं यह सब कह के हार गई, नहीं आते।

निर्मला- तूने यह कहा था कि वह बैठी हुई हैं।

महरी- नहीं बहूजी, यह तो मैंने नहीं कहा; झूठ क्यों बोलूँ।

निर्मला- अच्छा, तो जाकर यह कह देना, वह बैठी तुम्हारी राह देख रही हैं। तुम न खाओगे तो वह रसोई उठाकर सो रहेंगी। मेरी भूंगी, सुन, अबकी और चली जा। (हँसकर) न आवें, तो गोद में उठा लाना।

भूंगी नाक-भौं सिकोड़ते गई, पर एक ही क्षण में आकर बोली- अरे बहूजी, वह तो रो रहे हैं। किसी ने कुछ कहा है क्या?

निर्मला इस तरह चौंककर उठी और दो-तीन पग आगे चली, मानो किसी माता ने अपने बेटे के कुएं में गिर पड़ने की खबर पायी हो, फिर वह ठिठक गई और भूंगी से बोली- रो रहे हैं? तूने पूछा नहीं क्यों रो रहे हैं?

भूंगी- नहीं बहूजी, यह तो मैंने नहीं पूछा; झूठ क्यों बोलूँ?

वह रो रहे हैं। इस निस्तबधा रात्रि में अकेले बैठै हुए वह रो रहे हैं। माता की याद आई होगी? कैसे जाकर उन्हें समझाऊं? हाय! कैसे समझाऊं? यहाँ तो छींकते नाक कटती है। ईश्वर, तुम साक्षी हो अगर मैंने उन्हें भूल से भी कुछ कहा हो, तो वह मेरे आगे आए। मैं क्या करूँ? वह दिल में समझते होंगे कि इसी ने पिताजी से मेरी शिकायत की होगी। कैसे विश्वास दिलाऊं कि मैंने कभी तुम्हारे विरुद्ध एक शब्द भी मुँह से नहीं निकाला? अगर मैं ऐसे देवकुमार के-से चरित्र रखने वाले युवक का बुरा चेतूं, तो मुझसे बढ़कर राक्षसी संसार में न होगी।

निर्मला देखती थी कि मंसाराम का स्वास्थ्य दिन-दिन बिगड़ता जाता है, वह दिन-दिन दुर्बल होता जाता है, उसके मुख की निर्मल कांति दिन-दिन मलिन होती जाती है, उसका सहस बदन संकुचित होता जाता है। इसका कारण भी उससे छिपा न था, पर वह इस विषय में अपने स्वामी से कुछ न कह सकती थी। यह सब देख-देखकर उसका हृदय विदीर्ण होता रहता था, पर उसकी जबान न खुल सकती थी। वह कभी-कभी मन में झुंझलाती कि मंसाराम क्यों जरा-सी बात पर इतना क्षोभ करता है? क्या इनके आवारा कहने से वह आवारा हो गया? मेरी और बात है, एक जरा-सा शक मेरा सर्वनाश कर सकता है, पर उसे ऐसी बातों की इतनी क्या परवाह?

उसके जी में प्रबल इच्छा हुई कि चलकर उन्हें चुप कराऊँ और लाकर खाना खिला दूँ। बेचारे रातभर भूखे पड़े रहेंगे। हाय! मैं इस उपद्रव की जड़ हूँ। मेरे आने के पहले इस घर में शांति का राज्य था। पिता बालकों पर जान देता था, बालक पिता को प्यार करते थे। मेरे आते ही सारी बाधाएँ आ खड़ी हुईं। इनका अंत क्या होगा? भगवान् ही जाने! भगवान् मुझे मौत भी नहीं देते। बेचारा अकेले भूखों पड़ा है। उस वक्त भी मुँह जूठा करके उठ गया था। और उसका आहार ही क्या है, जितना वह खाता है, उतना तो साल-दो-साल के बच्चे खा जाते हैं।

निर्मला चली। पति की इच्छा के विरुद्ध चली। जो नाते में उसका पुत्र होता था, उसी को मनाने जाते उसका हृदय कांप रहा था। उसने पहले रुक्मिणी के कमरे की ओर देखा, वह भोजन करके बेखबर सो रही थीं, फिर बाहर कमरे की ओर गई। वहाँ सन्नाटा था। मुंशी अभी न आए थे। यह सब देख-भालकर वह मंसाराम के कमरे के सामने जा पहुँची। कमरा

खुला हुआ था, मंसाराम एक पुस्तक सामने रखे मेज पर सिर झुकाए बैठा हुआ था, मानो शोक और चिन्ता की सजीव मूर्ति हो। निर्मला ने पुकारना चाहा पर उसके कंठ से आवाज़ न निकली।

सहसा मंसाराम ने सिर उठाकर द्वार की ओर देखा। निर्मला को देखकर अंधेरे में पहचान न सका। चौंककर बोला- कौन?

निर्मला ने कांपते हुए स्वर में कहा- मैं तो हूँ। भोजन करने क्यों नहीं चल रहे हो? कितनी रात गई।

मंसाराम ने मुँह फेरकर कहा- मुझे भूख नहीं है।

निर्मला- यह तो मैं तीन बार भूंगी से सुन चुकी हूँ।

मंसाराम- तो चौथी बार मेरे मुँह से सुन लीजिए।

निर्मला- शाम को भी तो कुछ नहीं खाया था, भूख क्यों नहीं लगी?

मंसाराम ने व्यंग्य की हँसी हँसकर कहा- बहुत भूख लगेगी, तो आएगा कहाँ से?

यह कहते-कहते मंसाराम ने कमरे का द्वार बंद करना चाहा, लेकिन निर्मला किवाड़ों को हटाकर कमरे में चली आई और मंसाराम का हाथ पकड़ सजल नेत्रों से विनय-मधुर स्वर में बोली- मेरे कहने से चलकर थोड़ा-सा खा लो। तुम न खाओगे, तो मैं भी जाकर सो रहूँगी। दो ही कौर खा लेना। क्या मुझे रातभर भूखों मारना चाहते हो?

मंसाराम सोच में पड़ गया। अभी भोजन नहीं किया, मेरे ही इंतजार में बैठी रहीं। यह स्नेह, वात्सल्य और विनय की देवी हैं या ईर्ष्या और अमंगल की मायाविनी मूर्ति? उसे अपनी माता का स्मरण हो आया। जब वह रूठ जाता था, तो वे भी इसी तरह मनाने आया करती थीं और जब तक वह न जाता था, वहाँ से न उठती थीं। वह इस विनय को अस्वीकार न कर सका। बोला- मेरे लिए आपको इतना कष्ट हुआ, इसका मुझे खेद है। मैं जानता कि आप मेरे इंतजार में भूखी बैठी हैं, तो तभी खा आया होता।

निर्मला ने तिरस्कार-भाव से कहा- यह तुम कैसे समझ सकते थे कि तुम भूखे रहोगे और मैं खाकर सो रहूँगी? क्या विमाता का नाता होने से ही मैं ऐसी स्वार्थिनी हो जाऊँगी?

सहसा मर्दाने कमरे में मुंशीजी के खांसने की आवाज़ आई। ऐसा मालूम हुआ कि वह मंसाराम के कमरे की ओर आ रहे हैं। निर्मला के

चेहरे का रंग उड़ गया। वह तुरंत कमरे से निकल गई और भीतर जाने का मौका न पाकर कठोर स्वर में बोली- मैं लौंडी नहीं हूँ कि इतनी रात तक किसी के लिए रसोई के द्वार पर बैठी रहूं। जिसे न खाना हो, वह पहले ही कह दिया करे।

मुंशीजी ने निर्मला को वहाँ खड़े देखा। यह अनर्थ! यह यहाँ क्या करने आ गई? बोले- यहाँ क्या कर रही हो?

निर्मला ने कर्कश स्वर में कहा- कर क्या रही हूँ, अपने भाग्य को रो रही हूँ। बस, सारी बुराइयों की जड़ मैं ही हूँ। कोई इधर रूठा है, कोई उधर मुँह फुलाए खड़ा है। किस-किस को मनाऊँ और कहाँ तक मनाऊँ।

मुंशीजी कुछ चकित होकर बोले- बात क्या है?

निर्मला- भोजन करने नहीं जाते और क्या बात है? दस दफे महरी को भेजा, आखिर आप दौड़ी आई। इन्हें तो इतना कह देना आसान है, मुझे भूख नहीं है, यहाँ तो घर भर की लौंडी हूँ, सारी दुनिया मुँह में कालिख पोतने को तैयार। किसी को भूख न हो, पर कहने वालों को यह कहने से कौन रोकेगा कि पिशाचिनी किसी को खाना नहीं देती।

मुंशीजी ने मंसाराम से कहा- खाना क्यों नहीं खा लेते जी? जानते हो क्या वक्त है?

मंसाराम स्तब्ध-सा खड़ा था। उसके सामने एक ऐसा रहस्य हो रहा था, जिसका मर्म वह कुछ भी न समझ सकता था। जिन नेत्रों में एक क्षण पहले विनय के आँसू भरे हुए थे, उनमें अकस्मात् ईर्ष्या की ज्वाला कहाँ से आ गई? जिन अधरों से एक क्षण पहले सुधा-वृष्टि हो रही थी, उनमें से विष प्रवाह क्यों होने लगा? उसी अर्ध चेतना की दशा में बोला- मुझे भूख नहीं है।

मुंशीजी ने घुड़ककर कहा- क्यों भूख नहीं है? भूख नहीं थी, तो शाम को क्यों न कहला दिया? तुम्हारी भूख के इंतजार में कौन सारी रात बैठा रहे? तुममें पहले तो यह आदत न थी। रूठना कब से सीख लिया? जाकर खा लो।

मंसाराम- जी नहीं, मुझे जरा भी भूख नहीं है।

तोताराम ने दांत पीसकर कहा- अच्छी बात है, जब भूख लगे तब खाना। यह कहते हुए वह अंदर चले गए। निर्मला भी उनके पीछे ही चली

गई। मुंशीजी तो लेटने चले गए, उसने जाकर रसोई उठा दी और कुल्लाकर, पान खा मुस्कराती हुई आ पहुँची। मुंशीजी ने पूछा- खाना खा लिया न?

निर्मला- क्या करती, किसी के लिए अन्न-जल छोड़ दूँगी?

मुंशीजी- इसे न जाने क्या हो गया है, कुछ समझ में नहीं आता? दिन-दिन घुलता चला जाता है, दिनभर उसी कमरे में पड़ा रहता है।

निर्मला कुछ न बोली। वह चिंता के अपार सागर में डुबकियां खा रही थी। मंसाराम ने मेरे भाव-परिवर्तन को देखकर दिल में क्या-क्या समझा होगा? क्या उसके मन में यह प्रश्न उठा होगा कि पिताजी को देखते ही इसकी त्योरियां क्यों बदल गईं? इसका कारण भी क्या उसकी समझ में आ गया होगा? बेचारा खाने आ रहा था, तब तक यह महाशय न जाने कहाँ से फट पड़े? इस रहस्य को उसे कैसे समझाऊं? समझाना संभव भी है? मैं किस विपत्ति में फंस गई?

सवेरे वह उठकर घर के काम-धंधे में लगी। सहसा नौ बजे भूंगी ने आकर कहा- मंसा बाबू तो अपने कागज-पत्तर सब इक्के पर लाद रहे हैं।

निर्मला ने हकबकाकर कहा- इक्के पर लाद रहे हैं? कहाँ जाते हैं?

भूंगी- मैंने पूछा तो बोले, अब स्कूल में ही रहूँगा।

मंसाराम प्रातःकाल उठकर अपने स्कूल के हेडमास्टर साहब के पास गया था और अपने रहने का प्रबंध कर आया था। हेडमास्टर साहब ने पहले तो कहा- यहाँ जगह नहीं है, तुमसे पहले के कितने ही लड़कों के प्रार्थना-पत्र पड़े हुए हैं, लेकिन जब मंसाराम ने कहा- मुझे जगह न मिलेगी, तो कदाचित् मेरा पढ़ना न हो सके और मैं इम्तहान में शरीक न हो सकूं, तो हेडमास्टर साहब को हार माननी पड़ी। मंसाराम के प्रथम श्रेणी में पास होने की आशा थी। अध्यापकों को विश्वास था कि वह उस शाला की कीर्ति को उज्जवल करेगा। हेडमास्टर साहब ऐसे लड़कों को कैसे छोड़ सकते थे? उन्होंने अपने दफ्तर का कमरा खाली करा दिया। इसीलिए मंसाराम वहाँ से आते ही अपना सामान इक्के पर लादने लगा।

मुंशीजी ने कहा- अभी ऐसी क्या जल्दी है? दो-चार दिन में चले जाना। मैं चाहता हूँ, तुम्हारे लिए कोई अच्छा-सा रसोइया ठीक कर दूँ।

मंसाराम- वहाँ का रसोइया बहुत अच्छा भोजन पकाता है।

मुंशीजी- अपने स्वास्थ्य का ध्यान रखना। ऐसा न हो कि पढ़ने के पीछे स्वास्थ्य खो बैठो।

मंसाराम- वहाँ नौ बजे के बाद कोई पढ़ने नहीं पाता और सबको नियम के साथ खेलना पड़ता है।

मुंशी जी- बिस्तर क्यों छोड़ देते हो? सोओगे किस पर?

मंसाराम- कंबल लिए जाता हूँ। बिस्तर की जरूरत नहीं।

मुंशी जी- कहार जब तक तुम्हारा सामान रख रहा है, जाकर कुछ खा लो। रात भी तो कुछ नहीं खाया था।

मंसाराम- वहीं खा लूँगा। रसोइये से भोजन बनाने को कह आया हूँ। यहाँ खाने लगूंगा तो देर होगी।

घर में जियाराम और सियाराम भी भाई के साथ जाने के जिद कर रहे थे। निर्मला उन दोनों को बहला रही थी- बेटा, वहाँ छोटे नहीं रहते, सब काम अपने ही हाथ से करना पड़ता है...

एकाएक रुक्मिणी ने आकर कहा- तुम्हारा वज्र का हृदय है, महारानी। लड़के ने रात भी कुछ नहीं खाया, इस वक्त भी बिना खाए-पिए चला जा रहा है और तुम लड़कों के लिए बातें कर रही हो? उसको तुम जानती नहीं हो? यह समझ लो कि वह स्कूल नहीं जा रहा है, वनवास ले रहा है, लौटकर फिर न आएगा। यह उन लड़कों में नहीं है, जो खेल में मार भूल जाते हैं। बात उसके दिल पर पत्थर की लकीर हो जाती है।

निर्मला ने कातर स्वर में कहा- क्या करूँ, दीदीजी? वह किसी की सुनते ही नहीं। आप जरा जाकर बुला लें। आपके बुलाने से आ जाएँगे।

रुक्मिणी- आखिर हुआ क्या, जिस पर भागा जाता है? घर से उसका जी कभी उचाट न होता था। उसे तो अपने घर के सिवा और कहीं अच्छा ही न लगता था। तुम्हीं ने उसे कुछ कहा होगा, या उसकी कुछ शिकायत की होगी। क्यों अपने लिए कांटे बो रही हो? रानी, घर को मिट्टी में मिलाकर चैन से न बैठने पाओगी।

निर्मला ने रोकर कहा- मैंने उन्हें कुछ कहा हो, तो मेरी जबान कट जाए। हाँ, सौतेली माँ होने के कारण बदनाम तो हूँ ही। आपके हाथ जोड़ती हूँ जरा जाकर उन्हें बुला लाइये।

रुक्मिणी ने तीव्र स्वर में कहा- तुम क्यों नहीं बुला लातीं? क्या छोटी हो जाओगी? अपना होता, तो क्या इसी तरह बैठी रहती?

निर्मला की दशा उस पंखहीन पक्षी की तरह हो रही थी, जो सर्प को अपनी ओर आते देख कर उड़ना चाहता है, पर उड़ नहीं सकता, उछलता है और गिर पड़ता है, पंख फड़फड़ाकर रह जाता है। उसका हृदय अंदर ही अंदर तड़प रहा था, पर बाहर न जा सकती थी।

इतने में दोनों लड़के आकर बोले- भैयाजी चले गए।

निर्मला मूर्तिवत् खड़ी रही, मानो संज्ञाहीन हो गई हो। चले गए? घर में आए तक नहीं, मुझसे मिले तक नहीं चले गए। मुझसे इतनी घृणा। मैं उनकी कोई न सही, उनकी बुआ तो थीं। उनसे तो मिलने आना चाहिए था? मैं यहाँ थी न। अंदर कैसे कदम रखते? मैं देख लेती न। इसीलिए चले गए।

9

मंसाराम के जाने से घर सूना हो गया। दोनों छोटे लड़के उसी स्कूल में पढ़ते थे। निर्मला रोज़ उनसे मंसाराम का हाल पूछती। आशा थी कि छुट्टी के दिन वह आएगा, लेकिन जब छुट्टी के दिन गुजर गए और वह न आया, तो निर्मला की तबीयत घबराने लगी। उसने उसके लिए मूंग के लड्डू बना रखे थे। सोमवार को प्रातः भूंगी को लड्डू देकर मदरसे भेजा। नौ बजे भूंगी लौट आई। मंसाराम ने लड्डू ज्यों-के-त्यों लौटा दिये थे।

निर्मला ने पूछा- पहले से कुछ हरे हुए हैं, रे?

भूंगी- हरे-वरे तो नहीं हुए, और सूख गए हैं।

निर्मला- क्या जी अच्छा नहीं है?

भूंगी- यह तो मैंने नहीं पूछा बहूजी; झूठ क्यों बोलूँ? हाँ, वहाँ का कहार मेरा देवर लगता है। वह कहता था कि तुम्हारे बाबूजी की खुराक कुछ नहीं है। दो फुलकियां खाकर उठ जाते हैं, फिर दिन भर कुछ नहीं खाते। हरदम पढ़ते रहते हैं।

निर्मला- तूने पूछा नहीं, लड्डू क्यों लौटाए देते हो?

भूंगी- बहूजी, झूठ क्यों बोलूँ? यह पूछने की तो मुझे सुध ही न रही। हाँ, यह कहते थे कि अब तू यहाँ कभी न आना, न मेरे लिए कोई चीज़ लाना और अपनी बहूजी से कह देना कि मेरे पास कोई चिट्ठी-पत्तरी न

भेजें। लड़कों से भी मेरे पास कोई संदेशा न भेजें और एक ऐसी बात कही कि मेरे मुँह से निकल नहीं सकती, फिर रोने लगे।

निर्मला- कौन बात थी कह तो?

भूंगी- क्या कहूँ बहूजी, कहते थे, मेरे जीने को धिक्कार है? यही कहकर रोने लगे।

निर्मला के मुँह से एक ठंडी साँस निकल गई। ऐसा मालूम हुआ, मानो कलेजा बैठा जाता है। उसका रोम-रोम आर्तनाद से रुदन करने लगा। वह वहाँ बैठी न रह सकी। जाकर बिस्तर पर मुँह ढाँपकर लेट रही और फूट-फूटकर रोने लगी। 'वह भी जान गए।' उसके अन्तःकरण में बार-बार यही आवाज़ गूंजने लगी- 'वह भी जान गए।' भगवान् अब क्या होगा? जिस संदेह की आग में वह भस्म हो रही थी, अब सतगुण वेग से धधकने लगी। उसे अपनी कोई चिंता न थी। जीवन में अब सुख की क्या आशा थी, जिसकी उसे लालसा होती? उसने अपने मन को इस विचार से समझाया था कि यह मेरे पूर्व कर्मों का प्रायश्चित है। कौन प्राणी ऐसा निर्लज्ज होगा, जो इस दशा में बहुत दिन जी सके? कर्तव्य की वेदी पर उसने अपना जीवन और उसकी सारी कामनाएँ होम कर दी थीं। हृदय रोता रहता था, पर मुख पर हँसी का रंग भरना पड़ता था। जिसका मुँह देखने को जी न चाहता था, उसके सामने हँस-हँसकर बातें करनी पड़ती थीं। जिस देह का स्पर्श उसे सर्प के शीतल स्पर्श के समान लगता था, उससे आलिंगित होकर उसे जितनी घृणा, जितनी मर्मवेदना होती थी, उसे कौन जान सकता है? उस समय उसकी यही इच्छा थी कि धरती फट जाए और मैं उसमें समा जाऊँ। लेकिन सारी विडम्बना अब तक अपने ही तक थी। अपनी चिंता उसन छोड़ दी थी, लेकिन वह समस्या अब अत्यंत भयंकर हो गई थी। वह अपनी आँखों से मंसाराम की आत्मपीड़ा नहीं देख सकती थी। मंसाराम जैसे मनस्वी, साहसी युवक पर इस आक्षेप का जो असर पड़ सकता था, उसकी कल्पना ही से उसके प्राण कांप उठते थे। अब चाहे उस पर कितने ही संदेह क्यों न हों, चाहे उसे आत्महत्या ही क्यों न करनी पड़े, पर वह चुप नहीं बैठ सकती। मंसाराम की रक्षा करने के लिए वह विकल हो गई। उसने संकोच और लज्जा की चादर उतारकर फेंक देने का निश्चय कर लिया।

वकील साहब भोजन करके कचहरी जाने के पहले एक बार उससे अवश्य मिल लिया करते थे। उनके आने का समय हो गया था। आ ही रहे होंगे, यह सोचकर निर्मला द्वार पर खड़ी हो गई और उनका इंतजार करने लगी लेकिन यह क्या? वह तो बाहर चले जा रहे है। गाड़ी जुतकर आ गई, यह हुक्म वह यहीं से दिया करते थे। तो क्या आज वह न आएँगे, बाहर-ही-बाहर चले जाएँगे। नहीं, ऐसा नहीं होने पायेगा। उसने भूंगी से कहा- जाकर बाबूजी को बुला ला। कंहना, एक जरूरी काम है, सुन लीजिए।

मुंशीजी जाने को तैयार ही थे। यह संदेशा पाकर अंदर आए, पर कमरे में न आकर दूर से ही पूछा- क्या बात है भाई? जल्दी कह दो, मुझे एक जरूरी काम से जाना है। अभी थोड़ी देर हुई, हेडमास्टर साहब का एक पत्र आया है कि मंसाराम को ज्वर आ गया है, बेहतर हो कि आप घर ही पर उसका इलाज करें। इसलिए उधर ही से होता हुआ कचहरी जाऊँगा। तुम्हें कोई खास बात तो नहीं कहनी है।

निर्मला पर मानो वज्र गिर पड़ा। आँसुओं के आवेग और कंठ-स्वर में घोर संग्राम होने लगा। दोनों पहले निकलने पर तुले हुए थे। दो में से कोई एक कदम भी पीछे हटना नहीं चाहता था। कंठ-स्वर की दुर्बलता और आँसुओं की सबलता देखकर यह निश्चय करना कठिन नहीं था कि एक क्षण यही संग्राम होता रहा तो मैदान किसके हाथ रहेगा। आखिर दोनों साथ-साथ निकले, लेकिन बाहर आते ही बलवान ने निर्बल को दबा लिया। केवल इतना मुँह से निकला- कोई खास बात नहीं थी। आप तो उधर जा ही रहे हैं।

मुंशीजी- मैंने लड़कों से पूछा था, तो वे कहते थे, कल बैठे पढ़ रहे थे, आज न जाने क्या हो गया।

निर्मला ने आवेश से कांपते हुए कहा- यह सब आप कर रहे हैं?

मुंशीजी ने त्योरियां बदलकर कहा- मैं कर रहा हूँ? मैं क्या कर रहा हूँ?

निर्मला- अपने दिल से पूछिए।

मुंशीजी- मैंने तो यही सोचा था कि यहाँ उसका पढ़ने में जी नहीं लगता, वहाँ और लड़कों के साथ खाम-ख्वाह पढ़ेगा ही। यह तो बुरी बात न थी और मैंने क्या किया?

निर्मला- खूब सोचिए, इसीलिए आपने उन्हें वहाँ भेजा था? आपके मन में और कोई बात न थी।

मुंशीजी जरा हिचकिचाए और अपनी दुर्बलता को छिपाने के लिए मुस्कराने की चेष्टा करके बोले- और क्या बात हो सकती थी? भला, तुम्हीं सोचो।

निर्मला- खैर, यही सही। अब आप कृपा करके उन्हें आज ही लेते आइएगा, वहाँ रहने से उनकी बीमारी बढ़ जाने का भय है। यहाँ दीदीजी जितनी तीमारदारी कर सकती हैं, दूसरा नहीं कर सकता।

एक क्षण के बाद उसने सिर नीचा करके कहा- मेरे कारण न लाना चाहते हों, तो मुझे घर भेज दीजिए। मैं वहाँ आराम से रहूँगी।

मुंशीजी ने इसका कुछ जवाब न दिया। बाहर चले गए, और एक क्षण में गाड़ी स्कूल की ओर चली।

मन! तेरी गति कितनी विचित्र है, कितनी रहस्य से भरी हुई, कितनी दुर्भेद्य। तू कितनी जल्द रंग बदलता है? इस कला में तू निपुण है। आतिशबाजी की चर्खी को भी रंग बदलते कुछ देरी लगती है, पर तुझे रंग बदलने में उसका लक्षांश समय भी नहीं लगता। जहाँ अभी वात्सल्य था, वहाँ फिर संदेह ने आसन जमा लिया।

वह सोचते थे- कहीं उसने बहाना तो नहीं किया है?

10

मंसाराम दो दिन तक गहरी चिंता में डूबा रहा। बार-बार अपनी माता की याद आती, न खाना अच्छा लगता, न पढ़ने ही में जी लगता। उसकी कायापलट-सी हो गई। दो दिन गुजर गए और छात्रालय में रहते हुए भी उसने वह काम न किया, जो स्कूल के मास्टरों ने घर से कर लाने को दिया था। परिणाम स्वरूप उसे बेंच पर खड़ा रहना पड़ा। जो बात कभी न हुई थी, वह आज हो गई। यह असह्य अपमान भी उसे सहना पड़ा।

तीसरे दिन वह इन्हीं चिंताओं में मग्न हुआ अपने मन को समझा रहा था- क्या संसार में अकेले मेरी ही माता मरी है? विमाताएं तो सभी इसी

प्रकार की होती हैं। मेरे साथ कोई नई बात नहीं हो रही है। अब मुझे पुरुषों की भांति द्विगुण परिश्रम से अपना काम करना चाहिए; जैसे माता-पिता राजी रहें, वैसे उन्हें राजी रखना चाहिए। इस साल अगर छात्रवृत्ति मिल गई, तो मुझे घर से कुछ लेने की जरूरत ही न रहेगी। कितने ही लड़के अपने ही बल पर बड़ी-बड़ी उपाधियां प्राप्त कर लेते हैं। भाग्य के नाम को रोने-कोसने से क्या होगा।

इतने में जियाराम आकर खड़ा हो गया।

मंसाराम ने पूछा- घर का क्या हाल है, जिया? नई अम्माजी तो बहुत प्रसन्न होंगी?

जियाराम- उनके मन का हाल तो मैं नहीं जानता, लेकिन जब से तुम आए हो, उन्होंने एक जून भी खाना नहीं खाया। जब देखो, तब रोया करती हैं। जब बाबूजी आते हैं, तब अलबत्ता हँसने लगती हैं। तुम चले आए तो मैंने भी शाम को अपनी किताबें संभाली। यहीं तुम्हारे साथ रहना चाहता था। भूंगी चुड़ैल ने जाकर अम्माजी से कह दिया। बाबूजी बैठे थे, उनके सामने ही अम्माजी ने आकर मेरी किताबें छीन लीं और रोकर बोलीं, तुम भी चले जाओगे, तो इस घर में कौन रहेगा? अगर मेरे कारण तुम लोग घर छोड़-छोड़कर भागे जा रहे तो लो, मैं ही कहीं चली जाती हूँ। मैं तो झल्लाया हुआ था ही, वहाँ अब बाबूजी भी न थे, बिगड़कर बोला, आप क्यों कहीं चली जाएँगी? आपका तो घर है, आप आराम से रहिए। गैर तो हमीं लोग हैं, हम न रहेंगे, तब तो आपको आराम-आराम ही होगा।

मंसाराम- तुमने खूब कहा, बहुत ही अच्छा कहा, इस पर और भी झल्लाई होंगी और जाकर बाबूजी से शिकायत की होगी।

जियाराम- नहीं, यह कुछ नहीं हुआ। बेचारी जमीन पर बैठकर रोने लगीं। मुझे भी करुणा आ गई। मैं भी रो पड़ा। उन्होने आंचल से मेरे आँसू पोंछे और बोलीं, जिया, मैं ईश्वर को साक्षी देकर कहती हूँ कि मैंने तुम्हारे भैया के विषय में तुम्हारे बाबूजी से एक शब्द भी नहीं कहाँ मेरे भाग में कलंक लिखा हुआ है, वही भोग रही हूँ। फिर और न जाने क्या-क्या कहा, जो मेरी समझ में नहीं आया। कुछ बाबुजी की बात थी।

मंसाराम ने उद्विग्नता से पूछा- बाबूजी के विषय में क्या कहा? कुछ याद है?

जियाराम- बातें तो भई, मुझे याद नहीं आती। मेरी 'मेमोरी' कौन बड़ी तेज है, लेकिन उनकी बातों का मतलब कुछ ऐसा मालूम होता था कि उन्हें बाबूजी को प्रसन्न रखने के लिए यह स्वांग भरना पड़ रहा है। न जाने धर्म-अधर्म की कैसी बातें करती थीं, जो मैं बिल्कुल न समझ सका। मुझे तो अब इसका विश्वास आ गया है कि उनकी इच्छा तुम्हें यहाँ भेजने की न थी।

मंसाराम- तुम इन चालों का मतलब नहीं समझ सकते। ये बड़ी गहरी चालें हैं।

जियाराम- तुम्हारी समझ में होंगी, मेरी समझ में नहीं हैं।

मंसाराम- जब तुम 'ज्योमेट्री' नहीं समझ सकते, तो इन बातों को क्या समझ सकोगे? उस रात को जब मुझे खाना खाने के लिए बुलाने आई थीं और उनके आग्रह पर मैं जाने को तैयार भी हो गया था, उस वक्त बाबूजी को देखते ही उन्होने जो कैंडा बदला, वह क्या मैं कभी भी भूल सकता हूँ?

जियाराम- यही बात मेरी समझ में नहीं आती। अभी कल ही मैं यहाँ से गया, तो लगीं तुम्हारा हाल पूछने। मैंने कहा, वह तो कहते थे कि अब कभी इस घर में कदम न रखूँगा। मैंने कुछ झूठ तो कहा नहीं, तुमने मुझसे कहा ही था। इतना सुनना था कि फूट-फूटकर रोने लगीं। मैं दिल में बहुत पछताया कि कहाँ-से-कहाँ मैंने यह बात कह दी। बार-बार यही कहती थीं, क्या वह मेरे कारण घर छोड़ देंगे? मुझसे इतने नाराज है? चले गए और मझसे मिले तक नहीं। खाना तैयार था, खाने तक नहीं आए। हाय! मैं क्या बताऊँ, किस विपत्ति में हूँ। इतने में बाबूजी आ गए। बस तुरन्त आँखें पोंछकर मुस्कुराती हुई उनके पास चली गई। यह बात मेरी समझ में नहीं आती। आज मुझे बड़ी मिन्नत की कि उनको साथ लेते आना। आज मैं तुम्हें खींच ले चलूँगा। दो दिन में वह कितनी दुबली हो गई हैं, तुम्हें यह देखकर उन पर दया आएगी। चलोगे न?

मंसाराम ने कुछ जवाब न दिया। उसके पैर कांप रहे थे। जियाराम तो हाजिरी की घंटी सुनकर भागा, पर वह बेंच पर लेट गया और इतनी लम्बी साँस ली, मानो बहुत देर से उसने साँस ही नहीं ली है। उसके मुख से दुस्सह वेदना में डूबे हुए शब्द निकले- हाय ईश्वर! इस नाम के सिवा उसे अपना जीवन निराधार मालूम होता था। इस एक उच्छवास में कितना

नैराश्य था, कितनी संवेदना, कितनी करुणा, कितनी दीन-प्रार्थना भरी हुई थी, इसका कौन अनुमान कर सकता है। अब सारा रहस्य उसकी समझ में आ रहा था और बार-बार उसका पीड़ित हृदय आर्तनाद कर रहा था- हाय ईश्वर! इतना घोर कलंक!

क्या जीवन में इससे बड़ी विपत्ति की कल्पना की जा सकती है? क्या संसार में इससे घोरतम नीचता की कल्पना हो सकती है? आज तक किसी पिता ने अपने पुत्र पर इतना निर्दय कलंक न लगाया होगा। जिसके चरित्र की सभी प्रशंसा करते थे, जो अन्य युवकों के लिए आदर्श समझा जाता था, जिसने कभी अपवित्र विचारों को अपने पास नहीं फटकने दिया, उसी पर यह घोरतम कलंक। मंसाराम को ऐसा मालूम हुआ, मानो उसका दिल फटा जाता है।

दूसरी घंटी भी बज गई। लड़के अपने-अपने कमरे में गए, पर मंसाराम हथेली पर गाल रखे अनिमेष नेत्रों से भूमि की ओर देख रहा था, मानो उसका सर्वस्व जलमग्न हो गया हो, मानो वह किसी को मुँह न दिखा सकता हो। स्कूल में गैरहाजिरी हो जाएगी, जुर्माना हो जाएगा, इसकी उसे चिंता नहीं, जब उसका सर्वस्व लुट गया, तो अब इन छोटी-छोटी बातों का क्या भय? इतना बड़ा कलंक लगने पर भी अगर जीता रहूं, तो मेरे जीने को धिक्कार है।

उसी शोकातिरेक दशा में वह चिल्ला पड़ा- माताजी। तुम कहाँ हो? तुम्हारा बेटा, जिस पर तुम प्राण देती थीं, जिसे तुम अपने जीवन का आधार समझती थीं, आज घोर संकट में है। उसी का पिता उसकी गर्दन पर छुरी फेर रहा है। हाय! तुम हो?

मंसाराम फिर शांतचित्त से सोचने लगा- मुझ पर यह संदेह क्यों हो रहा है? इसका क्या कारण है? मुझमें ऐसी कौन-सी बात उन्होंने देखी, जिससे उन्हें यह संदेह हुआ? वह हमारे पिता हैं, मेरे शत्रु नहीं है, जो अनायास ही मझ पर यह अपराध लगाने बैठ जाएँ। जरूर उन्होंने कोई-कोई बात देखी या सुनी है। उनका मुझ पर कितना स्नेह था। मेरे बगैर भोजन न करते थे, वही मेरे शत्रु हो जाएँ, यह बात अकारण नहीं हो सकती।

अच्छा, इस संदेह का बीजारोपण किस दिन हुआ? मुझे बोर्डिंग हाउस में ठहराने की बात तो पीछे की है। उस दिन रात को वह मेरे कमरे में

आकर मेरी परीक्षा लेने लगे थे, उसी दिन उनकी त्योरियां बदली हुईं थीं। उस दिन ऐसी कौन-सी बात हुई, जो अप्रिय लगी हो। मैं नई अम्मा से कुछ खाने को मांगने गया था। बाबूजी उस समय वहाँ बैठे थे। हाँ, अब याद आती है, उसी वक्त उनका चेहरा तमतमा गया था। उसी दिन से नई अम्मा ने मुझसे पढ़ना छोड़ दिया। अगर मैं जानता कि मेरा घर में आना-जाना, अम्माजी से कुछ कहना-सुनना और उन्हें पढ़ाना-लिखाना पिताजी को बुरा लगता है, तो आज क्यों यह नौबत आती? और नई अम्मा। उन पर क्या बीत रही होगी?

मंसाराम ने अब तक निर्मला की ओर ध्यान नहीं दिया था। निर्मला का ध्यान आते ही उसके रोंये खड़े हो गए। हाय उनका सरल स्नेहशील हृदय यह आघात कैसे सह सकेगा? आह। मैं कितने भ्रम में था। मैं उनके स्नेह को कौशल समझता था। मुझे क्या मालूम था कि उन्हें पिताजी का भ्रम शांत करने के लिए मेरे प्रति इतना कटु व्यवहार करना पड़ता है। आह! मैंने उन पर कितना अन्याय किया है। उनकी दशा तो मुझसे भी खराब हो रही होगी। मैं तो यहाँ चला आया, मगर वह कहाँ जाएँगी? जिया कहता था, उन्होंने दो दिन से भोजन नहीं किया। हरदम रोया करती हैं। कैसे जाकर समझाऊं। वह इस अभागे के पीछे, क्यों अपने सिर यह विपत्ति ले रही हैं? वह बार-बार मेरा हाल पूछती हैं? क्यों बार-बार मुझे बुलाती हैं? कैसे कह दूँ कि माता मुझे तुमसे जरा भी शिकायत नहीं, मेरा दिल तुम्हारी तरफ से साफ है।

वह अब भी बैठी रो रही होंगी। कितना बड़ा अनर्थ है। बाबूजी को यह क्या हो रहा है? क्या इसीलिए विवाह किया था? एक बालिका की हत्या करने के लिए ही उसे लाए थे? इस कोमल पुष्प को मसल डालने के लिए ही तोड़ा था।

उनका उद्धार कैसे होगा। उस निरपराधिनी का मुख कैस उज्जवल होगा? उन्हें केवल मेरे साथ स्नेह का व्यवहार करने के लिए यह दंड दिया जा रहा है। उनकी सज्जनता का उन्हें यह उपहार मिल रहा है। मैं उन्हें इस प्रकार निर्दय आघात सहते देखकर बैठा रहूँगा? अपनी मान-रक्षा के लिए न सही, उनकी आत्म-रक्षा के लिए इन प्राणों का बलिदान करना पड़ेगा। इसके सिवाय उद्धार का काई उपाय नहीं। आह! दिल में कैसे-कैसे अरमान

थे। वे सब खाक में मिला देने होंगे। एक सती पर संदेह किया जा रहा है और मेरे कारण। मुझे अपनी प्राणों से उनकी रक्षा करनी होगी, यही मेरा कर्तव्य है। इसी में सच्ची वीरता है। माता, मैं अपने रक्त से इस कालिमा को धो दूँगा। इसी में मेरा और तुम्हारा दोनों का कल्याण है।

वह दिन भर इन्हीं विचारों मे डूबा रहा। शाम को उसके दोनों भाई आकर घर चलने के लिए आग्रह करने लगे।

सियाराम- चलते क्यों नही? मेरे भैयाजी, चले चलो न।

मंसाराम- मुझे फुरसत नहीं है कि तुम्हारे कहने से चला चलूँ।

जियाराम- आखिर कल तो इतवार है ही।

मंसाराम- इतवार को भी काम है।

जियाराम- अच्छा, कल आआगे न?

मंसाराम- नहीं, कल मुझे एक मैच में जाना है।

सियाराम- अम्माजी मूंग के लड्डू बना रही हैं। न चलोगे तो एक भी पाआगे? हम तुम मिल के खा जाएँगे, जिया इन्हें न देंगे।

जियाराम- भैया, अगर तुम कल न गए तो शायद अम्माजी यहीं चली आएँ।

मंसाराम- सच! नहीं ऐसा क्यों करेंगी। यहाँ आईं, तो बड़ी परेशानी होगी। तुम कह देना, वह कहीं मैच देखने गए हैं।

जियाराम- मैं झूठ क्यों बोलने लगा। मैं कह दूँगा, वह मुँह फुलाए बैठे थे। देख लेना उन्हें साथ लाता हूँ कि नहीं।

सियाराम- हम कह देंगे कि आज पढ़ने नहीं गए। पड़े-पड़े सोते रहे।

मंसाराम ने इन दूतों से कल आने का वादा करके गला छुड़ाया। जब दोनों चले गए, तो फिर चिंता में डूबा। रातभर उसने करवटें बदलते गुजारी। छुट्टी का दिन भी बैठे-बैठे कट गया, उसे दिनभर शंका होती रहती कि कहीं अम्माजी सचमुच न चली आएँ। किसी गाड़ी की खड़खड़ाहट सुनता, तो उसका कलेजा धकधक करने लगता। कहीं आ तो नहीं गईं?

छात्रालय में एक छोटा-सा औषधालय था। एक डॉक्टर साहब संध्या समय एक घंटे के लिए आ जाया करते थे। अगर कोई लड़का बीमार होता तो उसे दवा देते। आज वह आए तो मंसाराम कुछ सोचता हुआ उनके

पास जाकर खड़ा हो गया। वह मंसाराम को अच्छी तरह जानते थे। उसे देखकर आश्चर्य से बोले- यह तुम्हारी क्या हालत है जी? तुम तो मानो गले जा रहे हो! कहीं बाज़ार का चस्का तो नहीं पड़ गया? आखिर तुम्हें हुआ क्या? जरा यहाँ तो आओ।

मंसाराम ने मुस्कराकर कहा- मुझे जिन्दगी का रोग है। आपके पास इसकी भी कोई दवा है?

डॉक्टर- मैं तुम्हारी परीक्षा करना चाहता हूँ। तुम्हारी सूरत ही बदल गई है, पहचाने भी नहीं जाते।

यह कहकर, उन्होने मंसाराम का हाथ पकड़ लिया और छाती, पीठ, आँखें, जीभ सब बारी-बारी से देखी। तब चिंतित होकर बोले- वकील साहब से मैं आज ही मिलूँगा। तुम्हें थाइसिस हो रहा है। सारे लक्षण उसी के हैं।

मंसाराम ने बड़ी उत्सुकता से पूछा- कितने दिनों में काम तमाम हो जाएगा, डॉक्टर साहब?

डॉक्टर- कैसी बात करते हो जी। मैं वकील साहब से मिलकर तुम्हें किसी पहाड़ी जगह भेजने की सलाह दूँगा। ईश्वर ने चाहा, तो बहुत जल्द अच्छे हो जाओगे। बीमारी अभी पहले स्टेज में है।

मंसाराम- तब तो अभी साल दो साल की देर मालूम होती है। मैं तो इतना इंतजार नहीं कर सकता। सुनिए, मुझे थायसिस-वायसिस कुछ नहीं है, न कोई दूसरी शिकायत ही है, आप बाबूजी को नाहक तरद्दुद में न डालिएगा। इस वक्त मेरे सिर में दर्द है, कोई दवा दीजिए। कोई ऐसी दवा हो, जिससे नींद भी आ जाए। मुझे दो रात से नींद नहीं आती।

डॉक्टर ने जहरीली दवाइयों की आलमारी खोली और शीशी से थोड़ी सी दवा निकालकर मंसाराम को दी। मंसाराम ने पूछा- यह तो कोई जहर है, भला इसे कोई पी ले तो मर जाए?

डॉक्टर- नहीं, मर तो नहीं जाए, पर सिर में चक्कर जरूर आ जाए।

मंसाराम- कोई ऐसी दवा भी इसमें है, जिसे पीते ही प्राण निकल जाएँ?

डॉक्टर- ऐसी एक-दो नहीं कितनी ही दवाएं हैं। यह जो शीशी देख रहे हो, इसकी एक बूंद भी पेट में चली जाए, तो जान न बचे। आनन-फानन में मौत हो जाए।

मंसाराम- क्यों डॉक्टर साहब, जो लोग जहर खा लेते हैं, उन्हें बड़ी तकलीफ होती होगी?

डॉक्टर- सभी जहरों में तकलीफ नहीं होती। बाजे तो ऐसे हैं कि पीते ही आदमी ठंडा हो जाता है। यह शीशी इसी किस्म की है, इस पीते ही आदमी बेहोश हो जाता है, फिर उसे होश नहीं आता।

मंसाराम ने सोचा- तब तो प्राण देना बहुत आसान है, फिर क्यों लोग इतना डरते हैं? यह शीशी कैसे मिलेगी? अगर दवा का नाम पूछकर शहर के किसी दवा-फरोश से लेना चाहूं, तो वह कभी न देगा। ऊंह, इसे मिलने में कोई दिक्कत नहीं। यह तो मालूम हो गया कि प्राणों का अन्त बड़ी आसानी से किया जा सकता है। मंसाराम इतना प्रसन्न हुआ, मानो कोई इनाम पा गया हो। उसके दिल पर से बोझ-सा हट गया। चिंता की मेघ-राशि जो सिर पर मंडरा रही थी, छिन्न-भिन्न् हो गई। महीनों बाद आज उसे मन में एक स्फूर्ति का अनुभव हुआ। लड़के थियेटर देखने जा रहे थे, निरीक्षक से आज्ञा ले ली थी। मंसाराम भी उनके साथ थियेटर देखने चला गया। ऐसा खुश था, मानो उससे ज्यादा सुखी जीव संसार में कोई नहीं है। थियेटर में नकल देखकर तो वह हँसते-हँसते लोट गया। बार-बार तालियां बजाने और 'वन्स मोर' की हांक लगाने में पहला नम्बर उसी का था। गाना सुनकर वह मस्त हो जाता था, और 'ओहो हो!' करके चिल्ला उठता था। दर्शकों की निगाहें बार-बार उसकी तरफ उठ जाती थीं। थियेटर के पात्र भी उसी की ओर ताकते थे और यह जानने को उत्सुक थे कि कौन महाशय इतने रसिक और भावुक हैं। उसके मित्रों को उसकी उच्छृंखलता पर आश्चर्य हो रहा था। वह बहुत ही शांतचित्त, गम्भीर स्वभाव का युवक था। आज वह क्यों इतना हास्यशील हो गया है, क्यों उसके विनोद का पारावार नहीं है।

दो बजे रात को थियेटर से लौटने पर भी उसका हास्योन्माद कम नहीं हुआ। उसने एक लड़के की चारपाई उलट दी, कई लड़कों के कमरे के द्वार बाहर से बंद कर दिये और उन्हें भीतर से खट-खट करते सुनकर हँसता रहा। यहाँ तक कि छात्रालय के अध्यक्ष महोदय की नींद शोरगुल सुनकर खुल गई और उन्होंने मंसाराम की शरारत पर खेद प्रकट किया। कौन जानता है कि उसके अन्तःस्थल में कितनी भीषण क्रांति हो रही है? संदेह के निर्दय आघात ने उसकी लज्जा और आत्मसम्मान को कुचल

डाला है। उसे अपमान और तिरस्कार का लेशमात्र भी भय नहीं है। यह विनोद नहीं, उसकी आत्मा का करुण विलाप है। जब और सब लड़के सो गए, तो वह भी चारपाई पर लेटा, लेकिन उसे नींद नहीं आई। एक क्षण के बाद वह बैठा और अपनी सारी पुस्तकें बांधकर संदूक में रख दीं। जब मरना ही है, तो पढ़कर क्या होगा? जिस जीवन में ऐसी-ऐसी बाधाएँ हैं, ऐसी-ऐसी यातनाएँ हैं, उससे मृत्यु कहीं अच्छी।

यह सोचते-सोचते तड़का हो गया। तीन रात से वह एक क्षण भी न सोया था। इस वक्त वह उठा तो उसके पैर थर-थर कांप रहे थे और सिर में चक्कर-सा आ रहा था। आँखें जल रही थीं और शरीर के सारे अंग शिथिल हो रहे थे। दिन चढ़ता जाता था और उसमें इतनी शक्ति दिन चढ़ता जाता था और उसमें इतनी शक्ति भी न थी कि उठकर मुँह हाथ धो डाले। एकाएक उसने भूंगी को रुमाल में कुछ लिए हुए एक कहार के साथ आते देखा। उसका कलेजा सन्न रह गया। हाय! ईश्वर वे आ गईं। अब क्या होगा? भूंगी अकेले नहीं आई होगी? बग्घी जरूर बाहर खड़ी होगी? कहाँ तो उससे उठा तक न जाता था, कहाँ भूंगी को देखते ही दौड़ा और घबराई हुई आवाज़ में बोला- अम्माजी भी आई हैं, क्या रे? जब मालूम हुआ कि अम्माजी नहीं आई, तब उसका चित्त शांत हुआ।

भूंगी ने कहा- भैया। तुम कल गए नहीं, बहूजी तुम्हारी राह देखती रह गईं। उनसे क्यों रूठे हो भैया? कहती हैं, मैंने उनकी कुछ भी शिकायत नहीं की है। मुझसे आज रोकर कहने लगीं- उनके पास यह मिठाई लेती जा और कहना, मेरे कारण क्यों घर छोड़ दिया है? कहाँ रख दूँ यह थाली?

मंसाराम ने रुखाई से कहा- यह थाली अपने सिर पर पटक दे चुड़ैल। वहाँ से चली है मिठाई लेकर। खबरदार, जो फिर कभी इधर आई। सौगात लेकर चली है। जाकर कह देना, मुझे उनकी मिठाई नहीं चाहिए। जाकर कह देना, तुम्हारा घर है तुम रहो, वहाँ वे बड़े आराम से हैं। खूब खाते और मौज करते हैं। सुनती है, बाबूजी के मुँह पर कहना, समझ गई? मुझे किसी का डर नहीं है, और जो करना चाहें, कर डालें, जिससे दिल में कोई अरमान न रह जाए। कहें तो इलाहाबाद, लखनऊ, कलकत्ता चला जाऊँ। मेरे लिए जैसे बनारस वैसे दूसरा शहर। यहाँ क्या रखा है?

भूंगी- भैया, मिठाई रख लो, नहीं तो, रो-रोकर मर जाएँगी। सच मानो, रो-रोकर मर जाएँगी।

मंसाराम ने आँसुओं के उठते हुए वेग को दबाकर कहा- मर जाएँगी, मेरी बला से। कौन मुझे बड़ा सुख दे दिया है, जिसके लिए पछताऊँ। मेरा तो उन्होंने सर्वनाश कर दिया। कह देना, मेरे पास कोई संदेशा न भेजें, कुछ जरूरत नहीं।

भूंगी- भैया, तुम तो कहते हो यहाँ खूब खाता हूँ और मौज करता हूँ, मगर देह तो आधी भी न रही। जैसे आए थे, उससे आधे भी न रहे।

मंसाराम- यह तेरी आँखों का फेर है। देखना, दो-चार दिन में मुटाकर कोल्हू हो जाता हूँ कि नहीं। उनसे यह भी कह देना कि रोना-धोना बंद करें। जो मैंने सुना कि रोती हैं और खाना नहीं खातीं, मुझसे बुरा कोई नहीं। मुझे घर से निकाला है, तो आप चैन से रहें। चली हैं, प्रेम दिखाने। मैं ऐसे त्रिया-चरित्र बहुत पढ़े बैठा हूँ।

भूंगी चली गई। मंसाराम को उससे बातें करते ही कुछ ठंड मालूम होने लगी थी। यह अभिनय करने के लिए उसे अपने मनोभावों को जितना दबाना पड़ा था, वह उसके लिए असाध्य था। उसका आत्म-सम्मान उसे इस कुटिल व्यवहार का जल्द-से-जल्द अंत कर देने के लिए बाध्य कर रहा था, पर इसका परिणाम क्या होगा? निर्मला क्या यह आघात सह सकेगी? अब तक वह मृत्यु की कल्पना करते समय किसी अन्य प्राणी का विचार न करता था, पर आज एकाएक ज्ञान हुआ कि मेरे जीवन के साथ एक और प्राणी का जीवन-सूत्र भी बंधा हुआ है। निर्मला यह समझेगी कि मेरी निष्ठुरता ही ने इनकी जान ली। यह समझकर उसका कोमल हृदय फट न जाएगा? उसका जीवन तो अब भी संकट में है। संदेह के कठोर पंजे में फंसी हुई अबला, क्या अपने का हत्यारिणी समझकर बहुत दिन जीवित रह सकती है?

मंसाराम ने चारपाई पर लेटकर लिहाफ ओढ़ लिया, फिर भी सर्दी से कलेजा कांप रहा था। थोड़ी ही देर में उसे जोर से ज्वर चढ़ आया, वह बेहोश हो गया। इस अचेत दशा में उसे भांति-भांति के स्वप्न दिखाई देने लगे। थोड़ी-थोड़ी देर के बाद चौंक पड़ता, आँखें खुल जाती, फिर बेहोश हो जाता।

सहसा वकील साहब की आवाज़ सुनकर वह चौंक पड़ा। हाँ, वकील साहब की आवाज़ थी। उसने लिहाफ फेंक दिया और चारपाई से उतरकर नीचे खड़ा हो गया। उसके मन में एक आवेग हुआ कि इस वक्त इनके

सामने प्राण दे दूँ। उसे ऐसा मालूम हुआ कि मैं मर जाऊँ, तो इन्हें सच्ची खुशी होगी। शायद इसीलिए वह देखने आए हैं कि मेरे मरने में कितनी देर है। वकील साहब ने उसका हाथ पकड़ लिया, जिससे वह गिर न पड़े और पूछा- कैसी तबीयत है लल्लू। लेटे क्यों न रहे? लेट न जाओ, तुम खड़े क्यों हो गए?

मंसाराम- मेरी तबीयत तो बहुत अच्छी है। आपको व्यर्थ ही कष्ट हुआ। मुंशी जी ने कुछ जवाब न दिया। लड़के की दशा देखकर उनकी आँखों से आँसू निकल आए। वह हृष्ट-पुष्ट बालक, जिसे देखकर चित्त प्रसन्न हो जाता था, अब सूखकर कांटा हो गया था। पाँच-छः दिन में ही वह इतना दुबला हो गया था कि उसे पहचानना कठिन था। मुंशीजी ने उसे आहिस्ता से चारपाई पर लिटा दिया और लिहाफ अच्छी तरह उसे उढ़ाकर सोचने लगे कि अब क्या करना चाहिए। कहीं लड़का हाथ से तो नहीं जाएगा। यह ख्याल करके वह शोक विह्वल हो गए और स्टूल पर बैठकर फूट-फूटकर रोने लगे। मंसाराम भी लिहाफ में मुँह लपेटे रो रहा था। अभी थोड़े ही दिनों पहले उसे देखकर पिता का हृदय गर्व से फूल उठता था, लेकिन आज उसे इस दारुण दशा में देखकर भी वह सोच रहे हैं कि इसे घर ले चलूँ या नहीं। क्या यहाँ दवा नहीं हो सकती? मैं यहाँ चौबीसों घण्टे बैठा रहूँगा। डॉक्टर साहब यहाँ हैं ही। कोई दिक्कत न होगी। घर ले चलने से में उन्हें बाधाएँ-ही-बाधाएँ दिखाई देती थीं, सबसे बड़ा भय यह था कि वहाँ निर्मला इसके पास हरदम बैठी रहेगी और मैं मना न कर सकूँगा, यह उनके लिए असह्य था।

इतने में अध्यक्ष ने आकर कहा- मैं तो समझता हूँ कि आप इन्हें अपने साथ ले जाएँ। गाड़ी है ही, कोई तकलीफ न होगी। यहाँ अच्छी तरह देखभाल न हो सकेगी।

मुंशीजी- हाँ, आया तो मैं इसी ख्याल से था, लेकिन इनकी हालत बहुत ही नाजुक मालूम होती है। जरा-सी असावधानी होने से सरसाम हो जाने का भय है।

अध्यक्ष- यहाँ से इन्हें ले जाने में थोड़ी-सी दिक्कत जरूर है, लेकिन यह तो आप खुद सोच सकते हैं कि घर पर जो आराम मिल सकता है, वह यहाँ किसी तरह नहीं मिल सकता। इसके अतिरिक्त किसी बीमार लड़के को यहाँ रखना नियम के विरुद्ध भी है।

मुंशीजी- कहिए तो मैं हेडमास्टर से आज्ञा ले लूँ। मुझे इनका यहाँ से इस हालत में ले जाना किसी तरह मुनासिब नहीं मालूम होता।

अध्यक्ष ने हेडमास्टर का नाम सुना, तो समझे कि यह महाशय धमकी दे रहे हैं। जरा तिनककर बोले- हेडमास्टर नियम-विरुद्ध की कोई बात नहीं कर सकते। मैं इतनी बड़ी जिम्मेदारी कैसे ले सकता हूँ?

अब क्या हो? क्या घर ले जाना ही पड़ेगा? यहाँ रखने का तो यह बहाना था कि ले जाने पर बीमारी बढ़ जाने की शंका है। यहाँ से ले जाकर हस्पताल में ठहराने का कोई बहाना नहीं है। जो सुनेगा, वह यही कहेगा कि डॉक्टर की फीस बचाने के लिए लड़के को अस्पताल फेंक आए, पर अब ले जाने के सिवा और कोई उपाय न था। अगर अध्यक्ष महोदय इस वक्त रिश्वत लेने पर तैयार हो जाते, तो शायद दो-चार साल का वेतन ले लेते, लेकिन कायदे के पाबंद लोगों में इतनी बुद्धि, इतनी चतुराई कहाँ। अगर इस वक्त मुंशीजी को कोई आदमी ऐसा उज्र सुझा देता, जिसमें उनहें मंसाराम को घर न ले जाना पड़े, तो वह आजीवन असका एहसान मानते। सोचने का समय भी न था। अध्यक्ष महोदय शैतान की तरह सिर पर सवार था। विवश होकर मुंशीजी ने दोनों साईसों को बुलाया और मंसाराम को उठाने लगे। मंसाराम अर्धचेतना की दशा में था, चौंककर बोला, क्या है? कौन है?

मुंशीजी- कोई नहीं है बेटा, मैं तुम्हें घर ले चलना चाहता हूँ, आओ, गोद में उठा लूँ।

मंसाराम- मुझे क्यों घर ले चलते हैं? मैं वहाँ नहीं जाऊँगा।

मुंशीजी- यहाँ तो रह नहीं सकते, नियम ही ऐसा है।

मंसाराम- कुछ भी हो, वहाँ न जाऊँगा। मुझे और कहीं ले चलिए, किसी पेड़ के नीचे, किसी झोंपड़े में, जहाँ चाहे रखिए, पर घर पर न ले चलिए।

अध्यक्ष ने मुंशीजी से कहा- आप इन बातों का ख्याल न करें, यह तो होश में नहीं है।

मंसाराम- कौन होश में नहीं है? मैं होश में नहीं हूँ? किसी को गालियाँ देता हूँ? दांत काटता हूँ? क्यों होश में नहीं हूँ? मुझे यहीं पड़ा रहने दीजिए, जो कुछ होना होगा, अगर न ऐसा है, तो मुझे अस्पताल ले चलिए, मैं वहाँ पड़ा रहूँगा। जीना होगा, जीऊँगा, मरना होगा मरूंगा, लेकिन घर किसी तरह भी न जाऊँगा।

यह जोर पाकर मुंशीजी फिर अध्यक्ष की मिन्नतें करने लगे, लेकिन वह कायदे का पाबंदी आदमी कुछ सुनता ही न था। अगर छूत की बीमारी हुई और किसी दूसरे लड़के को छूत लग गई, तो कौन उसका जवाबदेह होगा। इस तर्क के सामने मुंशीजी की कानूनी दलीलें भी मात हो गईं।

आखिर मुंशीजी ने मंसाराम से कहा- बेटा, तुम्हें घर चलने से क्यों इन्कार हो रहा है? वहाँ तो सभी तरह का आराम रहेगा। मुंशीजी ने कहने को तो यह बात कह दी, लेकिन डर रहे थे कि कहीं सचमुच मंसाराम चलने पर राजी न हो जाए। मंसाराम को अस्पताल में रखने का कोई बहाना खोज रहे थे और उसकी जिम्मेदारी मंसाराम ही के सिर डालना चाहते थे। यह अध्यक्ष के सामने की बात थी, वह इस बात की साक्षी दे सकते थे कि मंसाराम अपनी जिद से अस्पताल जा रहा है। मुंशीजी का इसमे लेशमात्र भी दोष नहीं है।

मंसाराम ने झल्लाकर कहा- नहीं, नहीं, सौ बार नहीं, मैं घर नहीं जाऊँगा। मुझे अस्पताल ले चलिए और घर के सब आदमियों को मना कर दीजिए कि मुझे देखने न आए। मुझे कुछ नहीं हुआ है, बिल्कुल बीमार नहीं हूँ आप मुझे छोड़ दीजिए, मैं अपने पांव से चल सकता हूँ।

वह उठ खड़ा हुआ और उन्मत्त की भांति द्वार की ओर चला, लेकिन पैर लड़खड़ा गए। यदि मुंशीजी ने संभाल न लिया होता, तो उसे बड़ी चोट आती। दोनों नौकरों की मदद से मुंशीजी उसे बग्घी के पास लाए और अंदर बैठा दिया।

गाड़ी अस्पताल की ओर चली। वही हुआ जो मुंशीजी चाहते थे। इस शोक में भी उनका चित्त संतुष्ट था। लड़का अपनी इच्छा से अस्पताल जा रहा था, क्या यह इस बात का प्रमाण नहीं था कि घर में इसे कोई स्नेह नहीं है? क्या इससे यह सिद्ध नहीं होता कि मंसाराम निर्दोष है? वह उस पर अकारण ही भ्रम कर रहे थे।

लेकिन जरा ही देर में इस तुष्टि की जगह उनके मन में ग्लानि का भाव जागृत हुआ। वह अपने प्राण-प्रिय पुत्र को घर न ले जाकर अस्पताल लिए जा रहे थे। उनके विशाल भवन में उनके पुत्र के लिए जगह न थी, इस दशा में भी जबकि उसका जीवन संकट में पड़ा हुआ था। कितनी विडम्बना है!

एक क्षण के बाद एकाएक मुंशीजी के मन में प्रश्न उठा- कहीं मंसाराम उनके भावों को ताड़ तो नहीं गया? इसीलिए तो उसे घर से घृणा नहीं हो गई है? अगर ऐसा है, तो गजब हो जाएगा।

उस अनर्थ की कल्पना ही से मुंशीजी के रोयें खड़े हो गए और कलेजा धक-धक करने लगा। हृदय में एक धक्का-सा लगा। अगर इस ज्वर का यही कारण है, तो ईश्वर ही मालिक है। इस समय उनकी दशा अत्यन्त दयनीय थी। वह आग जो उन्होंने अपने ठिठुरे हुए हाथों को सेंकने के लिए जलाई थी, अब उनके घर में लगी जा रही थी। इस करुणा, शोक, पश्चात्ताप और शंका से उनका चित्त घबरा उठा। उनके गुप्त रोदन की ध्वनि बाहर निकल सकती, तो सुनने वाले रो पड़ते। उनके आँसू बाहर निकल सकते, तो उनका तार बंध जाता। उन्होंने पुत्र के वर्ण-हीन मुख की ओर एक वात्सल्यूपर्ण नेत्रों से देखा, वेदना से विकल होकर उसे छाती से लगा लिया और इतना रोये कि हिचकी बंध गई।

सामने अस्पताल का फाटक दिखाई दे रहा था।

11

मुंशी तोताराम संध्या समय कचहरी से घर पहुँचे, तो निर्मला ने पूछा- उन्हें देखा, क्या हाल है? मुंशीजी ने देखा कि निर्मला के मुख पर नाममात्र को भी शोक या चिन्ता का चिन्ह नहीं है। उसका बनाव-सिंगार और दिनों से भी कुछ गाढ़ा हुआ है। मसलन वह गले का हार न पहनती थी, पर आज वह भी गले में शोभा दे रहा था। झूमर से भी उसे बहुत प्रेम था, पर आज वह भी महीन रेशमी साड़ी के नीचे, काले-काले केशों के ऊपर, फानुस के दीपक की भांति चमक रहा था।

मुंशीजी ने मुँह फेरकर कहा- बीमार है और क्या हाल बताऊँ?

निर्मला- तुम तो उन्हें यहाँ लाने गए थे?

मुंशीजी ने झुंझलाकर कहा- वह नहीं आता, तो क्या मैं जबरदस्ती उठा लाता? कितना समझाया कि बेटा घर चलो, वहाँ तुम्हें कोई तकलीफ न होने पावेगी, लेकिन घर का नाम सुनकर उसे जैसे दूना ज्वर हो जाता था। कहने लगा- मैं यहाँ मर जाऊँगा, लेकिन घर न जाऊँगा। आखिर मजबूर होकर अस्पताल पहुँचा आया और क्या करता?

रुक्मिणी भी आकर बरामदे में खड़ी हो गई थी। बोलीं- वह जन्म का हठी है, यहाँ किसी तरह न आएगा और यह भी देख लेना, वहाँ अच्छा भी न होगा?

मुंशीजी ने कातर स्वर में कहा- तुम दो-चार दिन के लिए वहाँ चली जाओ, तो बड़ा अच्छा हो बहन, तुम्हारे रहने से उसे तस्कीन होती रहेगी। मेरी बहन, मेरा यह विनय मान लो। अकेले वह रो-रोकर प्राण दे देगा। बस, हाय अम्मा! हाय अम्मा! की रट लगाकर रोया करता है। मैं वहीं जा रहा हूँ, मेरे साथ ही चलो। उसकी दशा अच्छी नहीं। बहन, वह सूरत ही नहीं रही। देखें ईश्वर क्या करते हैं?

यह कहते-कहते मुंशीजी की आँखों से आँसू बहने लगे, लेकिन रुक्मिणी अविचलित भाव से बोली- मैं जाने को तैयार हूँ। मेरे वहाँ रहने से अगर मेरे लाल के प्राण बच जाएँ, तो मैं सिर के बल दौड़ी जाऊँ, लेकिन मेरा कहना गिरह में बांध लो भैया, वहाँ वह अच्छा न होगा। मैं उसे खूब पहचानती हूँ। उसे कोई बीमारी नहीं है, केवल घर से निकाले जाने का शोक है। यही दुःख ज्वर के रूप में प्रकट हुआ है। तुम एक नहीं, लाख दवा करो, सिविल सर्जन को ही क्यों न दिखाओ, उसे कोई दवा असर न करेगी।

मुंशीजी- बहन, उसे घर से निकाला किसने है? मैंने तो केवल उसकी पढ़ाई के ख्याल से उसे वहाँ भेजा था।

रुक्मिणी- तुमने चाहे जिस ख्याल से भेजा हो, लेकिन यह बात उसे लग गई। मैं तो अब किसी गिनती में नहीं हूँ, मुझे किसी बात में बोलने का कोई अधिकार नहीं। मालिक तुम, मालकिन तुम्हारी स्त्री। मैं तो केवल तुम्हारी रोटियों पर पड़ी हुई अभागिन विधवा हूँ। मेरी कौन सुनेगा और कौन परवाह करेगा? लेकिन बिना बोले रहे नहीं जाता। मंसा तभी अच्छा होगा, जब घर आएगा, जब तुम्हारा हृदय वही हो जाएगा, जो पहले था।

यह कहकर रुक्मिणी वहाँ से चली गईं, उनकी ज्योतिहीन, पर अनुभवपूर्ण आँखों के सामने जो चरित्र हो रहे थे, उनका रहस्य वह खूब समझती थीं और उनका सारा क्रोध निरपराधिनी निर्मला ही पर उतरता था। इस समय भी वह कहते-कहते रुक गईं, कि जब तक यह लक्ष्मी इस घर में रहेंगी, इस घर की दशा बिगड़ती ही जाएगी। उसको प्रगट रूप से न

कहने पर भी उसका आशय मुंशीजी से छिपा नहीं रहा। उनके चले जाने पर मुंशीजी ने सिर झुका लिया और सोचने लगे। उन्हें अपने ऊपर इस समय इतना क्रोध आ रहा था कि दीवार से सिर पटककर प्राणों का अन्त कर दें। उन्होंने क्यों विवाह किया था? विवाह करने की क्या जरूरत थी? ईश्वर ने उन्हें एक नहीं, तीन-तीन पुत्र दिये थे? उनकी अवस्था भी पचास के लगभग पहुँच गई थी फिर उन्होंने क्यों विवाह किया? क्या इसी बहाने ईश्वर को उनका सर्वनाश करना मंजूर था? उन्होंने सिर उठाकर एक बार निर्मला को साहस, पर निश्चल मूर्ति देखी और अस्पताल चले गए। निर्मला की साहस, छवि ने उनका चित्त शान्त कर दिया था। आज कई दिनों के बाद उन्हें शान्ति मयस्सर हुई थी। प्रेम-पीड़ित हृदय इस दशा में क्या इतना शान्त और अविचलित रह सकता है? नहीं, कभी नहीं। हृदय की चोट भाव-कौशल से नहीं छिपाई जा सकती। अपने चित्त की दुर्बलता पर इस समय उन्हें अत्यन्त क्षोभ हुआ। उन्होंने अकारण ही सन्देह को हृदय में स्थान देकर इतना अनर्थ किया। मंसाराम की ओर से भी उनका मन निःशंक हो गया। हाँ उसकी जगह अब एक नई शंका उत्पन्न हो गई। क्या मंसाराम भांप तो नहीं गया? क्या भांपकर ही तो घर आने से इन्कार नहीं कर रहा है? अगर वह भांप गया है, तो महान् अनर्थ हो जाएगा। उसकी कल्पना ही से उनका मन दहल उठा। उनकी देह की सारी हड्डियां मानो इस हाहाकार पर पानी डालने के लिए व्याकुल हो उठीं। उन्होंने कोचवान से घोड़े को तेज चलाने को कहा आज कई दिनों के बाद उनके हृदय मंडल पर छाया हुआ सघन फट गया था और प्रकाश की लहरें अन्दर से निकलने के लिए व्यग्र हो रही थीं। उन्होंने बाहर सिर निकालकर देखा, कोचवान सो तो नहीं रहा है। घोड़े की चाल उन्हें इतनी मन्द कभी न मालूम हुई थी।

अस्पताल पहुँचकर वह लपके हुए पंसाराम के पास गए। देखा तो डॉक्टर साहब उसके सामने चिन्ता में मग्न खड़े थे। मुंशीजी के हाथ-पांव फूल गए। मुँह से शब्द न निकल सका। भरभराई हुई आवाज़ में बड़ी मुश्किल से बोले- क्या हाल है, डॉक्टर साहब? यह कहते-कहते वह रो पड़े और जब डॉक्टर साहब को उनके प्रश्न का उत्तर देने में एक क्षण का विलम्ब हुआ, तब तो उनके प्राण नहों में समा गए। उन्होंने पलंग पर बैठकर अचेत बालक को गोद में उठा लिया और बालक की भांति सिसक-सिसककर रोने लगे। मंसाराम की देह तवे की तरह जल रही थी।

मंसाराम ने एक बार आँखें खोलीं। आह, कितनी भयंकर और उसके साथ ही कितनी दीन-दृष्टि थी। मुंशीजी ने बालक को कण्ठ से लगाकर डॉक्टर से पूछा- क्या हाल है, साहब! आप चुप क्यों हैं?

डॉक्टर ने संदिग्ध स्वर से कहा- हाल जो कुछ है, वह आप देख ही रहे हैं। 106 डिग्री का ज्वर है और मैं क्या बताऊँ? अभी ज्वर का प्रकोप बढ़ता ही जाता है। मेरे किये जो कुछ हो सकता है, कर रहा हूँ। ईश्वर मालिक है। जबसे आप गए हैं, मैं एक मिनट के लिए भी यहाँ से नहीं हिला। भोजन तक नहीं करा सका। हालत इतनी नाजुक है कि एक मिनट में क्या हो जाएगा, नहीं कहा जा सकता? यह महाज्वर है, बिलकुल होश नहीं है। रह-रहकर 'डिलीरियम' का दौरा-सा हो जाता है। क्या घर में इन्हें किसी ने कुछ कहा है! बार-बार, अम्माजी, तुम कहाँ हो! यही आवाज़ मुँह से निकल रही है।

डॉक्टर साहब यह कह ही रहे थे कि सहसा मंसाराम उठकर बैठ गया और धक्के से मुंशीजी को चारपाई के नीचे ढकेलकर उन्मत्त स्वर से बोला- क्यों धमकाते हैं, आप! मार डालिए, मार डालिए, अभी मार डालिए। तलवार नहीं मिलती! रस्सी का फन्दा है या वह भी नहीं। मैं अपने गले में लगा लूँगा। हाय अम्माजी, तुम कहाँ हो! यह कहते-कहते वह फिर अचेत होकर गिर पड़ा।

मुंशीजी एक क्षण तक मंसाराम की शिथिल मुद्रा की ओर व्यथित नेत्रों से ताकते रहे, फिर सहसा उन्होंने डॉक्टर साहब का हाथ पकड़ लिया और अत्यन्त दीनतापूर्ण आग्रह से बोले- डॉक्टर साहब, इस लड़के को बचा लीजिए, ईश्वर के लिए बचा लीजिए, नहीं तो मेरा सर्वनाश हो जाएगा। मैं अमीर नहीं हूँ लेकिन आप जो कुछ कहेंगे, वह हाजिर करूँगा, इसे बचा लीजिए। आप बड़े-से-बड़े डॉक्टर को बुलाइए और उनकी राय लीजिए, मैं सब खर्च दूँगा। इसे अब ऐसी हालत में नहीं देखी जाती। हाय, मेरा होनहार बेटा!

डॉक्टर साहब ने करुण स्वर में कहा- बाबू साहब, मैं आपसे सत्य कह रहा हूँ कि मैं इनके लिए अपनी तरफ से कोई बात उठा नहीं रख रहा हूँ। अब आप दूसरे डॉक्टरों से सलाह लेने को कहते हैं। अभी डॉक्टर लाहिरी, डॉक्टर भाटिया और डॉक्टर माथुर को बुलाता हूँ। विनायक शास्त्री

को भी बुलाए लेता हूँ, लेकिन मैं आपको व्यर्थ का आश्वासन नहीं देना चाहता, हालत नाजुक है।

मुंशीजी ने रोते हुए कहा- नहीं, डॉक्टर साहब, यह शब्द मुँह से न निकालिए। हाल इसके दुश्मनों की नाजुक हो। ईश्वर मुझ पर इतना कोप न करेंगे। आप कलकत्ता और बम्बई के डॉक्टरों को तार दीजिए, मैं जिन्दगी भर आपकी गुलामी करूँगा। यही मेरे कुल का दीपक है। यही मेरे जीवन का आधार है। मेरा हृदय फटा जा रहा है। कोई ऐसी दवा दीजिए, जिससे इसे होश आ जाए। मैं जरा अपने कानों से उसकी बाते सुनूं, जानूं कि उसे क्या कष्ट हो रहा है? हाय, मेरा बच्चा!

डॉक्टर- आप जरा दिल को तस्कीन दीजिए। आप बुजुर्ग आदमी हैं, यों हाय-हाय करने और डॉक्टरों की फौज जमा करने से कोई नतीजा न निकलेगा। शान्त होकर बैठिए, मैं शहर के लोगों को बुला रहा हूँ, देखिए क्या कहते हैं? आप तो खुद ही बदहवास हुए जाते हैं।

मुंशीजी- अच्छा, डॉक्टर साहब! मैं अब न बोलूँगा, जबान तब तक न खोलूँगा, आप जो चाहे करें, बच्चा अब आपके हाथ में है। आप ही उसकी रक्षा कर सकते हैं। मैं इतना ही चाहता हूँ कि जरा इसे होश आ जाए, मुझे पहचान ले, मेरी बातें समझने लगे। क्या कोई ऐसी संजीवनी बूटी नहीं? मैं इससे दो-चार बातें कर लेता।

यह कहते-कहते मुंशीजी आवेश में आकर मंसाराम से बोले- बेटा, जरा आँखें खोलो, कैसा जी है? मैं तुम्हारे पास बैठा रो रहा हूँ, मुझे तुमसे कोई शिकायत नहीं है, मेरा दिल तुम्हारी ओर से साफ है।

डॉक्टर- फिर आपने अनर्गल बातें करनी शुरू कीं। अरे साहब, आप बच्चे नहीं हैं, बुजुर्ग है, जरा धैर्य से काम लीजिए।

मुंशीजी- अच्छा, डॉक्टर साहब, अब न बोलूँगा, खता हुई। आप जो चाहें कीजिए। मैंने सब कुछ आप पर छोड़ दिया। कोई ऐसा उपाय नहीं, जिससे मैं इसे इतना समझा सकूं कि मेरा दिल साफ है? आप ही कह दीजिए डॉक्टर साहब, कह दीजिए, तुम्हारा अभागा पिता बैठा रो रहा है। उसका दिल तुम्हारी तरफ से बिल्कुल साफ है। उसे कुछ भ्रम हुआ था। वह अब दूर हो गया। बस, इतना ही कर दीजिए। मैं और कुछ नहीं चाहता। मैं चुपचाप बैठा हूँ। जबान को नहीं खोलता, लेकिन आप इतना जरूर कह दीजिए।

डॉक्टर- ईश्वर के लिए बाबू साहब, ज़रा सब्र कीजिए, वरना मुझे मजबूर होकर आपसे कहना पड़ेगा कि घर जाइए। मैं जरा दफ्तर में जाकर डॉक्टरों को खत लिख रहा हूँ। आप चुपचाप बैठे रहिएगा।

निर्दयी डॉक्टरों! जवान बेटे की यहा दशा देखकर कौन पिता है, जो धैर्य से काम लेगा? मुंशीजी बहुत गम्भीर स्वभाव के मनुष्य थे। यह भी जानते थे कि इस वक्त हाय-हाय मचाने से कोई नतीजा नहीं, लेकिन फिर भी इस समय शान्त बैठना उनके लिए असम्भव न था। अगर दैव-गति से यह बीमारी होती, तो वह शान्त हो सकते थे, दूसरों को समझा सकते थे, खुद डॉक्टरों का बुला सकते थे, लेकिन क्या यह जानकर भी धैर्य रख सकते थे कि यह सब आग मेरी ही लगाई हुई है? कोई पिता इतना वज्र-हृदय हो सकता है? उनका रोम-रोम इस समय उन्हें धिक्कार रहा था। उन्होंने सोचा, मुझे यह दुर्भावना उत्पन्न ही क्यों हुई? मैंने क्यों बिना किसी प्रत्यक्ष प्रमाण के ऐसी भीषण कल्पना कर डाली? अच्छा मुझे उस दशा में क्या करना चाहिए था। जो कुछ उन्होंने किया उसके सिवा वह और क्या करते, इसका वह निश्चय न कर सके। वास्तव में विवाह के बन्धन में पड़ना ही अपने पैरों में कुल्हाड़ी मारना था। हाँ, यही सारे उपद्रव की जड़ है।

मगर मैंने यह कोई अनोखी बात नहीं की। सभी स्त्री-पुरुष विवाह करते हैं। उनका जीवन आनन्द से कटता है। आनन्द की अच्छा से ही तो हम विवाह करते हैं। मुहल्ले में सैंकड़ों आदमियों ने दूसरी, तीसरी, चौथी यहाँ तक कि सातवीं शदियां की हैं और मुझसे भी कहीं अधिक अवस्था में। वह जब तक जिये आराम ही से जिये। यह भी नहीं हुआ कि सभी स्त्री से पहले मर गए हों। दुहाज-तिहाज होने पर भी कितने ही फिर रंडुए हो गए। अगर मेरी-जैसी दशा सबकी होती, तो विवाह का नाम ही कौन लेता? मेरे पिताजी ने पचपनवें वर्ष में विवाह किया था और मेरे जन्म के समय उनकी अवस्था साठ से कम न थी। हाँ, इतनी बात जरूर है कि तब और अब में कुछ अंतर हो गया है। पहले स्त्रियां पढ़ी-लिखी न होती थीं। पति चाहे कैसा ही हो, उसे पूज्य समझती थी, यह बात हो कि पुरुष सब कुछ देखकर भी बेहयाई से काम लेता हो, अवश्य यही बात है। जब युवक वृद्धा के साथ प्रसन्न नहीं रह सकता, तो युवती क्यों किसी वृद्ध के साथ प्रसन्न रहने लगी? लेकिन मैं तो कुछ ऐसा बुड्ढा न

था। मुझे देखकर कोई चालीस से अधिक नहीं बता सकता। कुछ भी हो, जवानी ढल जाने पर जवान औरत से विवाह करके कुछ-न-कुछ बेहयाई जरूर करनी पड़ती है, इसमें सन्देह नहीं। स्त्री स्वभाव से लज्जाशील होती है। कुलटाओं की बात तो दूसरी है, पर साधारणतः स्त्री पुरुष से कहीं ज्यादा संयमशील होती है। जोड़ का पति पाकर वह चाहे पर-पुरुष से हँसी-दिल्लगी कर ले, पर उसका मन शुद्ध रहता है। बेजोड़े विवाह हो जाने से वह चाहे किसी की ओर आँखे उठाकर न देखे, पर उसका चित्त दुखी रहता है। वह पक्की दीवार है, उसमें सबरी का असर नहीं होता; यह कच्ची दीवार है और उसी वक्त तक खड़ी रहती है, जब तक इस पर सबरी न चलाई जाए।

इन्हीं विचारों में पड़े-पड़े मुंशीजी को एक झपकी आ गई। मन के भावों ने तत्काल स्वप्न का रूप धारण कर लिया। क्या देखते हैं कि उनकी पहली स्त्री मंसाराम के सामने खड़ी कह रही है- 'स्वामी, यह तुमने क्या किया? जिस बालक को मैंने अपना रक्त पिला-पिलाकर पाला, उसको तुमने इतनी निर्दयता से मार डाला। ऐसे आदर्श चरित्र बालक पर तुमने इतना घोर कलंक लगा दिया? अब बैठे क्या बिसूरते हो। तुमने उससे हाथ धो लिया! मैं तुम्हारे निर्दयी हाथों से छीनकर, उसे अपने साथ लिए जाती हूँ। तुम तो इतने शक्की कभी न थे। क्या विवाह करते ही शक को भी गले बांध लाए? इस कोमल हृदय पर इतना कठोर आघात! इतना भीषण कलंक! इतना बड़ा अपमान सहकर जीने वाले कोई बेहया होंगे। मेरा बेटा नहीं सह सकता!' यह कहते-कहते उसने बालक को गोद में उठा लिया और चली। मुंशीजी ने रोते हुए उसकी गोद से मंसाराम को छीनने के लिए हाथ बढ़ाया, तो आँखे खुल गईं और डॉक्टर लाहिरी, डॉक्टर लाहिरी, डॉक्टर भाटिया आदि आधे-आधे दर्जन डॉक्टर उनके सामने खड़े दिखायी दिये।

12

तीन दिन गुजर गए और मुंशीजी घर न आए। रुक्मिणी दोनों वक्त अस्पताल जातीं और मंसाराम को देख आती थीं। दोनों लड़के भी जाते थे, पर निर्मला कैसे जाती? उनके पैरों में तो बेड़ियां पड़ी हुई थीं। वह मंसाराम की बीमारी

का हाल-चाल जानने क लिए व्यग्र रहती थी, यदि रुक्मिणी से कुछ पूछती थीं, तो ताने मिलते थे और लड़कों से पूछती तो बेसिर-पैर की बातें करने लगते थे। एक बार खुद जाकर देखने के लिए उसका चित्त व्याकुल हो रहा था। उसे यह भय होता था कि सन्देह ने कहीं मुंशीजी के पुत्र-प्रेम को शिथिल न कर दिया हो, कहीं उनकी कृपणता ही तो मंसाराम के अच्छे होने में बाधक नहीं हो रही है? डॉक्टर किसी के सगे नहीं होते, उन्हें तो अपने पैसों से काम है, मुर्दा दोजख में जाए या बहिश्त में। उसके मन में प्रबल इच्छा होती थी कि जाकर अस्पताल के डॉक्टरों का एक हज़ार की थैली देकर कहे- इन्हें बचा लीजिए, यह थैली आपकी भेंट हैं, पर उसके पास न तो इतने रुपए ही थे, न इतना साहस ही था। अब भी यदि वहाँ पहुँच सकती, तो मंसाराम अच्छा हो जाता। उसकी जैसी सेवा-शुश्रूषा होनी चाहिए, वैसी नहीं हो रही है। नहीं तो क्या तीन दिन तक ज्वर ही न उतरता? यह दैहिक ज्वर नहीं, मानसिक ज्वर है और चित्त के शान्त होने ही से इसका प्रकोप उतर सकता है। अगर वह वहाँ रात भर बैठी रह सकती और मुंशीजी जरा भी मन मैला न करते, तो कदाचित् मंसाराम को विश्वास हो जाता कि पिताजी का दिल साफ है और फिर अच्छे होने में देर न लगती, लेकिन ऐसा होगा? मुंशीजी उसे वहाँ देखकर प्रसन्नचित्त रह सकेंगे? क्या अब भी उनका दिल साफ नहीं हुआ? यहाँ से जाते समय तो ऐसा ज्ञात हुआ था कि वह अपने प्रमाद पर पछता रहें हैं। ऐसा तो न होगा कि उसके वहाँ जाते ही मुंशीजी का सन्देह फिर भड़क उठे और वह बेटे की जान लेकर ही छोड़ें?

इस दुविधा में पड़े-पड़े तीन दिन गुजर गए और न घर में चूल्हा जला, न किसी ने कुछ खाया। लड़को के लिए बाज़ार से पूरियां ली जाती थीं, रुक्मिणी और निर्मला भूखी ही सो जाती थीं। उन्हें भोजन की इच्छा ही न होती।

चौथे दिन जियाराम स्कूल से लौटा, तो अस्पताल होता हुआ घर आया। निर्मला ने पूछा- क्यों भैया, अस्पताल भी गए थे? आज क्या हाल है? तुम्हारे भैया उठे या नहीं?

जियाराम रुआँसा होकर बोला- अम्माजी, आज तो वह कुछ बोलते-चालते ही न थे। चुपचाप चारपाई पर पड़े जोर-जोर से हाथ-पांव पटक रहे थे।

निर्मला के चेहरे का रंग उड़ गया। घबराकर पूछा- तुम्हारे बाबूजी वहाँ न थे?

जियाराम- थे क्यों नहीं? आज वह बहुत रोते थे।

निर्मला का कलेजा धक-धक् करने लगा। पूछा- डॉक्टर लोग वहाँ न थे?

जियाराम- डॉक्टर भी खड़े थे और आपस में कुछ सलाह कर रहे थे। सबसे बड़ा सिविल सर्जन अंग्रेजी में कह रहा था कि मरीज की देह में कुछ ताजा खून डालना चाहिए। इस पर बाबूजी; ने कहा- मेरी देह से जितना खून चाहे ले लीजिए। सिविल सर्जन ने हँसकर कहा- आपके ब्लड से काम नहीं चलेगा, किसी जवान आदमी का ब्लड चाहिए। आखिर उसने पिचकारी से कोई दवा, भैया के बाजू में डाल दी। चार अंगुल से कम के सुई न रही होगी, पर भैया मिनके तक नहीं। मैंने तो मारे डर के आँखें बन्द कर लीं।

बड़े-बड़े महान संकल्प आवेश में ही जन्म लेते हैं। कहाँ तो निर्मला भय से सूखी जाती थी, कहाँ उसके मुँह पर दृढ़ संकल्प की आभा झलक पड़ी। उसने अपनी देह का ताजा खून देने का निश्चय किया। अगर उसके रक्त से मंसाराम के प्राण बच जाएँ, तो वह बड़ी खुशी से उसकी अन्तिम बूंद तक दे डालेगी। अब जिसका जो जी चाहे समझे, वह कुछ परवाह न करेगी। उसने जियाराम से कहा- तुम लपककर एक एक्का बुला लो, मैं अस्पताल जाऊँगी।

जियाराम- वहाँ तो इस वक्त बहुत से आदमी होंगे। जरा रात हो जाने दीजिए।

निर्मला- नहीं, तुम अभी एक्का बुला लो।

जियाराम- कहीं बाबूजी बिगड़ें न?

निर्मला- बिगड़ने दो। तुम अभी जाकर सवारी लाओ।

जियाराम- मैं कह दूँगा, अम्माजी ही ने मुझसे सवारी मंगाई थी।

निर्मला- कह देना।

जियाराम तो उधर तांगा लाने गया, इतनी देर में निर्मला ने सिर में कंघी की, जूड़ा बांधा, कपड़े बदले, आभूषण पहने, पान खाया और द्वार पर आकर तांगे की राह देखने लगी।

रुक्मिणी अपने कमरे में बैठी हुई थीं, उसे इस तैयारी से आते देखकर बोलीं- कहाँ जाती हो, बहू?

निर्मला- जरा अस्पताल तक जाती हूँ।

रुक्मिणी- वहाँ जाकर क्या करोगी?

निर्मला- कुछ नहीं, करूँगी क्या? करने वाले तो भगवान हैं। देखने को जी चाहता है।

रुक्मिणी- मैं कहतीं हूँ, मत जाओ।

निर्मला ने विनीत भाव से कहा- अभी चली आऊँगी, दीदीजी। जियाराम कह रहे हैं कि इस वक्त उनकी हालत अच्छी नहीं है। जी नहीं मानता, आप भी चलिए न?

रुक्मिणी- मैं देख आई हूँ। इतना ही समझ लो कि, अब बाहरी खून पहुँचाने पर ही जीवन की आशा है। कौन अपना ताजा खून देगा और क्यों देगा? उसमें भी तो प्राणों का भय है।

निर्मला- इसीलिए तो मैं जाती हूँ। मेरे खून से क्या काम न चलेगा?

रुक्मिणी- चलेगा क्यों नहीं, जवान ही का तो खून चाहिए, लेकिन तुम्हारे खून से मंसाराम की जान बचे, इससे यह कहीं अच्छा है कि उसे पानी में बहा दिया जाए।

तांगा आ गया। निर्मला और जियाराम दोनों जा बैठे। तांगा चला।

रुक्मिणी द्वार पर खड़ी देर तक रोती रही। आज पहली बार उसे निर्मला पर दया आई, उसका बस होता तो वह निर्मला को बांधे रखती। करुणा और सहानुभूति का आवेश उसे कहाँ लिए जाता है, वह अप्रकट रूप से देख रही थी। आह! यह दुर्भाग्य की प्रेरणा है। यह सर्वनाश का मार्ग है।

निर्मला अस्पताल पहुँची, तो दीपक जल चुके थे। डॉक्टर लोग अपनी राय देकर विदा हो चुके थे। मंसाराम का ज्वर कुछ कम हो गया था। वह टकटकी लगाए हुए द्वार की ओर देख रहा था। उसकी दृष्टि उन्मुक्त आकाश की ओर लगी हुई थी, मानो किसी देवता की प्रतीक्षा कर रहा हो! वह कहाँ है, ज़िस दशा में है, इसका उसे कुछ ज्ञान न था।

सहसा निर्मला को देखते ही वह चौंककर उठ बैठा। उसकी समाधि टूट गई। उसकी विलुप्त चेतना प्रदीप्त हो गई। उसे अपने स्थिति का, अपनी

दशा का ज्ञान हो गया, मानो कोई भूली हुई बात याद हो गई हो। उसने आँखें फाड़कर निर्मला को देखा और मुँह फेर लिया।

एकाएक मुंशीजी तीव्र स्वर से बोले- तुम, यहाँ क्या करने आईं?

निर्मला अवाक् रह गई। वह बतलाए कि क्या करने आई? इतने सीधे से प्रश्न का भी वह कोई जवाब न दे सकी? वह क्या करने आई थी? इतना जटिल प्रश्न किसके सामने आया होगा? घर का आदमी बीमार है, उसे देखने आई है, यह बात क्या बिना पूछे मालूम न हो सकती थी? फिर प्रश्न क्यों?

वह हतबुद्धी-सी खड़ी रही, मानो संज्ञाहीन हो गई हो। उसने दोनों लड़कों से मुंशीजी के शोक और संताप की बातें सुनकर यह अनुमान किया था कि अब उसका दिल साफ हो गया है। अब उसे ज्ञात हुआ कि वह भ्रम था। हाँ, वह महाभ्रम था। अगर वह जानती कि आँसुओं की दृष्टि ने भी संदेह की अग्नि शांत नहीं की, तो वह कदापि न आती। वह कुढ़-कुढ़ाकर मर जाती, घर से पांव न निकालती।

मुंशीजी ने फिर वही प्रश्न किया- तुम यहाँ क्यों आईं?

निर्मला ने निःशंक भाव से उत्तर दिया- आप यहाँ क्या करने आए हैं?

मुंशीजी के नथुने फड़कने लगा। वह झल्लाकर चारपाई से उठे और निर्मला का हाथ पकड़कर बोले- तुम्हारे यहाँ आने की कोई जरूरत नहीं। जब मैं बुलाऊँ तब आना। समझ गईं?

अरे! यह क्या अनर्थ हुआ! मंसाराम जो चारपाई से हिल भी न सकता था, उठकर खड़ा हो गया और निर्मला के पैरों पर गिरकर रोते हुए बोला- अम्माजी, इस अभागे के लिए आपको व्यर्थ इतना कष्ट हुआ। मैं आपका स्नेह कभी भी न भूलूँगा। ईश्वर से मेरी यही प्रार्थना है कि मेरा पुर्नजन्म आपके गर्भ से हो, जिससे मैं आपके ऋण से उऋण हो सकूं। ईश्वर जानता है, मैंने आपको विमाता नहीं समझा। मैं आपको अपनी माता समझता रहा। आपकी उम्र मुझसे बहुत ज्यादा न हो, लेकिन आप, मेरी माता के स्थान पर थी और मैंने आपको सदैव इसी दृष्टि से देखा... अब नहीं बोला जाता अम्माजी, क्षमा कीजिए! यह अंतिम भेंट है।

निर्मला ने अश्रु-प्रवाह को रोकते हुए कहा- तुम ऐसी बातें क्यों करते हो? दो-चार दिन में अच्छे हो जाओगे।

मंसाराम ने क्षीण स्वर में कहा- अब जीने की इच्छा नहीं और न बोलने की शक्ति ही है।

यह कहते-कहते मंसाराम अशक्त होकर वहीं जमीन पर लेट गया। निर्मला ने पति की ओर निर्भय नेत्रों से देखते हुए कहा- डॉक्टर ने क्या सलाह दी?

मुंशीजी- सब-के-सब भंग खा गए हैं, कहते हैं, ताजा खून चाहिए।

निर्मला- ताजा खून मिल जाए, तो प्राण-रक्षा हो सकती है?

मुंशीजी ने निर्मला की ओर तीव्र नेत्रों से देखकर कहा- मैं ईश्वर नहीं हूँ और न डॉक्टर ही को ईश्वर समझता हूँ।

निर्मला- ताजा खून तो ऐसी अलभ्य वस्तु नहीं!

मुंशीजी- आकाश के तारे भी तो अलभ्य नही! मुँह के सामने खन्दक क्या चीज़ है?

निर्मला- मैं अपना खून देने को तैयार हूँ। डॉक्टर को बुलाइए।

मुंशीजी ने विस्मित होकर कहा- तुम!

निर्मला- हाँ, क्या मेरे खून से काम न चलेगा?

मुंशीजी- तुम अपना खून दोगी? नहीं, तुम्हारे खून की जरूरत नहीं। इसमें प्राणों का भय है।

निर्मला- मेरे प्राण और किस दिन काम आएँगे?

मुंशीजी ने सजल-नेत्र होकर कहा- नहीं निर्मला, उसका मूल्य अब मेरी निगाहों में बहुत बढ़ गया है। आज तक वह मेरे भोग की वस्तु थी, आज से वह मेरी भक्ति की वस्तु है। मैंने तुम्हारे साथ बड़ा अन्याय किया है, क्षमा करो।

13

जो कुछ होना था हो गया, किसी की कुछ न चली। डॉक्टर साहब निर्मला की देह से रक्त निकालने की चेष्टा कर ही रहे थे कि मंसाराम अपने उज्ज्वल चरित्र की अन्तिम झलक दिखाकर इस भ्रम-लोक से विदा हो गया। कदाचित् इतनी देर तक उसके प्राण निर्मला ही की राह देख रहे थे। उसे निष्कलंक सिद्ध किये बिना वे देह को कैसे त्याग देते? अब उनका

उद्देश्य पूरा हो गया। मुंशीजी को निर्मला के निर्दोष होने का विश्वास हो गया, पर कब? जब हाथ से तीर निकल चुका था, जब मुसाफिर ने रकाब में पांव डाल दिया था।

पुत्र-शोक से मुंशीजी का जीवन भार-स्वरूप हो गया। उस दिन से फिर उनके ओंठों पर हँसी न आई। यह जीवन अब उन्हें व्यर्थ-सा जान पड़ता था। कचहरी जाते, मगर मुकदमों की पैरवी करने के लिए नहीं, केवल दिल बहलाने के लिए घंटे-दो-घंटे में वहाँ से उकताकर चले आते। खाने बैठते तो कौर मुँह में न जाता। निर्मला अच्छी से अच्छी चीज़ पकाती पर मुंशीजी दो-चार कौर से अधिक न खा सकते। ऐसा जान पड़ता कि कौर मुँह से निकला आता है! मंसाराम के कमरे की ओर जाते ही उनका हृदय टूक-टूक हो जाता था। जहाँ उनकी आशाओं का दीपक जलता रहता था, वहाँ अब अंधकार छाया हुआ था। उनके दो पुत्र अब भी थे, लेकिन दूध देती हुई गाय मर गई; तो बछिया का क्या भरोसा? जब फूलने-फलने वाला वृक्ष गिर पड़ा, नन्हे-नन्हे पौधों से क्या आशा? यों तो जवान-बूढ़े सभी मरते हैं, लेकिन दुःख इस बात का था कि उन्होंने स्वयं लड़के की जान ली। जिस दम बात याद आ जाती, तो ऐसा मालूम होता था कि उनकी छाती फट जाएगी- मानो हृदय बाहर निकल पड़ेगा।

निर्मला को पति से सच्ची सहानुभूति थी। जहाँ तक हो सकता था, वह उनको प्रसन्न रखने का फिक्र रखती थी और भूलकर भी पिछली बातें जबान पर न लाती थी। मुंशीजी उससे मंसाराम की कोई चर्चा करते शरमाते थे। उनकी कभी-कभी ऐसी इच्छा होती कि एक बार निर्मला से अपने मन के सारे भाव खोलकर कह दूँ, लेकिन लज्जा रोक लेती थी। इस भांति उन्हें सान्त्वना भी न मिलती थी, जो अपनी व्यथा कह डालने से, दूसरों को अपने गम में शरीक कर लेने से प्राप्त होती है। मवाद बाहर न निकलकर अन्दर-ही-अन्दर अपना विष फैलाता जाता था, दिन-दिन देह घुलती जाती थी।

इधर कुछ दिनों से मुंशीजी और उन डॉक्टर साहब में, जिन्होंने मंसाराम की दवा की थी, याराना हो गया था। बेचारे कभी-कभी आकर मुंशीजी को समझाया करते, कभी-कभी अपने साथ हवा खिलाने के लिए खींच ले जाते। उनकी स्त्री भी दो-चार बार निर्मला से मिलने आई थी। निर्मला भी कई बार उनके घर गई थी, मगर वहाँ से जब लौटती,

तो कई दिन तक उदास रहती। उस दम्पत्ति का सुखमय जीवन देखकर, उसे अपनी दशा पर दुःख हुए बिना न रहता था। डॉक्टर साहब को कुल 200 रुपए मिलते थे, पर इतने ही में दोनों आनन्द से जीवन व्यतीत करते थे। घर में केवल एक महरी थी, गृहस्थी का बहुत-सा काम स्त्री को अपने ही हाथों करना पड़ता था। गहने भी उसकी देह पर बहुत कम थे, पर उन दोनों में वह प्रेम था, जो धन की तृण के बराबर परवाह नहीं करता। पुरुष को देखकर स्त्री का चेहरा खिल उठता था। स्त्री को देखकर पुरुष निहाल हो जाता था। निर्मला के घर में धन इससे कहीं अधिक था- आभूषणों से उसकी देह फटी पड़ती थी- घर का कोई काम उसे अपने हाथ से न करना पड़ता था, पर निर्मला सम्पन्न होने पर भी अधिक दुःखी थी, और सुधा विपनन होने पर भी सुखी। सुधा के पास कोई ऐसी वस्तु थी, जो निर्मला के पास न थी, जिसके सामने उसे अपना वैभव तुच्छ जान पड़ता था। यहाँ तक कि वह सुधा के घर गहने पहनकर जाते शरमाती थी।

एक दिन निर्मला डॉक्टर साहब के घर आई, तो उसे बहुत उदास देखकर सुधा ने पूछा- बहिन, आज बहुत उदास हो, वकील साहब की तबीयत तो अच्छी है, न?

निर्मला- क्या कहूँ, सुधा? उनकी दशा दिन-दिन खराब होती जाती है- कुछ कहते नहीं बनता। न जाने ईश्वर को क्या मंजूर है?

सुधा- हमारे बाबूजी तो कहते हैं कि उन्हें कहीं जलवायु बदलने के लिए जाना जरूरी है, नहीं तो, कोई भंयकर रोग खड़ा हो जाएगा। कई बार वकील साहब से कह भी चुके हैं, पर वह यही कह दिया करते हैं कि मैं तो बहुत अच्छी तरह हूँ, मुझे कोई शिकायत नहीं। आज तुम कहना।

निर्मला- जब डॉक्टर साहब की नहीं सुना, तो मेरी सुनेंगे?

यह कहते-कहते निर्मला की आँखें डबडबा गईं और जो शंका, इधर महीनों से उसके हृदय को विकल करती रहती थी, मुँह से निकल पड़ी। अब तक उसने उस शंका को छिपाया था, पर अब न छिपा सकी। बोली- बहिन मुझे लक्षण कुछ अच्छे नहीं मालूम होते। देखें, भगवान् क्या करते हैं?

सुधा- तुम उनसे आज खूब जोर देकर कहना कि कहीं जलवायु बदलना चाहिए। दो-चार महीने बाहर रहने से बहुत-सी बातें भूल जाएँगी।

मैं तो समझती हूँ, शायद मकान बदलने से भी उनका शोक कुछ कम हो जाएगा। लेकिन तुम कहीं बाहर जा भी न सकोगी। यह कौन-सा महीना है?

निर्मला- आठवां महीना बीत रहा है। यह चिन्ता तो मुझे और भी मारे डालती है। मैंने तो इसके लिए ईश्वर से कभी प्रार्थना न की थी। यह बला मेरे सिर न जाने क्यों मढ़ दी? मैं बड़ी अभागिनी हूँ, बहिन! विवाह के एक महीने पहले पिताजी का देहान्त हो गया। उनके मरते ही मेरे सिर शनीचर सवार हुए। जहाँ पहले विवाह की बातचीत पक्की हुई थी, उन लोगों ने आँखें फेर लीं। बेचारी अम्मा को हारकर मेरा विवाह यहाँ करना पड़ा। अब छोटी बहिन का विवाह होने वाला है। देखें, उसकी नाव किस घाट जाती है!

सुधा- जहाँ पहले विवाह की बातचीत हुई थी, उन लोगों ने इन्कार क्यों कर दिया?

निर्मला- यह तो वे ही जानें। पिताजी न रहे, तो सोने की गठरी कौन देता?

सुधा- यह तो नीचता है। कहाँ के रहने वाले थे?

निर्मला- लखनऊ के। नाम तो याद नहीं, आबकारी के कोई बड़े अफसर थे।

सुधा ने गम्भीर भाव से पूछा- और उनका लड़का क्या करता था?

निर्मला- कुछ नहीं, कहीं पढ़ता था; पर बड़ा होनहार था।

सुधा ने सिर नीचा करके कहा- उसने अपने पिता से कुछ न कहा था? वह तो जवान था, अपने बाप को दबा न सकता था।

निर्मला- अब यह मैं क्या जानूं बहिन! सोने की गठरी किसे प्यारी नहीं होती? जो पण्डित मेरे यहाँ से सन्देश लेकर गया था, उसने तो कहा था कि लड़का ही इन्कार कर रहा है। लड़के की माँ अलबत्ता देवी थी। उसने पुत्र और पति दोनों ही को समझाया, पर उसकी कुछ न चली।

सुधा- मैं तो उस लड़के को पाती, तो खूब आड़े हाथों लेती।

निर्मला- मरे भाग्य में जो लिखा था, वह हो चुका। बेचारी कृष्णा पर न जाने क्या बीतेगी?

संध्या समय निर्मला के जाने के बाद जब डॉक्टर साहब बाहर से आए, तो सुधा ने कहा- क्यों जी, तुम उस आदमी को क्या कहोगे, जो

एक जगह विवाह ठीक कर लेने के बाद फिर लोभवश किसी दूसरी जगह संबंध कर ले?

डॉक्टर सिन्हा ने स्त्री की ओर कुतूहल से देखकर कहा- ऐसा नहीं करना चाहिए, और क्या?

सुधा- यह क्यों नहीं कहते कि ये घोर नीचता है- पहले सिरे का कमीनापन है!

सिन्हा- हाँ, यह कहने में भी मुझे इन्कार नहीं।

सुधा- किसका अपराध बड़ा है- वर का या वर के पिता का?

सिन्हा की समझ में अभी तक नहीं आया कि सुधा के इन प्रश्नों का आशय क्या है? विस्मय से बोले- जैसी स्थिति हो अगर वह पिता के अधीन हो, तो पिता का ही अपराध समझो।

सुधा- अधीन होने पर भी क्या जवान आदमी का अपना कोई कर्त्तव्य नहीं है? अगर उसे अपने लिए नये कोट की जरूरत हो, तो वह पिता के विरोध करने पर भी उसे रो-धोकर बनवा लेता है। क्या ऐसे महत्त्व के विषय में वह अपनी आवाज़ पिता के कानों तक नहीं पहुँचा सकता? यह कहो कि वह और उसका पिता दोनों अपराधी हैं, परन्तु वर अधिक। बूढ़ा आदमी सोचता है- मुझे तो सारा खर्च संभालना पड़ेगा, कन्या पक्ष से जितना ऐंठ सकूं, उतना ही अच्छा; मगर यह वर का धर्म है कि यदि वह स्वार्थ के हाथों बिलकुल बिक नहीं गया है, तो अपने आत्मबल का परिचय दे। अगर वह ऐसा नहीं करता, तो मैं कहूँगी कि वह लोभी है और कायर भी। दुर्भाग्यवश ऐसा ही एक प्राणी मेरा पति है और मेरी समझ में नहीं आता कि किन शब्दों में उनका तिरस्कार करूँ!

सिन्हा ने हिचकिचाते हुए कहा- वह... वह... वह... दूसरी बात थी। लेन-देन का कारण नहीं था; बिलकुल दूसरी बात थी। कन्या के पिता का देहान्त हो गया था। ऐसी दशा में हम लोग क्या करते? यह भी सुनने में आया था कि कन्या में कोई ऐब है। वह बिलकुल दूसरी बात थी, मगर तुमसे यह कथा क़िसने कही?

सुधा- कह दो कि वह कन्या कानी थी, या कुबड़ी थी या नाइन के पेट की थी या भ्रष्टा थी। इतनी कसर क्यों छोड़ दी? भला सुनूं तो, उस कन्या में क्या ऐब था?

सिन्हा- मैंने देखा तो था नहीं, सुनने में आया था कि उसमें कोई ऐब है।

सुधा- सबसे बड़ा ऐब यही था कि उसके पिता का स्वर्गवास हो गया था और वह कोई लंबी-चौड़ी रकम न दे सकती थी। इतना स्वीकार करते क्यों झेंपते हो? मैं कुछ तुम्हारे कान तो काट न लूँगी! अगर दो-चार फिकरे कहूँ, तो इस कान से सुनकर उस कान से उड़ा देना। ज्यादा-चीं-चपड़ करूँ, तो छड़ी से काम ले सकते हो। औरत जात डंडे ही से ठीक रहती है। अगर उस कन्या में कोई ऐब था, तो मैं कहूँगी, लक्ष्मी भी बे-ऐब नहीं। तुम्हारी खोटी थी, बस! और क्या? तुम्हें तो मेरे पाले पड़ना था।

सिन्हा- तुमसे किसने कहा कि वह ऐसी थी, वैसी थी? जैसे तुमने किसी से सुनकर मान लिया।

सुधा- मैंने सुनकर नहीं मान लिया। अपनी आँखों देखा। ज्यादा बखान क्या करूँ, मैंने ऐसी सुन्दरी स्त्री कभी नहीं देखी थी।

सिन्हा ने व्यग्र होकर पूछा- क्या वह यहीं कहीं है? सच बताओ, उसे कहाँ देखा! क्या तुम्हारे घर आई थी?

सुधा- हाँ, मेरे घर में आई थी और एक बार नहीं, कई बार आ चुकी है। मैं भी उसके यहाँ कई बार जा चुकी हूँ, वकील साहब की बीवी वही कन्या है, जिसे आपने ऐबों के कारण त्याग दिया।

सिन्हा- सच!

सुधा- बिलकुल सच। आज अगर उसे मालूम हो जाए कि आप वही महापुरुष हैं, तो शायद फिर इस घर मे कदम न रखे। ऐसी सुशीला, घर के कामों में ऐसी निपुण और ऐसी परम सुन्दरी स्त्री इस शहर में दो ही चार होंगी। तुम मेरा बखान करते हो। मैं उसकी लौंडी बनने के योग्य भी नहीं हूँ। घर में ईश्वर का दिया हुआ सब कुछ है, मगर जब प्राणी ही मेल को नहीं, तो और सब रहकर क्या करेगा? धन्य है उसके धैर्य को कि उस बुड्ढे खूसट वकील के साथ जीवन के दिन काट रही है। मैंने तो कब का जहर खा लिया होता। मगर मन की व्यथा कहने से ही थोड़े प्रकट होती है। हँसती है, बोलती है, गहने-कपड़े पहनती है, पर रोयां-रोयां रोया करता है।

सिन्हा- वकील साहब की खूब शिकायत करती होगी?

सुधा- शिकायत क्यों करेगी? क्या वह उसके पति नहीं हैं? संसार मे अब उसके लिए जो कुछ हैं, वकील साहब। वह बुड्ढे हों या रोगी, पर हैं तो उसके स्वामी ही। कुलवंती स्त्रीयां पति की निन्दा नहीं करतीं, यह कुलटाओं का काम है। वह उनकी दशा देखकर कुढ़ती हैं, पर मुँह से कुछ नहीं कहतीं।

सिन्हा- इन वकील साहब को क्या सूझी थी, जो इस उम्र में ब्याह करने चले?

सुधा- ऐसे आदमी न हों, तो गरीब कुवारियों की नाव कौन पार लगाये? तुम और तुम्हारे साथी बिना भारी गठरी लिए बात नहीं करते, तो फिर ये बेचारे किसके घर जाएँ? तुमने यह बड़ा भारी अन्याय किया है, और तुम्हें इसका प्रायश्चित करना पड़ेगा। ईश्वर उसका सुहाग अमर करे, लेकिन वकील साहब को कहीं कुछ हो गया, तो बेचारी का जीवन ही नष्ट हो जाएगा। आज तो वह बहुत रोती थी। तुम लोग सचमुच बड़े निर्दयी हो। मैं तो अपने सोहन का विवाह किसी गरीब लड़की से करूँगी।

डॉक्टर साहब ने यह पिछला वाक्य नहीं सुना। वह घोर चिन्ता में पड़ गए। उनके मन में यह प्रश्न उठ-उठकर उन्हें विकल करने लगा- कहीं वकील साहब को कुछ हो गया तो? आज उन्हें अपने स्वार्थ का भंयकर स्वरूप दिखाई दिया। वास्तव में यह उन्हीं का अपराध था। अगर उन्होंने पिता से जोर देकर कहा होता कि मैं और कहीं विवाह न करूँगा, तो क्या वह उनकी इच्छा के विरुद्ध उनका विवाह कर देते?

सहसा सुधा ने कहा- कहो तो कल निर्मला से तुम्हारी मुलाकात करा दूँ? वह भी जरा तुम्हारी सूरत देख ले। वह कुछ बोलेगी तो नहीं, पर कदाचित् एक दृष्टि से वह तुम्हारा इतना तिरस्कार कर देगी, जिसे तुम कभी न भूल सकोगे। बोलो, कल मिला दूँ? तुम्हारा बहुत संक्षिप्त परिचय भी करा दूँगी।

सिन्हा ने कहा- नहीं सुधा, तुम्हारे हाथ जोड़ता हूँ, कहीं ऐसा गजब न करना! नहीं तो सच कहता हूँ, घर छोड़कर भाग जाऊँगा।

सुधा- जो कांटा बोया है, उसका फल खाते क्यों इतना डरते हो? जिसकी गर्दन पर कटार चलाई है, जरा उसे तड़पते भी तो देखो। मेरे दादा जी ने पाँच हज़ार दिए न! अभी छोटे भाई के विवाह में पाँच-छः हज़ार और मिल जाएँगे। फिर तो तुम्हारे बराबर धनी संसार में काई दूसरा न होगा।

ग्यारह हज़ार बहुत होते हैं। बाप-रे-बाप! ग्यारह हज़ार! उठा-उठाकर रखने लगे, तो महीनों लग जाएँ अगर लड़के उड़ाने लगें, तो पीढ़ियों तक चले। कहीं से बात हो रही है या नहीं?

इस परिहास से डॉक्टर साहब इतना झेंपे कि सिर तक न उठा सके। उनका सारा वाक्-चातुर्य गायब हो गया। नन्हा-सा मुँह निकल आया, मानो मार पड़ गई हो। इसी वक्त किसी डॉक्टर साहब को बाहर से पुकारा, बेचारे जान लेकर भागे। स्त्री कितनी परिहास कुशल होती है, इसका आज परिचय मिल गया।

रात को डॉक्टर साहब शयन करते हुए सुधा से बोले- निर्मला की तो कोई बहिन है न?

सुधा- हाँ, आज उसकी चर्चा तो करती थी। इसकी चिन्ता अभी से सवार हो रही है। अपने ऊपर तो जो कुछ बीतना था, बीत चुका, बहिन की फिक्र में पड़ी हुई थी। माँ के पास तो अब और भी कुछ नहीं रहा, मजबूरन किसी ऐसे ही बूढ़े बाबा के गले वह भी मढ़ दी जाएगी।

सिन्हा- निर्मला तो अपनी माँ की मदद कर सकती है।

सुधा ने तीक्ष्ण स्वर में कहा- तुम भी कभी-कभी बिलकुल बेसिर पैर की बातें करने लगते हो। निर्मला बहुत करेगी, तो दो-चार सौ रुपए दे देगी, और क्या कर सकती है? वकील साहब का यह हाल हो रहा है, उसे अभी पहाड़-सी उम्र काटनी है। फिर कौन जाने उनके घर का क्या हाल है? इधर छः महीने से बेचारे घर बैठे हैं। रुपए आकाश से थोड़े ही बरसते है। दस-बीस हज़ार होंगे भी तो बैंक में होंगे, कुछ निर्मला के पास तो रखे न होंगे। हमारा दो सौ रुपया महीने का खर्च है, तो क्या इनका चार सौ रुपए महीने का भी न होगा?

सुधा को तो नींद आ गई, पर डॉक्टर साहब बहुत देर तक करवट बदलते रहे, फिर कुछ सोचकर उठे और मेज पर बैठकर एक पत्र लिखने लगे।

14

तीनों बातें एक ही साथ हुईं- निर्मला ने कन्या को जन्म दिया, कृष्णा का विवाह निश्चित हुआ और मुंशी तोताराम का मकान नीलाम हो गया। कन्या

का जन्म तो साधारण बात थी, यद्यपि निर्मला की दृष्टि में यह उसके जीवन की सबसे महान घटना थी, लेकिन शेष दोनों घटनाएँ असाधारण थीं। कृष्णा का विवाह- ऐसे सम्पन्न घराने में क्योंकर ठीक हुआ? उसकी माता के पास तो दहेज के नाम को कौड़ी भी न थी और इधर बूढ़े सिन्हा साहब जो अब पेंशन लेकर घर आ गए थे, बिरादरी महालोभी मशहूर थे। वह अपने पुत्र का विवाह ऐसे दरिद्र घराने में करने पर कैसे राजी हुए। किसी को सहसा विश्वास न आता था। इससे भी बड़े आश्चर्य की बात मुंशीजी के मकान का नीलाम होना था। लोग मुंशीजी को अगर लखपती नहीं, तो बड़ा आदमी अवश्य समझते थे। उनका मकान कैसे नीलाम हुआ? बात यह थी कि मुंशीजी ने एक महाजन से कुछ रुपए कर्ज लेकर एक गाँव रेहन रखा था। उन्हें आशा थी कि साल-आधा-साल में यह रुपए पाट देंगे, फिर दस-पाँच साल में उस गाँव पर कब्जा कर लेंगे। वह जमींदार असल और सूद के कुल रुपए अदा करने में असमर्थ हो जाएगा। इसी भरोसे पर मुंशीजी ने यह मामला किया था। गाँव बेहुत बड़ा था, चार-पाँच सौ रुपए नफा होता था, लेकिन मन की सोची मन ही में रह गई। मुंशीजी दिल को बहुत समझाने पर भी कचहरी न जा सके। पुत्रशोक ने उनमें कोई काम करने की शक्ति ही नहीं छोड़ी। कौन ऐसा हृदय-शून्य पिता है, जो पुत्र की गर्दन पर तलवार चलाकर चित्त को शान्त कर ले?

महाजन के पास जब साल भर तक सूद न पहुँचा और न उसके बार-बार बुलाने पर मुंशीजी उसके पास गए। यहाँ तक कि पिछली बार उन्होंने साफ-साफ कह दिया कि हम किसी के गुलाम नहीं हैं, साहूजी जो चाहे करें। तब साहूजी को गुस्सा आ गया। उसने नालिश कर दी। मुंशीजी पैरवी करने भी न गए। एकाएक डिग्री हो गई। यहाँ घर में रुपए कहाँ रखे थे? इतने ही दिनों में मुंशीजी की साख भी उठ गई थी। वह रुपए का कोई प्रबन्ध न कर सके। आखिर मकान नीलाम पर चढ़ गया। निर्मला सौर में थी। यह खबर सुनी, तो कलेजा सन्न-सा हो गया। जीवन में कोई सुख न होने पर भी धनाभाव की चिन्ताओं से मुक्त थी। धन मानव जीवन में अगर सर्वप्रधान वस्तु नहीं, तो वह उसके बहुत निकट की वस्तु अवश्य है। अब और अभावों के साथ यह चिन्ता भी उसके सिर सवार हुई। उसे दाई द्वारा कहला भेजा, मेरे सब गहने बेचकर घर को बचा लीजिए, लेकिन मुंशीजी ने यह प्रस्ताव किसी तरह स्वीकार न किया।

उस दिन से मुंशीजी और भी चिन्ताग्रस्त रहने लगे। जिस धन का सुख भोगने के लिए उन्होंने विवाह किया था, वह अब अतीत की स्मृति मात्र था। वह मारे ग्लानि के अब निर्मला को अपना मुँह तक न दिखा सकते। उन्हें अब उसके अन्याय का अनुमान हो रहा था, जो उन्होंने निर्मला के साथ किया था और कन्या के जन्म ने तो रही-सही कसर भी पूरी कर दी, सर्वनाश ही कर डाला!

बारहवें दिन सौर से निकलकर निर्मला नवजात शिशु को गोद लिए। पति के पास गई। वह इस अभाव में भी इतनी प्रसन्न थी, मानो उसे कोई चिन्ता नहीं है। बालिका को हृदय से लगाकर वह अपनी सारी चिन्ताएं भूल गई थी। शिशु के विकसित और हर्ष प्रदीप्त नेत्रों को देखकर उसका हृदय प्रफुल्लित हो रहा था। मातृत्व के इस उद्गार में उसके सारे क्लेश विलीन हो गए थे। वह शिशु को पति की गोद मे देकर निहाल हो जाना चाहती थी, लेकिन मुंशीजी कन्या को देखकर सहम उठे। गोद लेने के लिए उनका हृदय हुलसा नहीं, पर उन्होंने एक बार उसे करुण नेत्रों से देखा और फिर सिर झुका लिया, शिशु की सूरत मंसाराम से बिलकुल मिलती थी।

निर्मला ने उसके मन का भाव और ही समझा। उसने शतगुण स्नेह से लड़की को हृदय से लगा लिया, मानो उससे कह रही है- अगर तुम इसके बोझ से दबे जाते हो, तो आज से मैं इस पर तुम्हारा साया भी नहीं पड़ने दूँगी। जिस रतन को मैंने इतनी तपस्या के बाद पाया है, उसका निरादर करते हुए तुम्हारा हृदय फट नहीं जाता? वह उसी क्षण शिशु को गोद से चिपकाते हुए अपने कमरे में चली आई और देर तक रोती रही। उसने पति की इस उदासीनता को समझने की जरा भी चेष्टा न की, नहीं तो शायद वह उन्हें इतना कठोर न समझती। उसके सिर पर उत्तरदायित्व का इतना बड़ा भार कहाँ था, जो उसके पति पर आ पड़ा था? वह सोचने की चेष्टा करती, तो क्या इतना भी उसकी समझ में न आता?

मुंशीजी को एक ही क्षण में अपनी भूल मालूम हो गई। माता का हृदय प्रेम में इतना अनुरक्त रहता है कि भविष्य की चिन्ता और बाधाएँ उसे जरा भी भयभीत नहीं करतीं। उसे अपने अंत:करण में एक अलौकिक शक्ति का अनुभव होता है, जो बाधाओं को उनके सामने परास्त कर देती है। मुंशीजी दौड़े हुए घर में आए और शिशु को गोद में लेकर बोले मुझे याद आती है, मंसा भी ऐसा ही था- बिलकुल ऐसा ही!

निर्मला- दीदीजी भी तो यही कहती है।

मुंशीजी- बिलकुल वहीं बड़ी-बड़ी आँखे और लाल-लाल ओंठ हैं। ईश्वर ने मुझे मेरा मंसाराम इस रूप में दे दिया। वही माथा है, वही मुँह, वही हाथ-पांव! ईश्वर तुम्हारी लीला अपार है।

सहसा रुक्मिणी भी आ गई। मुंशीजी को देखते ही बोली- देखो बाबू, मंसाराम है कि नहीं? वही आया है। कोई लाख कहे, मैं न मानूंगी। साफ मंसाराम है। साल भर के लगभग भी तो गया।

मुंशीजी- बहिन, एक-एक अंग तो मिलता है। बस, भगवान् ने मुझे मेरा मंसाराम दे दिया। (शिशु से) क्यों री, तू मंसाराम ही है? छोड़कर जाने का नाम न लेना, नहीं फिर खींच लाऊंगा। कैसे निष्ठुर होकर भागे थे। आखिर पकड़ लाया कि नहीं? बस, कह दिया, अब मुझे छोड़कर जाने का नाम न लेना। देखो बहिन, कैसी टुकुर-टुकुर ताक रही है?

उसी क्षण मुंशीजी ने फिर से अभिलाषाओं का भवन बनाना शुरू कर दिया। मोह ने उन्हें फिर संसार की ओर खींचा। मानव जीवन! तू इतना क्षणभंगुर है, पर तेरी कल्पनाएँ कितनी दीर्घालु! वही तोताराम जो संसार से विरक्त हो रह थे, जो रात-दिन मुत्यु का आवाहन किया करते थे, तिनके का सहारा पाकर तट पर पहुँचने के लिए पूरी शक्ति से हाथ-पांव मार रहे हैं।

मगर तिनके का सहारा पाकर कोई तट पर पहुँचा है?

15

निर्मला को यद्यपि अपने घर के झंझटों से अवकाश न था, पर कृष्णा के विवाह का संदेश पाकर वह किसी तरह न रुक सकी। उसकी माता ने बहुत आग्रह करके बुलाया था। सबसे बड़ा आकर्षण यह था कि कृष्णा का विवाह उसी घर में हो रहा था, जहाँ निर्मला का विवाह पहले तय हुआ था। आश्चर्य यही था कि इस बार ये लोग बिना कुछ दहेज लिए कैसे विवाह करने पर तैयार हो गए! निर्मला को कृष्णा के विषय में बड़ी चिन्ता हो रही थी। समझती थी- मेरी ही तरह वह भी किसी के गले मढ़ दी जाएगी। बहुत चाहती थी कि माता की कुछ सहायता करूँ, जिससे

कृष्णा के लिए कोई योग्य वह मिले, लेकिन इधर वकील साहब के घर बैठ जाने और महाजन के नालिश कर देने से उसका हाथ भी तंग था। ऐसी दशा में यह खबर पाकर उसे बड़ी शन्ति मिली। चलने की तैयारी कर ली। वकील साहब स्टेशन तक पहुँचाने आए। नन्हीं बच्ची से उन्हें बहुत प्रेम था। छोड़ते ही न थे, यहाँ तक कि निर्मला के साथ चलने को तैयार हो गए, लेकिन विवाह से एक महीने पहले उनका ससुराल जा बैठना निर्मला को उचित न मालूम हुआ। निर्मला ने अपनी माता से अब तक अपनी विपत्ति कथा न कही थी। जो बात हो गई, उसका रोना रोकर माता को कष्ट देने और रुलाने से क्या फायदा? इसलिए उसकी माता समझती थी, निर्मला बड़े आनन्द से है। अब जो निर्मला की सूरत देखी, तो मानो उसके हृदय पर धक्का-सा लग गया। लड़कियाँ ससुराल से घुलकर नहीं आतीं, फिर निर्मला जैसी लड़की, जिसको सुख की सभी सामग्रियां प्राप्त थीं। उसने कितनी लड़कियों को दूज की चन्द्रमा की भांति ससुराल जाते और पूर्ण चन्द्र बनकर आते देखा था। मन में कल्पना कर रही थी, निर्मला का रंग निखर गया होगा, देह भरकर सुडौल हो गई होगी, अंग-प्रत्यंग की शोभा कुछ और ही हो गई होगी। अब जो देखा, तो वह आधी भी न रही थीं न यौवन की चंचलता थी, न वह विहसित छवि जो हृदय को मोह लेती है। वह कमनीयता, सुकुमारता, जो विलासमय जीवन से आ जाती है, यहाँ नाम को न थी। मुख पीला, चेष्टा गिरी हुई, तो माता ने पूछा- क्यों री, तुझे वहाँ खाने को न मिलता था? इससे कहीं अच्छी तो तू यहीं थी। वहाँ तुझे क्या तकलीफ थी?

कृष्णा ने हँसकर कहा- वहाँ मालकिन थीं कि नहीं। मालकिन दुनिया भर की चिन्ताएं रखती हैं, भोजन कब करें?

निर्मला- नहीं अम्मा, वहाँ का पानी मुझे रास नही आया। तबीयत भारी रहती है।

माता- वकील साहब न्योते में आएँगे न? तब पूछूंगी कि आपने फूल-सी लड़की ले जाकर उसकी यह गत बना डाली। अच्छा, अब यह बता कि तूने यहाँ रुपए क्यों भेजे थे? मैंने तो तुमसे कभी न मांगे थे। लाख गई-गुजरी हूँ, लेकिन बेटी का धन खाने की नीयत नहीं।

निर्मला ने चकित होकर पूछा- किसने रुपए भेजे थे। अम्मा, मैंने तो नहीं भेजे।

माता- झूठ न बोल! तूने पाँच सौ रुपए के नोट नहीं भेजे थे?

कृष्णा- भेजे नहीं थे, तो क्या आसमान से आ गए? तुम्हारा नाम साफ लिखा था। मोहर भी वहीं की थी।

निर्मला- तुम्हारे चरण छूकर कहती हूँ, मैंने रुपए नहीं भेजे। यह कब की बात है?

माता- अरे, दो-ढाई महीने हुए होंगे। अगर तूने नहीं भेजे, तो आए कहाँ से?

निर्मला- यह मैं क्या जानूं? मगर मैंने रुपए नहीं भेजे। हमारे यहाँ तो जब से जवान बेटा मरा है, कचहरी ही नहीं जाते। मेरा हाथ तो आप ही तंग था, रुपए कहाँ से आते?

माता- यह तो बड़े आश्चर्य की बात है। वहाँ और कोई तेरा सगा सम्बन्धी तो नहीं है? वकील साहब ने तुमसे छिपाकर तो नहीं भेजे?

निर्मला- नहीं अम्मा, मुझे तो विश्वास नहीं।

माता- इसका पता लगाना चाहिए। मैंने सारे रुपए कृष्णा के गहने-कपड़े में खर्च कर डाले। यही बड़ी मुश्किल हुई।

दोनों लड़कों में किसी विषय पर विवाद उठ खड़ा हुआ और कृष्णा उधर फैसला करने चली गई, तो निर्मला ने माता से कहा- इस विवाह की बात सुनकर मुझे बड़ा आश्चर्य हुआ। यह कैसे हुआ अम्मा?

माता- यहाँ जो सुनता है, दांतों उंगली दबाता हैं। जिन लोगों ने पक्की की कराई बात फेर दी और केवल थोड़े से रुपए के लोभ से, वे अब बिना कुछ लिए कैसे विवाह करने पर तैयार हो गए, समझ में नहीं आता। उन्होंने खुद ही पत्र भेजा। मैंने साफ लिख दिया कि मेरे पास देने-लेने को कुछ नहीं है, कुशल-कन्या ही से आपकी सेवा कर सकती हूँ।

निर्मला- इसका कुछ जवाब नहीं दिया?

माता- शास्त्रीजी पत्र लेकर गए थे। वह तो यही कहते थे कि अब मुंशीजी कुछ लेने के इच्छुक नहीं है। अपनी पहली वादा-खिलाफ पर कुछ लज्जित भी हैं। मुंशीजी से तो इतनी उदारता की आशा न थी, मगर सुनती हूँ, उनके बड़े पुत्र बहुत सज्जन आदमी है। उन्होंने कह सुनकर बाप को राजी किया है।

निर्मला- पहले तो वह महाशय भी थैली चाहते थे न?

माता- हाँ, मगर अब तो शास्त्रीजी कहते थो कि दहेज के नाम से चिढ़ते हैं। सुना है यहाँ विवाह न करने पर पछताते भी थे। रुपए के लिए बात छोड़ी थी और रुपए खूब पाये, स्त्री पसंन्द नहीं।

निर्मला के मन में उस पुरुष को देखने की प्रबल उत्कंठा हुई, जो उसकी अवहेलना करके अब उसकी बहिन का उद्धार करना चाहता है। प्रायश्चित सही, लेकिन कितने ऐसे प्राणी हैं, जो इस तरह प्रायश्चित करने को तैयार हैं? उनसे बातें करने के लिए, नम्र शब्दों से उनका तिरस्कार करने के लिए, अपनी अनुपम छवि दिखाकर उन्हें और भी जलाने के लिए निर्मला का हृदय अधीर हो उठा। रात को दोनों बहिनें एक ही कमरे में सोई। मुहल्ले में किन-किन लड़कियों का विवाह हो गया, कौन-कौन लड़कोरी हुईं, किस-किस का विवाह धूम-धाम से हुआ। किस-किस के पति उनके इच्छानुकूल मिले, कौन कितने और कैसे गहने चढ़ावे में लाया, इन्हीं विषयों में दोनों मे बड़ी देर तक बातें होती रहीं। कृष्णा बार-बार चाहती थी कि बहिन के घर का कुछ हाल पूछूं, मगर निर्मला उसे पूछने का अवसर न देती थी। जानती थी कि यह जो बातें पूछेगी उसके बताने में मुझे संकोच होगा। आखिर एक बार कृष्णा पूछ ही बैठी- जीजाजी भी आएँगे न?

निर्मला- आने को कहा तो है।

कृष्णा- अब तो तुमसे प्रसन्न रहते हैं न या अब भी वही हाल है? मैं तो सुना करती थी दुहाजू पति स्त्री को प्राणों से भी प्रिय समझते हैं, वहाँ बिलकुल उल्टी बात देखी। आखिर किस बात पर बिगड़ते रहते हैं?

निर्मला- अब मैं किसी के मन की बात क्या जानूं?

कृष्णा- मैं तो समझती हूँ, तुम्हारी रुखाई से वह चिढ़ते होंगे। तुम तो यहीं से जली हुई गई थी। वहाँ भी उन्हें कुछ कहा होगा।

निर्मला- यह बात नहीं है, कृष्णा, मैं सौगन्ध खाकर कहती हूँ, जो मेरे मन में उनकी ओर से जरा भी मैल हो। मुझसे जहाँ तक हो सकता है, उनकी सेवा करती हूँ, अगर उनकी जगह कोई देवता भी होता, तो भी मैं इससे ज्यादा और कुछ न कर सकती। उन्हें भी मुझसे प्रेम है। बराबर मेरा मुख देखते रहते हैं, लेकिन जो बात उनके और मेरे काबू के बाहर है, उसके लिए वह क्या कर सकते हैं और मैं क्या कर सकती हूँ? न

वह जवान हो सकते हैं, न मैं बुढ़िया हो सकती हूँ। जवान बनने के लिए वह न जाने कितने रस और भस्म खाते रहते हैं, मैं बुढ़िया बनने के लिए दूध-घी सब छोड़े बैठी हूँ। सोचती हूँ, मेरे दुबलेपन ही से अवस्था का भेद कुछ कम हो जाए, लेकिन न उन्हें पौष्टिक पदार्थों से कुछ लाभ होता है, न मुझे उपवासों से। जब से मंसाराम का देहान्त हो गया है, तब से उनकी दशा और खराब हो गई है।

कृष्णा- मंसाराम को तुम भी बहुत प्यार करती थीं?

निर्मला- वह लड़का ही ऐसा था कि जो देखता था, प्यार करता था। ऐसी बड़ी-बड़ी डोरेदार आँखें मैंने किसी की नहीं देखीं। कमल की भांति मुख हरदम खिला रहता था। ऐसा साहसी कि अगर अवसर आ पड़ता, तो आग में फांद जाता। कृष्णा, मैं तुमसे कहती हूँ, जब वह मेरे पास आकर बैठ जाता, तो मैं अपने को भूल जाती थी। जी चाहता था, वह हरदम सामने बैठा रहे और मैं देखा करूँ। मेरे मन में पाप का लेश भी न था। अगर एक क्षण के लिए भी मैंने उसकी ओर किसी और भाव से देखा हो, तो मेरी आँखें फूट जाएँ, पर न जाने क्यों उसे अपने पास देखकर मेरा हृदय फूला न समाता था। इसीलिए मैंने पढ़ने का स्वांग रचा, नहीं तो वह घर में आता ही न था। यह मैं जानती हूँ कि अगर उसके मन में पाप होता, तो मैं उसके लिए सब कुछ कर सकती थी।

कृष्णा- अरे बहिन, चुप रहो, कैसी बातें मुँह से निकालती हो?

निर्मला- हाँ, यह बात सुनने में बुरी मालूम होती है और है भी बुरी, लेकिन मनुष्य की प्रकृति को तो कोई बदल नहीं सकता। तू ही बता- एक पचास वर्ष के मर्द से तेरा विवाह हो जाए, तो तू क्या करेगी?

कृष्णा- बहिन, मैं तो जहर खाकर सो रहूं। मुझसे तो उसका मुँह भी न देखते बने।

निर्मला- तो बस यही समझ ले। उस लड़के ने कभी मेरी ओर आँख उठाकर नहीं देखा, लेकिन बुड्ढे तो शक्की होते ही हैं, तुम्हारे जीजा उस लड़के के दुश्मन हो गए और आखिर उसकी जान लेकर ही छोड़ी। जिस दिन उसे मालूम हो गया कि पिताजी के मन में मेरी ओर से सन्देह है, उसी दिन से उसे ज्वर चढ़ा, जो जान लेकर ही उतरा। हाय! उस अन्तिम समय का दृश्य आँखों से नहीं उतरता। मैं अस्पताल गई थी, वह ज्वर में

बेहोश पड़ा था, उठने की शक्ति न थी, लेकिन ज्यों ही मेरी आवाज़ सुनी, चौंककर उठ बैठा और 'माता-माता' कहकर मेरे पैरों पर गिर पड़ा (रोकर) कृष्णा, उस समय ऐसा जी चाहता था कि अपने प्राण निकालकर उसे दे दूँ। मेरे पैरों पर ही वह मूर्छित हो गया और फिर आँखें न खोली। डॉक्टर ने उसकी देह मे ताजा खून डालने का प्रस्ताव किया था, यही सुनकर मैं दौड़ी गई थी लेकिन जब तक डॉक्टर लोग वह प्रक्रिया आरम्भ करें, उसके प्राण निकल गए।

कृष्णा- ताजा रक्त पड़ जाने से उसकी जान बच जाती?

निर्मला- कौन जानता है? लेकिन मैं तो अपने रुधिर की अन्तिम बूंद तक देने का तैयार थी। उस दशा में भी उसका मुखमण्डल दीपक की भांति चमकता था। अगर वह मुझे देखते ही दौड़कर मेरे पैरों पर न गिर पड़ता और पहले कुछ रक्त देह में पहुँच जाता, तो शायद बच जाता।

कृष्णा- तो तुमने उन्हें उसी वक्त लिटा क्यों न दिया?

निर्मला- अरे पगली, तू अभी तक बात न समझी। वह मेरे पैरों पर गिरकर और माता-पुत्र का सम्बन्ध दिखाकर अपने बाप के दिल से वह सन्देह निकाल देना चाहता था। केवल इसीलिए वह उठा थ। मेरा क्लेश मिटाने के लिए उसने प्राण दिये और उसकी वह इच्छा पूरी हो गई। तुम्हारे जीजाजी उसी दिन से सीधे हो गए। अब तो उनकी दशा पर मुझे दया आती है। पुत्र-शोक उनके प्राण लेकर छोड़ेगा। मुझ पर सन्देह करके मेरे साथ जो अन्याय किया है, अब उसका प्रतिशोध कर रहे हैं। अबकी उनकी सूरत देखकर तू डर जाएगी। बूढ़े बाबा हो गए हैं, कमर भी कुछ झुक चली है।

कृष्णा- बुड्ढे लोग इतनी शक्की क्यों होते हैं, बहिन?

निर्मला- यह जाकर बुड्ढों से पूछो।

कृष्णा- मैं समझती हूँ, उनके दिल में हरदम एक चोर-सा बैठा रहता होगा कि इस युवती को प्रसन्न नहीं रख सकता। इसलिए जरा-जरा-सी बात पर उन्हें शक होने लगता है।

निर्मला- जानती तो है, फिर मुझसे क्यों पूछती है?

कृष्णा- इसीलिए बेचारा स्त्री से दबता भी होगा। देखने वाले समझते होंगे कि यह बहुत प्रेम करता है।

निर्मला- तूने इतने ही दिनों में इतनी बातें कहाँ सीख लीं? इन बातों को जाने दे, बता, तुझे अपना वर पसन्द है? उसकी तस्वीर तो देखी होगी?

कृष्णा- हाँ, आई तो थी, लाऊं, देखोगी?

एक क्षण में कृष्णा ने तस्वीर लाकर निर्मला के हाथ में रख दी।

निर्मला ने मुस्कराकर कहा- तू बड़ी भाग्यवान् है।

कृष्णा- अम्माजी ने भी बहुत पसन्द किया।

निर्मला- तुझे पसन्द है कि नहीं सो कह, दूसरों की बात न चला।

कृष्णा- (लजाती हुई) शक्ल- सूरत तो बुरी नहीं है, स्वभाव का हाल ईश्वर जाने। शास्त्रीजी तो कहते थे, ऐसे सुशील और चरित्रवान् युवक कम होंगे।

निर्मला- यहाँ से तेरी तस्वीर भी गई थी?

कृष्णा- गई तो थी, शास्त्रीजी ही तो ले गए थे।

निर्मला- उन्हें पसन्द आई?

कृष्णा- अब किसी के मन की बात मैं क्या जानूं? शास्त्री जी कहते थे, बहुत खुश हुए थे।

निर्मला- अच्छा, बता, तुझे क्या उपहार दूँ? अभी से बता दे, जिससे बनवा रखूँ।

कृष्णा- जो तुम्हारा जी चाहे, देना। उन्हें पुस्तकों से बहुत प्रेम है। अच्छी-अच्छी पुस्तकें मंगवा देना।

निर्मला- उनके लिए नहीं पूछती तेरे लिए पूछती हूँ।

कृष्णा- अपने ही लिए तो मैं कह रही हूँ।

निर्मला- (तस्वीर की तरफ देखती हुई) कपड़े सब खद्दर के मालूम होते हैं।

कृष्णा- हाँ, खद्दर के बड़े प्रेमी हैं। सुनती हूँ कि पीठ पर खद्दर लादकर देहातों में बेचने जाया करते हैं। व्याख्यान देने में भी चतुर हैं।

निर्मला- तब तो मुझे भी खद्दर पहनना पड़ेगा। तुझे तो मोटे कपड़ों से चिढ़ है।

कृष्णा- जब उन्हें मोटे कपड़े अच्छे लगते हैं, तो मुझे क्यों चिढ़ होगी, मैंने तो चर्खा चलाना सीख लिया है।

निर्मला- सच! सूत निकाल लेती है?

कृष्णा- हाँ, बहिन, थोड़ा-थोड़ा निकाल लेती हूँ। जब वह खद्दर के इतने प्रेमी हैं, तो चर्खा भी जरूर चलाते होंगे। मैं न चला सकूंगी, तो मुझे कितना लज्जित होना पड़ेगा।

इस तरह बात करते-करते दोनों बहिनें सोईं। कोई दो बजे रात को बच्ची रोई, तो निर्मला की नींद खुली। देखा तो कृष्णा की चारपाई खाली पड़ी थी। निर्मला को आश्चर्य हुआ कि इतनी रात गए कृष्णा कहाँ चली गई। शायद पानी-वानी पीने गई हो। मगर पानी तो सिरहाने रखा हुआ है, फिर कहाँ गई है? उसे दो-तीन बार उसका नाम लेकर आवाज़ दी, पर कृष्णा का पता न था। तब तो निर्मला घबरा उठी। उसके मन में भांति-भांति की शंकाएं होने लगी। सहसा उसे ख्याल आया कि शायद अपने कमरे में न चली गई हो। बच्ची सो गई, तो वह उठकर कृष्णा के कमरे के द्वार पर आई। उसका अनुमान ठीक था, कृष्णा अपने कमरे में थी। सारा घर सो रहा था और वह बैठी चर्खा चला रही थी। इतनी तन्मयता से शायद उसने थिएटर भी न देखा होगा। निर्मला दंग रह गई। अन्दर जाकर बोली- यह क्या कर रही है रे! यह चर्खा चलाने का समय है?

कृष्णा चौंककर उठ बैठी और संकोच से सिर झुकाकर बोली- तुम्हारी नींद कैसे खुल गई? पानी-वानी तो मैंने रख दिया था।

निर्मला- मैं कहती हूँ, दिन को तुझे समय नहीं मिलता, जो पिछली रात को चर्खा लेकर बैठी है?

कृष्णा- दिन को फुरसत ही नहीं मिलती?

निर्मला- (सूत देखकर) सूत तो बहुत महीन है।

कृष्णा- कहाँ बहिन, यह सूत तो मोटा है। मैं बारीक सूत कातकर उनके लिए साफा बनाना चाहती हूँ। यही मेरा उपहार होगा।

निर्मला- बात तो तूने खूब सोची है। इससे अधिक मूल्यवान वस्तु उनकी दृष्टि में और क्या होगी? अच्छा, उठ इस वक्त, कल कातना! कहीं बीमार पड़ जाएगी, तो सब धरा रह जाएगा।

कृष्णा- नहीं मेरी बहिन, तुम चलकर सोओ, मैं अभी आती हूँ।

निर्मला ने अधिक आग्रह न किया, लेटने चली गई। मगर किसी तरह नींद न आई। कृष्णा की उत्सुकता और यह उमंग देखकर उसका

हृदय किसी अलक्षित आकांक्षा से आन्दोलित हो उठा। ओह! इस समय इसका हृदय कितना प्रफुल्लित हो रहा है। अनुराग ने इसे कितना उन्मत्त कर रखा है। तब उसे अपने विवाह की याद आई। जिस दिन तिलक गया था, उसी दिन से उसकी सारी चंचलता, सारी सजीवता विदा हो गेई थी। अपनी कोठरी में बैठी वह अपनी किस्मत को रोती थी और ईश्वर से विनय करती थी कि प्राण निकल जाए। अपराधी जैसे दंड की प्रतीक्षा करता है, उसी भांति वह विवाह की प्रतीक्षा करती थी, उस विवाह की, जिसमें उसके जीवन की सारी अभिलाषाएँ विलीन हो जाएँगी, जब मंडप के नीचे बने हुए हवन-कुंड में उसकी आशाएं जलकर भस्म हो जाएँगी।

16

महीना कटते देर न लगी। विवाह का शुभ मुहूर्त आ पहुँचा मेहमानों से घर भर गया। मुंशी तोताराम एक दिन पहले आ गए और उनके साथ निर्मला की सहेली भी आई। निर्मला ने बहुत आग्रह न किया था, वह खुद आने को उत्सुक थी। निर्मला की सबसे बड़ी उत्कंठा यही थी कि वर के बड़े भाई के दर्शन करूँगी और हो सकता तो उसकी सुबुद्धि पर धन्यवाद दूँगी।

सुधा ने हँसकर कहा- तुम उनसे बोल सकोगी?

निर्मला- क्यों, बोलने में क्या हानि है? अब तो दूसरा ही सम्बन्ध हो गया और मैं न बोल सकूंगी, तो तुम तो हो ही।

सुधा- न भाई, मुझसे यह न होगा। मैं पराये मर्द से नहीं बोल सकती। न जाने कैसे आदमी हों।

निर्मला- आदमी तो बुरे नहीं है, और फिर उनसे कुछ विवाह तो करना नहीं, जरा-सा बोलने में क्या हानि है? डॉक्टर साहब यहाँ होते, तो मैं तुम्हें आज्ञा दिला देती।

सुधा- जो लोग हृदय के उदार होते हैं, क्या चरित्र के भी अच्छे होते हैं? पराई स्त्री को घूरने में तो किसी मर्द को संकोच नहीं होता।

निर्मला- अच्छा न बोलना, मैं ही बातें कर लूँगी, घूर लेंगे जितना उनसे घूरते बनेगा, बस, अब तो राजी हुई।

इतने में कृष्णा आकर बैठ गई। निर्मला ने मुस्कराकर कहा- सच बता कृष्णा, तेरा मन इस वक्त क्यों उचाट हो रहा है?

कृष्णा- जीजाजी बुला रहे हैं, पहले जाकर सुन आ, पीछे गप्पें लड़ाना, बहुत बिगड़ रहे हैं।

निर्मला- क्या है, तूने कुछ पूछा नहीं?

कृष्णा- कुछ बीमार से मालूम होते हैं। बहुत दुबले हो गए हैं।

निर्मला- तो जरा बैठकर उनका मन बहला देती। यहाँ दौड़ी क्यों चली आई? यह कहो, ईश्वर ने कृपा की, नहीं तो ऐसा ही पुरुष तुझे भी मिलता। जरा बैठकर बातें करो। बुड्ढे बातें बड़ी लच्छेदार करते हैं। जवान इतने डींगियल नहीं होते।

कृष्णा- नहीं बहिन, तुम जाओ, मुझसे तो वहाँ बैठा नहीं जाता।

निर्मला चली गई, तो सुधा ने कृष्णा से कहा- अब तो बारात आ गई होगी। द्वार-पूजा क्यों नही होती?

कृष्णा- क्या जाने बहिन, शास्त्रीजी सामान इकट्ठा कर रहे हैं?

सुधा- सुना है, दूल्हा का भावज बड़े कड़े स्वभाव की स्त्री है।

कृष्णा- कैसे मालूम?

सुधा- मैंने सुना है, इसीलिए चेताए देती हूँ। चार बातें गम खाकर रहना होगा।

कृष्णा- मेरी झगड़ने की आदत नहीं। जब मेरी तरफ से कोई शिकायत ही न पाएंगी तो क्या अनायास ही बिगड़ेगी!

सुधा- हाँ, सुना तो ऐसा ही है। झूठ-मूठ लड़ा करती है।

कृष्णा- मैं तो सौ बात की एक बात जानती हूँ, नम्रता पत्थर को भी मोम कर देती है।

सहसा शोर मचा- बारात आ रही है। दोनों रमणियां खिड़की के सामने आ बैठीं। एक क्षण में निर्मला भी आ पहुँची।

वर के बड़े भाई को देखने की उसे बड़ी उत्सुकता हो रही थी।

सुधा ने कहा- कैसे पता चलेगा कि बड़े भाई कौन हैं?

निर्मला- शास्त्रीजी से पूछूं, तो मालूम हो। हाथी पर तो कृष्णा के ससुर महाशय हैं। अच्छा डॉक्टर साहब यहाँ कैसे आ पहुँचे! वह घोड़े पर क्या हैं, देखती नहीं हो?

सुधा- हाँ, हैं तो वही।

निर्मला- उन लोगों से मित्रता होगी। कोई सम्बन्ध तो नहीं है।

सुधा- अब भेंट हो तो पूछूं, मुझे तो कुछ नहीं मालूम।

निर्मला- पालकी मे जो महाशय बैठे हुए हैं, वह तो दूल्हा के भाई जैसे नहीं दीखते।

सुधा- बिलकुल नहीं। मालूम होता है, सारी देह में पेट-ही-पेट है।

निर्मला- दूसरे हाथी पर कौन बैठा है, समझ में नहीं आता।

सुधा- कोई हो, दूल्हा का भाई नहीं हो सकता। उसकी उम्र नहीं देखती हो, चालीस के ऊपर होगी।

निर्मला- शास्त्रीजी तो इस वक्त द्वार-पूजा कि फिक्र में हैं, नहीं तो उनसे पूछती।

संयोग से नाई आ गया। सन्दूकों की कुंजियां निर्मला के पास थीं। इस वक्त द्वारचार के लिए कुछ रुपए की जरूरत थी, माता ने भेजा था, यह नाई भी पण्डित मोटेराम जी के साथ तिलक लेकर गया था।

निर्मला ने कहा- क्या अभी रुपए चाहिए?

नाई- हाँ बहिनजी, चलकर दे दीजिए।

निर्मला- अच्छा चलती हूँ। पहले यह बता, तू दूल्हा के बड़े भाई को पहचानता है?

नाई- पहचानता काहे नहीं, वह क्या सामने हैं।

निर्मला- कहाँ, मैं तो नहीं देखती?

नाई- अरे वह क्या घोड़े पर सवार हैं। वही तो हैं।

निर्मला ने चकित होकर कहा- क्या कहता है, घोड़े पर दूल्हा के भाई हैं! पहचानता है या अटकल से कह रहा है?

नाई- अरे बहिनजी, क्या इतना भूल जाऊँगा अभी तो जलपान का सामान दिये चला आता हूँ।

निर्मल- अरे, यह तो डॉक्टर साहब हैं। मेरे पड़ोस में रहते हैं।

नाई- हाँ-हाँ, वही तो डॉक्टर साहब है।

निर्मला ने सुधा की ओर देखकर कहा- सुनती हो बहिन, इसकी बातें? सुधा ने हँसी रोककर कहा- झूठ बोलता है।

नाई- अच्छा साहब, झूठ ही सही, अब बड़ों के मुँह कौन लगे! अभी शास्त्रीजी से पूछवा दूँगा, तब तो मानिएगा?

नाई के आने में देर हुई, मोटेराम खुद आंगन में आकर शोर मचाने लगे- इस घर की मर्यादा रखना ईश्वर ही के हाथ है। नाई घंटे भर से आया हुआ है, और अभी तक रुपए नहीं मिले।

निर्मला- जरा यहाँ चले आइएगा शास्त्रीजी, कितने रुपए दरकरार हैं, निकाल दूँ?

शास्त्रीजी भुनभुनाते और जोर-जोर से हांफते हुए ऊपर आए और एक लम्बी साँस लेकर बोले- क्या है? यह बातों का समय नहीं है, जल्दी से रुपए निकाल दो।

निर्मला- लीजिए, निकाल तो रहीं हूँ। अब क्या मुँह के बल गिर पडूं? पहले यह बताइए कि दूल्हे के बड़े भाई कौन हैं?

शास्त्रीजी- राम-राम, इतनी-सी बात के लिए मुझे आकाश पर लटका दिया। नाई क्या न पहचानता था?

निर्मला- नाई तो कहता है कि वह जो घोड़े पर सवार है, वही हैं।

शास्त्रीजी- तो फिर किसे बता दे? वही तो हैं ही।

नाई- घड़ी भर से कह रहा हूँ, पर बहिनजी मानती ही नहीं।

निर्मला ने सुधा की ओर स्नेह, ममता, विनोद कृत्रिम तिरस्कार की दृष्टि से देखकर कहा- अच्छा, तो तुम्हीं अब तक मेरे साथ यह त्रिया-चरित्र खेल रही थी! मैं जानती, तो तुम्हें यहाँ बुलाती ही नहीं। ओफ्फोह! बड़ा गहरा पेट है तुम्हारा! तुम महीनों से मेरे साथ शरारत करती चली आती हो, और कभी भूल से भी इस विषय का एक शब्द तुम्हारे मुँह से नहीं निकला। मैं तो दो-चार ही दिन में उबल पड़ती।

सुधा- तुम्हें मालूम हो जाता, तो मेरे यहाँ आती ही क्यों?

निर्मला- गजब-रे-गजब, मैं डॉक्टर साहब से कई बार बातें कर चुकी हूँ। तुम्हारे ऊपर यह सारा पाप पड़ेगा। देखा कृष्णा, तूने अपनी जेठानी की शरारत! यह ऐसी मायाविनी है, इनसे डरती रहना।

कृष्णा- मैं तो ऐसी देवी के चरण धो-धोकर माथे चढाऊंगी। धन्य-भाग कि इनके दर्शन हुए।

निर्मला- अब समझ गई। रुपए भी तुम्हीं ने भिजवाये होंगे। अब सिर हिलाया तो सच कहती हूँ, मार बैठूंगी।

सुधा- अपने घर बुलाकर मेहमान का अपमान नहीं किया जाता।

निर्मला- देखो तो अभी कैसी-कैसी खबरें लेती हूँ। मैंने तुम्हारा मान रखने को जरा-सा लिख दिया था और तुम सचमुच आ पहुँची। भला वहाँ वाले क्या कहते होंगे?

सुधा- सबसे कहकर आई हूँ।

निर्मला- अब तुम्हारे पास कभी न आऊँगी। इतना तो इशारा कर देतीं कि डॉक्टर साहब से पर्दा रखना।

सुधा- उनके देख लेने ही से कौन बुराई हो गई? न देखते तो अपनी किस्मत को रोते कैसे? जानते कैसे कि लोभ में पड़कर कैसी चीज़ खो दी? अब तो तुम्हें देखकर लालाजी हाथ मलकर रह जाते हैं। मुँह से तो कुछ नहीं कहते, पर मन में अपनी भूल पर पछताते हैं।

निर्मला- अब तुम्हारे घर कभी न आऊँगी।

सुधा- अब पिण्ड नहीं छूट सकता। मैंने कौन तुम्हारे घर की राह नहीं देखी है?

द्वार- पूजा समाप्त हो चुकी थी। मेहमान लोग बैठ जलपान कर रहे थे। मुंशीजी की बगल में ही डॉक्टर सिन्हा बैठे हुए थे। निर्मला ने कोठे पर चिक की आड़ से उन्हें देखा और कलेजा थामकर रह गई। एक आरोग्य, यौवन और प्रतिभा का देवता था, पर दूसरा... इस विषय में कुछ न कहना ही उचित है।

निर्मला ने डॉक्टर साहब को सैंकड़ों ही बार देखा था, पर आज उसके हृदय में जो विचार उठे, वे कभी न उठे थे। बार-बार यह जी चाहता था कि बुलाकर खूब फटकारूं, ऐसे-ऐसे ताने मारूं कि वह भी याद करें, रुला-रुलाकर छोडूं, मगर रहम करके रह जाती थी। बारात जनवासे चली गई थी। भोजन की तैयारी हो रही थी। निर्मला भोजन के थाल चुनने में व्यस्त थी। सहसा महरी ने आकर कहा- बिट्टी, तुम्हें सुधा रानी बुला रही है। तुम्हारे कमरे में बैठी हैं।

निर्मला ने थाल छोड़ दिए और घबराई हुई सुधा के पास आई, मगर अन्दर कदम रखते ही ठिठक गई, डॉक्टर सिन्हा खड़े थे।

सुधा ने मुस्कराकर कहा- लो बहिन, बुला दिया। अब जितना चाहो, फटकारो। मैं दरवाजा रोके खड़ी हूँ, भाग नहीं सकते।

डॉक्टर साहब ने गम्भीर भाव से कहा- भागता कौन है? यहाँ तो सिर झुकाए खड़ा हूँ।

निर्मला ने हाथ जोड़कर कहा- इसी तरह सदा कृपा-दृष्टि रखिएगा, भूल न जाइएगा। यह मेरी विनय है।

17

कृष्णा के विवाह के बाद सुधा चली गई, लेकिन निर्मला मैके ही में रह गई। वकील साहब बार-बार लिखते थे, पर वह न जाती थी। वहाँ जाने को उसका जी न चाहता था। वहाँ कोई ऐसी चीज़ न थी, जो उसे खींच ले जाए। यहाँ माता की सेवा और छोटे भाइयों की देखभाल में उसका समय बड़े आनन्द के कट जाता था। वकील साहब खुद आते तो शायद वह जाने पर राजी हो जाती, लेकिन इस विवाह में, मुहल्ले की लड़कियों ने उनकी वह दुर्गत की थी कि बेचारे आने का नाम ही न लेते थे। सुधा ने भी कई बार पत्र लिखा, पर निर्मला ने उससे भी हीले-हवाले किया। आखिर एक दिन सुधा ने नौकर को साथ लिया और स्वयं आ धमकी।

जब दोनों गले मिल चुकीं, तो सुधा ने कहा- तुम्हें तो वहाँ जाते मानो डर लगता है।

निर्मला- हाँ बहिन, डर तो लगता है। ब्याह की गई, तीन साल में आई, अब की तो वहाँ उम्र ही खतम हो जाएगी, फिर कौन बुलाता है और कौन आता है?

सुधा- आने को क्या हुआ, जब जी चाहे चली आना। वहाँ वकील साहब बहुत बेचैन हो रहे हैं।

निर्मला- बहुत बेचैन, रात को शायद नींद न आती हो।

सुधा- बहिन, तुम्हारा कलेजा पत्थर का है। उनकी दशा देखकर तरस आता है। कहते थे, घर मे कोई पूछने वाला नहीं, न कोई लड़का, न बाला, किससे जी बहलाएं? जब से दूसरे मकान में उठ आए हैं, बहुत दुखी रहते हैं।

निर्मला- लड़के तो ईश्वर के दिये दो-दो हैं।

सुधा- उन दोनों की तो बड़ी शिकायत करते थे। जियाराम तो अब बात ही नहीं सुनता- तुर्की-बतुर्की जवाब देता है। रहा छोटा, वह भी उसी के कहने में है। बेचारे बड़े लड़के की याद करके रोया करते हैं।

निर्मला- जियाराम तो शरीर न था, वह बदमाशी कब से सीख गया? मेरी तो कोई बात न टालता था, इशारे पर काम करता था।

सुधा- क्या जाने बहिन, सुना, कहता है, आप ही ने भैया को जहर देकर मार डाला, आप हत्यारे हैं। कई बार तुमसे विवाह करने के लिए ताने दे चुका है। ऐसी-ऐसी बातें कहता है कि वकील साहब रो पड़ते हैं। अरे, और तो क्या कहूँ, एक दिन पत्थर उठाकर मारने दौड़ा था।

निर्मला ने गम्भीर चिन्ता में पड़कर कहा- यह लड़का तो बड़ा शैतान निकला। उसे यह किसने कहा कि उसके भाई को उन्होंने जहर दे दिया है?

सुधा- वह तुम्हीं से ठीक होगा।

निर्मला को यह नई चिन्ता पैदा हुई। अगर जिया का यही रंग है, अपने बाप से लड़ने पर तैयार रहता है, तो मुझसे क्यों दबने लगा? वह रात को बड़ी देर तक इसी फिक्र मे डूबी रही। मंसाराम की आज उसे बहुत याद आई। उसके साथ जिन्दगी आराम से कट जाती। इस लड़के का जब अपने पिता के सामने ही वह हाल है, तो उनके पीछे उसके साथ कैसे निर्वाह होगा! घर हाथ से निकल ही गया। कुछ-न-कुछ कर्ज अभी सिर पर होगा ही, आमदनी का यह हाल। ईश्वर ही बेड़ा पार लगायेंगे। आज पहली बार निर्मला को बच्चों की फिक्र पैदा हुई। इस बेचारी का न जाने क्या हाल होगा? ईश्वर ने यह विपत्ति सिर डाल दी। मुझे तो इसकी जरूरत न थी। जन्म ही लेना था, तो किसी भाग्यवान के घर जन्म लेती। बच्ची उसकी छाती से लिपटी हुई सो रही थी। माता ने उसको और भी चिपटा लिया, मानो कोई उसके हाथ से उसे छीने लिए जाता है।

निर्मला के पास ही सुधा की चारपाई भी थी। निर्मला तो चिन्ता सागर मे गोता लगा रही थी और सुधा मीठी नींद का आनन्द उठा रही थी। क्या उसे अपने बालक की फिक्र सताती है? मृत्यु तो बूढ़े और जवान का भेद नहीं करती, फिर सुधा को कोई चिन्ता क्यों नहीं सताती? उसे तो कभी भविष्य की चिन्ता से उदास नहीं देखा।

सहसा सुधा की नींद खुल गई। उसने निर्मला को अभी तक जागते देखा, तो बोली- अरे अभी तुम सोई नहीं?

निर्मला- नींद ही नहीं आती।

सुधा- आँखें बन्द कर लो, आप ही नींद आ जाएगी। मैं तो चारपाई पर आते ही मर- सी जाती हूँ। वह जागते भी हैं, तो खबर नहीं होती। न जाने मुझे क्यों इतनी नींद आती है। शायद कोई रोग है।

निर्मला- हा:, बड़ा भारी रोग है। इसे राज- रोग कहते हैं। डॉक्टर साहब से कहो- दवा शुरू कर दें।

सुधा- तो आखिर जागकर क्या सोचूं? कभी-कभी मैके की याद आ जाती है, तो उस दिन जरा देर में आँख लगती है।

निर्मला- डॉक्टर साहब की याद नहीं आती?

सुधा- कभी नहीं, उनकी याद क्यों आए? जानती हूँ कि टेनिस खेलकर आए होंगे, खाना खाया होगा और आराम से लेटे होंगे।

निर्मला- लो, सोहन भी जाग गया। जब तुम जाग गईं तो भला यह क्यों सोने लगा?

सुधा- हाँ बहिन, इसकी अजीब आदत है। मेरे साथ सोता और मेरे ही साथ जागता है। उस जन्म का कोई तपस्वी है। देखो, इसके माथे पर तिलक का कैसा निशान है। बांहों पर भी ऐसे ही निशान हैं। जरूर कोई तपस्वी है।

निर्मला- तपस्वी लोग तो चन्दन-तिलक नहीं लगाते। उस जन्म का कोई धूर्त पुजारी होगा। क्यों रे, तू कहाँ का पुजारी था? बता?

सुधा- इसका ब्याह मैं बच्ची से करूँगी।

निर्मला- चलो बहिन, गाली देती हो। बहिन से भी भाई का ब्याह होता है?

सुधा- मैं तो करूँगी, चाहे कोई कुछ कहे। ऐसी सुन्दर बहू और कहाँ पाऊंगी? जरा देखो तो बहन, इसकी देह कुछ गर्म है या मुझको ही मालूम होती है।

निर्मला ने सोहन का माथा छूकर कहा- नहीं-नहीं, देह गर्म है। यह ज्वर कब आ गया! दूध तो पी रहा है न?

सुधा- अभी सोया था, तब तो देह ठंडी थी। शायद सर्दी लग गई, उढ़ाकर सुलाए देती हूँ। सबेरे तक ठीक हो जाएगा।

सबेरा हुआ तो सोहन की दशा और भी खराब हो गई। उसकी नाक बहने लगी और बुखार और भी तेज हो गया। आँखें चढ़ गईं और सिर झुक गया। न वह हाथ-पैर हिलाता था, न हँसता-बोलता था, बस, चुपचाप पड़ा था। ऐसा मालूम होता था कि उसे इस वक्त किसी का बोलना अच्छा नहीं लगता। कुछ-कुछ खांसी भी आने लगी। अब तो सुधा घबराई। निर्मला की भी राय हुई कि डॉक्टर साहब को बुलाया जाए, लेकिन उसकी बूढ़ी माता ने कहा- डॉक्टर-हकीम साहब का यहाँ कुछ काम नहीं। साफ तो देख रही हूँ। कि बच्चे को नज़र लग गई है। भला डॉक्टर आकर क्या करेंगे?

सुधा- अम्माजी, भला यहाँ नज़र कौन लगा देगा? अभी तक तो बाहर कहीं गया भी नहीं।

माता- नज़र कोई लगाता नहीं बेटी, किसी-किसी आदमी की दीठ बुरी होती है, आप-ही-आप लग जाती है। कभी-कभी माँ-बाप तक की नज़र लग जाती है। जब से आया है, एक बार भी नहीं रोया। मैं इसे हुमकते देखकर डरी थी कि कुछ-न-कुछ अनिष्ट होने वाला है। आँखें नहीं देखती हो, कितनी चढ़ गई हैं। यही नज़र की सबसे बड़ी पहचान है।

बुढ़िया महरी और पड़ोस की पंडिताइन ने इस कथन का अनुमोदन कर दिया। बस महंगू ने आकर बच्चे का मुँह देखा और हँसकर बोला- मालकिन, यह दीठ है, और कुछ नहीं। जरा पतली-पतली तीलियां मंगवा दीजिए। भगवान ने चाहा तो सांझ तक बच्चा हँसने लगेगा।

सरकण्डे के पाँच टुकड़े लाए गए। महंगू ने उन्हें बराबर करके एक डोरे से बांध दिया और कुछ बुदबुदाकर उसी पीले हाथों से पाँच बार सोहन का सिर सहलाया। अब जो देखा, तो पाँचों तीलियां छोटी-बड़ी हो गई थी। सब स्त्रियां यह कौतुक देखकर दंग रह गईं। अब नज़र में किसे सन्देह हो सकता था। महंगू ने फिर बच्चे को तीलियों से सहलाना शुरू किया। अब की तीलियां बराबर हो गईं। केवल थोड़ा-सा अन्तर रह गया। यह सब इस बात का प्रमाण था कि नज़र का असर अब थोड़ा-सा और रह गया है। महंगू बको दिलासा देकर शाम को फिर आने का वायदा करके चला गया। बालक की दशा दिन को और खराब हो गई। खांसी का जोर हो गया। शाम के समय महंगू ने आकर फिर तीलियों का तमाशा किया। इस वक्त पाँचों तीलियां बराबर निकलीं। स्त्रियां निश्चित हो गईं

लेकिन सोहन को सारी रात खांसते गुजरी। यहाँ तक कि कई बार उसकी आँखें उलट गईं। सुधा और निर्मला दोनों ने बैठकर सबेरा किया। खैर, रात कुशल से कट गई। अब वृद्धा माताजी नया रंग लाईं। महंगू नज़र न उतार सका, इसलिए अब किसी मौलवी से फूंक डलवाना जरूरी हो गया। सुधा फिर भी अपने पति को सूचना न दे सकी। मेहरी सोहन को एक चादर से लपेटकर एक मस्जिद में ले गई और फूंक डलवा लाई, शाम को भी फूंक छोड़ी, पर सोहन ने सिर न उठाया। रात आ गई, सुधा ने मन में निश्चय किया कि रात कुशल से बीतेगी, तो प्रातःकाल पति को तार दूँगी।

लेकिन रात कुशल से न बीतने पाई। आधी रात जाते-जाते बच्चा हाथ से निकल गया। सुधा की जीवन-सम्पत्ति देखते-देखते उसके हाथों से छिन गई।

वही जिसके विवाह का दो दिन पहले विनोद हो रहा था, आज सारे घर को रुला रहा है। जिसकी भोली-भाली सूरत देखकर माता की छाती फूल उठती थी, उसी को देखकर आज माता की छाती फटी जाती है। सारा घर सुधा को समझाता था, पर उसके आँसू न थमते थे, सब्र न होता था। सबसे बड़ा दुःख इस बात का था कि पति को कौन मुँह दिखलाऊंगी! उन्हें खबर तक न दी।

रात ही को तार दे दिया गया और दूसरे दिन डॉक्टर सिन्हा नौ बजते-बजते मोटर पर आ पहुँचे। सुधा ने उनके आने की खबर पाई, तो और भी फूट-फूटकर रोने लगी। बालक की जल-क्रिया हुई, डॉक्टर साहब कई बार अन्दर आए, किन्तु सुधा उनके पास न गई। उनके सामने कैसे जाए? कौन मुँह दिखाए? उसने अपनी नादानी से उनके जीवन का रत्न छीनकर दरिया में डाल दिया। अब उनके पास जाते उसकी छाती के टुकड़े-टुकड़े हुए जाते थे। बालक को उसकी गोद में देखकर पति की आँखे चमक उठती थीं। बालक हुमककर पिता की गोद में चला जाता था। माता फिर बुलाती, तो पिता की छाती से चिपट जाता था और लाख चुमकारने-दुलारने पर भी बाप की गोद न छोड़ता था। तब माँ कहती थी-बड़ा मतलबी है! आज वह किसे गोद में लेकर पति के पास जाएगी? उसकी सूनी गोद देखकर कहीं वह चिल्लाकर रो न पड़ें। पति के सम्मुख जाने की अपेक्षा उसे मर जाना कहीं आसान जान पड़ता था।

वह एक क्षण के लिए भी निर्मला को न छोड़ती थी कि कहीं पति से सामना न हो जाए।

निर्मला ने कहा- बहिन, जो होना था वह हो चुका, अब उनसे कब तक भागती फिरोगी। रात ही को चले जाएँगे। अम्मा कहती थीं।

सुधा ने सजल नेत्रों से ताकते हुए कहा- कौन मुँह लेकर उनके पास जाऊँ? मुझे डर लग रहा है कि उनके सामने जाते ही मेरा पैर न थर्राने लगे और मैं गिर पड़ूं।

निर्मला- चलो, मैं तुम्हारे साथ चलती हूँ। तुम्हें संभाले रहूँगी।

सुधा- मुझे छोड़कर भाग तो न जाओगी?

निर्मला- नहीं-नहीं, भागूंगी नहीं।

सुधा- मेरा कलेजा तो अभी से उमड़ा आता है। मैं इतना घोर व्रजपात होने पर भी बैठी हूँ, मुझे यही आश्चर्य हो रहा है। सोहन को वह बहुत प्यार करते थे बहिन! न जाने उनके चित्त की क्या दशा होगी। मैं उन्हें ढाढ़स क्या दूँगी, आप ही रोती रहूँगी। क्या रात ही को चले जाएँगे?

निर्मला- हाँ, अम्माजी तो कहती थी छुट्टी नहीं ली है।

दोनो सहेलियां मर्दाने कमरे की ओर चलीं, लेकिन कमरे के द्वार पर पहुँचकर सुधा ने निर्मला से विदा कर दिया। अकेली कमरे मे दाखिल हुई।

डॉक्टर साहब घबरा रहे थे कि न जाने सुधा की क्या दशा हो रही है। भांति-भांति की शंकाएं मन मे आ रही थीं। जाने को तैयार बैठे थे, लेकिन जी न चाहता था। जीवन शून्य-सा मालूम होता था। मन-ही-मन कुढ़ रहे थे, अगर ईश्वर को इतनी जल्दी यह पदार्थ देकर छीन लेना था, तो दिया ही क्यों था? उन्होंने तो कभी सन्तान के लिए ईश्वर से प्रार्थना न की थी। वह आजन्म निःसन्तान रह सकते थे, पर सन्तान पाकर उससे वंचित हो जाना उन्हें असह्य जान पड़ता था। क्या सचमुच मनुष्य ईश्वर का खिलौना है? यही मानव जीवन का महत्व है? यह केवल बालकों का घरौंदा है, जिसके बनने का न कोई हेतु है, न बिगड़ने का? फिर बालकों को भी तो अपने घरौंदे से, अपनी कागज की नावों से, अपनी लकड़ी के घोड़ों से ममता होती है। अच्छे खिलौने का वह जान के पीछे छिपाकर रखते हैं। अगर ईश्वर बालक ही है तो वह विचित्र बालक है।

किन्तु बुद्धि तो ईश्वर का यह रूप स्वीकार नहीं करती। अनन्त सृष्टि का कर्त्ता उद्दण्ड बालक नहीं हो सकता है। हम उसे उन सारे गुणों से विभूषित करते हैं, जो हमारी बुद्धि के पहुँच से बाहर है। खिलाड़ीपन तो उन महान गुणों मे नहीं! क्या हँसते-खेलते बालकों का प्राण हर लेना खेल है? क्या ईश्वर ऐसा पैशाचिक खेल खेलता है?

सहसा सुधा दबे-पांव कमरे में दाखिल हुई। डॉक्टर साहब उठ खड़े हुए और उसके समीप आकर बोले- तुम कहाँ थी, सुधा? मैं तुम्हारी राह देख रहा था।

सुधा की आँखों से कमरा तैरता हुआ जान पड़ा। पति की गर्दन मे हाथ डालकर उसने उनकी छाती पर सिर रख दिया और रोने लगी, लेकिन इस अश्रु-प्रवाह में उसे असीम धैर्य और सांत्वना का अनुभव हो रहा था। पति के वक्ष-स्थल से लिपटी हुई वह अपने हृदय में एक विचित्र स्फूर्ति और बल का संचार होते हुए पाती थी, मानो पवन से थरथराता हुआ दीपक आंचल की आड़ में आ गया हो।

डॉक्टर साहब ने रमणी के अश्रु-सिंचित कपोलों को दोनो हाथों में लेकर कहा- सुधा, तुम इतना छोटा दिल क्यों करती हो? सोहन अपने जीवन में जो कुछ करने आया था, वह कर चुका था, फिर वह क्यों बैठा रहता? जैसे कोई वृक्ष जल और प्रकाश से बढ़ता है, लेकिन पवन के प्रबल झोकों ही से सुदृढ़ होता है, उसी भांति प्रणय भी दुःख के आघातों ही से विकास पाता है। खुशी के साथ हँसनेवाले बहुतेरे मिल जाते हैं, रंज में जो साथ रोये, वही हमारा सच्चा मित्र है। जिन प्रेमियों को साथ रोना नहीं नसीब हुआ, वे मुहब्बत के मजे क्या जानें? सोहन की मृत्यु ने आज हमारे द्वैत को बिलकुल मिटा दिया। आज ही हमने एक दूसरे का सच्चा स्वरूप देखा।

सुधा ने सिसकते हुए कहा- मैं नज़र के धोखे में थी। हाय! तुम उसका मुँह भी न देखने पाये। न जाने इन दिनों उसे इतनी समझ कहाँ से आ गई थी। जब मुझे रोते देखता, तो अपने कष्ट भूलकर मुस्करा देता। तीसरे ही दिन मेरे लाडले की आँख बन्द हो गई। कुछ दवा-दर्पन भी न करने पाईं।

यह कहते-कहते सुधा के आँसू फिर उमड़ आए। डॉक्टर सिन्हा ने उसे सीने से लगाकर करुणा से कांपती हुई आवाज़ में कहा- प्रिये, आज

तक कोई ऐसा बालक या वृद्ध न मरा होगा, जिससे घरवालों की दवा-दर्पन की लालसा पूरी हो गई।

सुधा- निर्मला ने मेरी बड़ी मदद की। मैं तो एकाध झपकी ले भी लेती थी, पर उसकी आँखें नहीं झपकी। रात-रात लिए बैठी या टहलती रहती थी। उसके अहसान कभी न भूलूँगी। क्या तुम आज ही जा रहे हो?

डॉक्टर- हाँ, छुट्टी लेने का मौका न था। सिविल सर्जन शिकार खेलने गया हुआ था।

सुधा- यह सब हमेशा शिकार ही खेला करते हैं?

डॉक्टर- राजाओं को और काम ही क्या है?

सुधा- मैं तो आज न जाने दूँगी।

डॉक्टर- जी तो मेरा भी नहीं चाहता।

सुधा- तो मत जाओ, तार दे दो। मैं भी तुम्हारे साथ चलूँगी। निर्मला को भी लेती चलूँगी।

सुधा वहाँ से लौटी, तो उसके हृदय का बोझ हलका हो गया था। पति की प्रेमपूर्ण कोमल वाणी ने उसके सारे शोक और संताप का हरण कर लिया था। प्रेम में असीम विश्वास है, असीम धैर्य है और असीम बल है।

18

जब हमारे ऊपर कोई बड़ी विपत्ति आ पड़ती है, तो उससे हमें केवल दुःख ही नहीं होता, हमें दूसरों के ताने भी सहने पड़ते हैं। जनता को हमारे ऊपर टिप्पणियों करने का वह सुअवसर मिल जाता है, जिसके लिए वह हमेशा बेचैन रहती है। मंसाराम क्या मरा, मानो समाज को उन पर आवाज़ें कसने का बहाना मिल गया। भीतर की बातें कौन जाने, प्रत्यक्ष बात यह थी कि यह सब सौतेली माँ की करतूत है चारों तरफ यही चर्चा थी, ईश्वर न करे लड़कों का सौतेली माँ से पाला पड़े। जिसे अपना बना-बनाया घर उजाड़ना हो, अपने प्यारे बच्चों की गर्दन पर छुरी फेरनी हो, वह बच्चों के रहते हुए अपना दूसरा ब्याह करे। ऐसा कभी नहीं देखा कि सौत के आने पर घर तबाह न हो गया हो, वही बाप जो बच्चों पर जान देता था सौत के आते ही उन्हीं बच्चों का दुश्मन हो जाता है, उसकी मति ही

बदल जाती है। ऐसी देवी ने जन्म ही नहीं लिया, जिसने सौत के बच्चों का अपना समझा हो।

मुश्किल यह थी कि लोग टिप्पणियों पर सन्तुष्ट न होते थे। कुछ ऐसे सज्जन भी थे, जिन्हें अब जियाराम और सियाराम से विशेष स्नेह हो गया था। वे दानों बालकों से बड़ी सहानुभूति प्रकट करते, यहाँ तक कि दो-एक महिलाएं तो उसकी माता के शील और स्वभाव को याद करके आँसू बहाने लगती थीं। हाय-हाय! बेचारी क्या जानती थी कि उसके मरते ही लाडलों की यह दुर्दशा होगी! अब दूध-मक्खन काहे को मिलता होगा!

जियाराम कहता- मिलता क्यों नहीं?

महिला कहती- मिलता है! अरे बेटा, मिलना भी कई तरह का होता है। पानी वाला दूध टके सेर का मंगाकर रख दिया, पियो चाहे न पियो, कौन पूछता है? नहीं तो बेचारी नौकर से दूध दुहवाकर मंगवाती थी। वह तो चेहरा ही कहे देता है। दूध की सूरत छिपी नहीं रहती, वह सूरत ही नहीं रहीं।

जिया को अपनी माँ के समय के दूध का स्वाद तो याद था नहीं, जो इस आक्षेप का उत्तर देता और न उस समय की अपनी सूरत ही याद थी, चुप रह जाता। इन शुभाकांक्षाओं का असर भी पड़ना स्वाभाविक था। जियाराम को अपने घरवालों से चिढ़ होती जाती थी। मुंशीजी मकान नीलामी हो जोने के बाद दूसरे घर में उठ आए, तो किराये की फिक्र हुई। निर्मला ने मक्खन बन्द कर दिया। वह आमदनी हो नहीं रही, तो खर्च कैसे रहता। दोनों कहार अलग कर दिये गए। जियाराम को यह कतर-ब्योंत बुरी लगती थी। जब निर्मला मैके चली गई, तो मुंशीजी ने दूध भी बन्द कर दिया। नवजात कन्या की चिन्ता अभी से उनके सिर पर सवार हो गई थी।

जियाराम ने बिगड़कर कहा- दूध बन्द रहने से तो आपका महल बन रहा होगा, भोजन भी बंद कर दीजिए!

मुंशीजी- दूध पीने का शौक है, तो जाकर दूध क्यों नही लाते? पानी के पैसे तो मुझसे न दिये जाएँगे।

जियाराम- मैं दूध दुहाने जाऊँ, कोई स्कूल का लड़का देख ले तब?

मुंशीजी- तब कुछ नहीं। कह देना अपने लिए दूध लिए जाता हूँ। दूध लाना कोई चोरी नहीं है।

जियाराम- चोरी नहीं है! आप ही को कोई दूध लाते देख ले, तो आपको शर्म न आएगी।

मुंशीजी- बिल्कुल नहीं। मैंने तो इन्हीं हाथों से पानी खींचा है, अनाज की गठरियां लाया हूँ। मेरे बाप लखपति नहीं थे।

जियाराम- मेरे बाप तो गरीब नहीं, मैं क्यों दूध दुहाने जाऊँ? आखिर आपने कहारों को क्यों जवाब दे दिया?

मुंशीजी- क्या तुम्हें इतना भी नहीं सूझता कि मेरी आमदनी अब पहली-सी नहीं रही इतने नादान तो नहीं हो?

जियाराम- आखिर आपकी आमदनी क्यों कम हो गई?

मुंशीजी- जब तुम्हें अकल ही नहीं है, तो क्या समझाऊं। यहाँ जिन्दगी से तंग आ गया हूँ, मुकदमें कौन ले और ले भी तो तैयार कौन करे? वह दिल ही नहीं रहा। अब तो जिंदगी के दिन पूरे कर रहा हूँ। सारे अरमान लल्लू के साथ चले गए।

जियाराम- अपने ही हाथों न।

मुंशीजी ने चीखकर कहा- अरे अहमक! यह ईश्वर की मर्जी थी। अपने हाथों कोई अपना गला काटता है।

जियाराम- ईश्वर तो आपका विवाह करने न आया था।

मुंशीजी अब जब्त न कर सके, लाल-लाल आँखें निकालकर बोले- क्या तुम आज लड़ने के लिए कमर बांधकर आए हो? आखिर किस बिरते पर? मेरी रोटियां तो नहीं चलाते? जब इस काबिल हो जाना, मुझे उपदेश देना। तब मैं सुन लूँगा। अभी तुमको मुझे उपदेश देने का अधिकार नहीं है। कुछ दिनों अदब और तमीज सीखो। तुम मेरे सलाहकार नहीं हो कि मैं जो काम करूँ, उसमें तुमसे सलाह लूँ। मेरी पैदा की हुई दौलत है, उसे जैसे चाहूं खर्च कर सकता हूँ। तुमको जबान खोलने का भी हक नहीं है। अगर फिर तुमने मुझसे बेअदबी की, तो नतीजा बुरा होगा। जब मंसाराम ऐसा रत्न खोकर मरे प्राण न निकले, तो तुम्हारे बगैर मैं मर न जाऊँगा, समझ गए?

यह कड़ी फटकार पाकर भी जियाराम वहाँ से न टला। नि:शंक भाव से बोला- तो आप क्या चाहते हैं कि हमें चाहे कितनी ही तकलीफ हो

मुँह न खोले? मुझसे तो यह न होगा। भाई साहब को अदब और तमीज का जो इनाम मिला, उसकी मुझे भूख नहीं। मुझमें जहर खाकर प्राण देने की हिम्मत नहीं। ऐसे अदब को दूर से दंडवत करता हूँ।

मुंशीजी- तुम्हें ऐसी बातें करते हुए शर्म नहीं आती?

जियाराम- लड़के अपने बुजुर्गों ही की नकल करते हैं।

मुंशीजी का क्रोध शान्त हो गया। जियाराम पर उसका कुछ भी असर न होगा, इसका उन्हें यकीन हो गया। उठकर टहलने चले गए। आज उन्हें सूचना मिल गई के इस घर का शीघ्र ही सर्वनाश होने वाला है।

उस दिन से पिता और पुत्र में किसी न किसी बात पर रोज़ ही एक झपट हो जाती है। मुंशीजी ज्यों-ज्यों तरह देते थे, जियाराम और भी शेर होता जाता था। एक दिन जियाराम ने रुक्मिणी से यहाँ तक कह डाला- बाप हैं, यह समझकर छोड़ देता हूँ, नहीं तो मेरे ऐसे-ऐसे साथी हैं कि चाहूं तो भरे बाज़ार मे पिटवा दूँ। रुक्मिणी ने मुंशीजी से कह दिया। मुंशीजी ने प्रकट रूप से तो बेपरवाही ही दिखायी, पर उनके मन में शंका समा गया। शाम को सैर करना छोड़ दिया। यह नई चिन्ता सवार हो गई। इसी भय से निर्मला को भी न लाते थे कि शैतान उसके साथ भी यही बर्ताव करेगा। जियाराम एक बार दबी जबान में कह भी चुका था- देखूं, अबकी कैसे इस घर में आती है? मुंशीजी भी खूब समझ गए थे कि मैं इसका कुछ भी नहीं कर सकता। कोई बाहर का आदमी होता, तो उसे पुलिस और कानून के शिकंजे में कसते। अपने लड़के को क्या करें? सच कहा है- आदमी हारता है, तो अपने लड़कों ही से।

एक दिन डॉक्टर सिन्हा ने जियाराम को बुलाकर समझाना शुरू किया। जियाराम उनका अदब करता था। चुपचाप बैठा सुनता रहा। जब डॉक्टर साहब ने अन्त में पूछा, आखिर तुम चाहते क्या हो? तो वह बोला- साफ-साफ कह दूँ? बुरा तो न मानिएगा?

सिन्हा- नहीं, जो कुछ तुम्हारे दिल में हो साफ-साफ कह दो।

जियाराम- तो सुनिए, जब से भैया मरे हैं, मुझे पिताजी की सूरत देखकर क्रोध आता है। मुझे ऐसा मालूम होता है कि इन्हीं ने भैया की हत्या की है और एक दिन मौका पाकर हम दोनों भाइयों को भी हत्या करेंगे। अगर उनकी यह इच्छा न होती तो ब्याह ही क्यों करते?

डॉक्टर साहब ने बड़ी मुश्किल से हँसी रोककर कहा- तुम्हारी हत्या करने के लिए उन्हें ब्याह करने की क्या जरूरत थी, यह बात मेरी समझ में नहीं आई। बिना विवाह किए भी तो वह हत्या कर सकते थे।

जियाराम- कभी नहीं, उस वक्त तो उनका दिल ही कुछ और था, हम लोगों पर जान देते थे अब मुँह तक नहीं देखना चाहते। उनकी यही इच्छा है कि उन दोनों प्राणियों के सिवा घर में और कोई न रहे। अब जो लड़के होंगे उनके रास्ते से हम लोगों को हटा देना चाहते है। यही उन दोनों आदमियों की दिली मंशा है। हमें तरह-तरह की तकलीफें देकर भगा देना चाहते हैं। इसीलिए आजकल मुकदमे नहीं लेते। हम दोनों भाई आज मर जाएँ, तो फिर देखिए कैसी बहार होती है।

डॉक्टर- अगर तुम्हें भगाना ही होता, तो कोई इल्जाम लगाकर घर से निकाल न देते?

जियाराम- इसके लिए पहले ही से तैयार बैठा हूँ।

डॉक्टर- सुनूं, क्या तैयारी की है?

जियाराम- जब मौका आएगा, देख लीजिएगा।

यह कहकर जियाराम चलता हुआ। डॉक्टर सिन्हा ने बहुत पुकारा, पर उसने फिरकर देखा भी नहीं।

कई दिन के बाद डॉक्टर साहब की जियाराम से फिर मुलाकात हो गई। डॉक्टर साहब सिनेमा के प्रेमी थे और जियाराम की तो जान ही सिनेमा में बसती थी। डॉक्टर साहब ने सिनेमा पर आलोचना करके जियाराम को बातों में लगा लिया और अपने घर लाए। भोजन का समय आ गया था, दोनों आदमी साथ ही भोजन करने बैठे। जियाराम को वहाँ भोजन बहुत स्वादिष्ट लगा, बोला- मेरे यहाँ तो जब से महाराज अलग हुआ, खाने का मजा ही जाता रहा। बुआजी पक्का वैष्णवी भोजन बनाती हैं। जबरदस्ती खा लेता हूँ, पर खाने की तरफ ताकने को जी नहीं चाहता।

डॉक्टर- मेरे यहाँ तो जब घर में खाना पकता है, तो इससे कहीं स्वादिष्ट होता है। तुम्हारी बुआजी प्याज-लहसुन न छूती होंगी?

जियाराम- हाँ साहब, उबालकर रख देती हैं। लालाजी को इसकी परवाह ही नहीं कि कोई खाता है या नहीं। इसीलिए तो महाराज को अलग किया है। अगर रुपए नहीं है, तो गहने कहाँ से बनते हैं?

डॉक्टर- यह बात नहीं है जियाराम, उनकी आमदनी सचमुच बहुत कम हो गई है। तुम उन्हें बहुत दिक करते हो।

जियाराम- (हँसकर) मैं उन्हें दिक करता हूँ? मुझसे कसम ले लीजिए, जो कभी उनसे बोलता भी हूँ। मुझे बदनाम करने का उन्होंने बीड़ा उठा लिया है। बेसबब, बेवजह पीछे पड़े रहते हैं। यहाँ तक कि मेरे दोस्तों से भी उन्हें चिढ़ है। आप ही सोचिए, दोस्तों के बगैर कोई जिन्दा रह सकता है? मैं कोई लुच्चा नहीं हूँ कि लुच्चों की सोहबत रखूँ, मगर आप दोस्तों ही के पीछे मुझे रोज़ सताया करते हैं। कल तो मैंने साफ कह दिया- मेरे दोस्त घर आएँगे, किसी को अच्छा लगे या बुरा। जनाब, कोई हो, हर वक्त की धौंस नहीं सह सकता।

डॉक्टर- मुझे तो भाई, उन पर बड़ी दया आती है। यह जमाना उनके आराम करने का था। एक तो बुढ़ापा, उस पर जवान बेटे का शोक, स्वास्थ्य भी अच्छा नहीं। ऐसा आदमी क्या कर सकता है? वह जो कुछ थोड़ा-बहुत करते हैं, वही बहुत है। तुम अभी और कुछ नहीं कर सकते, तो कम-से-कम अपने आचरण से तो उन्हें प्रसन्न रख सकते हो। बुड्ढों को प्रसन्न करना बहुत कठिन काम नहीं। यकीन मानो, तुम्हारा हँसकर बोलना ही उन्हें खुश करने को काफी है। इतना पूछने में तुम्हारा क्या खर्च होता है। बाबूजी, आपकी तबीयत कैसी है? वह तुम्हारी यह उद्दण्डता देखकर मन-ही-मन कुढ़ते रहते हैं। मैं तुमसे सच कहता हूँ, कई बार रो चुके हैं। उन्होंने मान लो शादी करने में गलती की। इसे वह भी स्वीकार करते हैं, लेकिन तुम अपने कर्तव्य से क्यों मुँह मोड़ते हो? वह तुम्हारे पिता है, तुम्हें उनकी सेवा करनी चाहिए। एक बात भी ऐसी मुँह से न निकालनी चाहिए, जिससे उनका दिल दुखे। उन्हें यह ख्याल करने का मौका ही क्यों दे कि सब मेरी कमाई खाने वाले हैं, बात पूछने वाला कोई नहीं। मेरी उम्र तुमसे कहीं ज्यादा है जियाराम, पर आज तक मैंने अपने पिताजी की किसी बात का जवाब नहीं दिया। वह आज भी मुझे डांटते है, सिर झुकाकर सुन लेता हूँ। जानता हूँ, वह जो कुछ कहते हैं, मेरे भले ही को कहते हैं। माता-पिता से बढ़कर हमारा हितैषी और कौन हो सकता है? उसके ऋण से कौन मुक्त हो सकता है?

जियाराम बैठा रोता रहा। अभी उसके सद्भावों का सम्पूर्णतः लोप न हुआ था, अपनी दुर्जनता उसे साफ नज़र आ रही थी। इतनी ग्लानि उसे

बहुत दिनों से न आई थी। रोकर डॉक्टर साहब से कहा- मैं बहुत लज्जित हूँ। दूसरों के बहकाने में आ गया। अब आप मेरी जरा भी शिकायत न सुनेंगे। आप पिताजी से मेरे अपराध क्षमा करा दीजिए। मैं सचमुच बड़ा अभागा हूँ। उन्हें मैंने बहुत सताया। उनसे कहिए- मेरे अपराध क्षमा कर दें, नहीं मैं मुँह में कालिख लगाकर कहीं निकल जाऊँगा, डूब मरूंगा।

डॉक्टर साहब अपनी उपदेश-कुशलता पर फूले न समाये। जियाराम को गले लगाकर विदा किया।

जियाराम घर पहुँचा, तो ग्यारह बज गए थे। मुंशीजी भोजन करके अभी बाहर आए थे। उसे देखते ही बोले- जानते हो कै बजे है? बारह का वक्त है।

जियाराम ने बड़ी नम्रता से कहा- डॉक्टर सिन्हा मिल गए। उनके साथ उनके घर तक चला गया। उन्होंने खाने के लिए जिद की, मजबूरन खाना पड़ा। इसी से देर हो गई।

मुंशीजी- डॉक्टर सिन्हा से दुखड़े रोने गए होंगे या और कोई काम था?

जियाराम की नम्रता का चौथा भाग उड़ गया, बोला- दुखड़े रोने की मेरी आदत नहीं है।

मुंशीजी- जरा भी नहीं, तुम्हारे मुँह मे तो जबान ही नहीं। मुझसे जो लोग तुम्हारी बातें करते हैं, वह गढ़ा करते होंगे?

जियाराम- और दिनों की मैं नहीं कहता, लेकिन आज डॉक्टर सिन्हा के यहाँ मैंने कोई बात ऐसी नहीं की, जो इस वक्त आपके सामने न कर सकूं।

मुंशीजी- बड़ी खुशी की बात है। बेहद खुशी हुई। आज से गुरुदीक्षा ले ली है क्या?

जियाराम की नम्रता का एक चतुर्थांश और गायब हो गया। सिर उठाकर बोला- आदमी बिना गुरुदीक्षा लिए हुए भी अपनी बुराइयों पर लज्जित हो सकता है। अपना सुधार करने के लिए गुरुमन्त्र कोई जरूरी चीज़ नहीं।

मुंशीजी- अब तो लुच्चे न जमा होंगे?

जियाराम- आप किसी को लुच्चा क्यों कहते हैं, जब तक ऐसा कहने के लिए आपके पास कोई प्रमाण नहीं?

मुंशीजी- तुम्हारे दोस्त सब लुच्चे-लफंगे हैं। एक भी भला आदमी नहीं। मैं तुमसे कई बार कह चुका कि उन्हें यहाँ मत जमा किया करो, पर तुमने सुना नहीं। आज में आखिर बार कहे देता हूँ कि अगर तुमने उन शोहदों को जमा किया, तो मुझे पुलिस की सहायता लेनी पड़ेगी।

जियाराम की नम्रता का एक चतुर्थांश और गायब हो गया। फड़ककर बोला- अच्छी बात है, पुलिस की सहायता लीजिए। देखें क्या करती है? मेरे दोस्तों में आधे से ज्यादा पुलिस के अफसरों ही के बेटे हैं। जब आप ही मेरा सुधार करने पर तुले हुए है, तो मैं व्यर्थ क्यों कष्ट उठाऊँ?

यह कहता हुआ जियाराम अपने कमरे मे चला गया और एक क्षण के बाद हारमोनिया के मीठे स्वरों की आवाज़ बाहर आने लगी।

सहृदयता का जलाया हुआ दीपक निर्दय व्यंग्य के एक झोंके से बुझ गया। अड़ा हुआ घोड़ा चुमकारने से चोट मारने लगा था; पर हण्टर पड़ते ही फिर अड़ गया और गाड़ी को पीछे ढकेलने लगा!!

19

अबकी सुधा के साथ निर्मला को भी आना पड़ा। व्रह तो मैके में कुछ दिन और रहना चाहती थी, लेकिन शोकातुर सुधा अकेले कैसे रहे! उसको आखिर आना ही पड़ा। रुक्मिणी ने भूंगी से कहा- देखती है, बहू मैके से कैसा निखरकर आई है!

भूंगी ने कहा- दीदी, माँ के हाथ की रोटियां लड़कियों को बहुत अच्छी लगती है।

रुक्मिणी- ठीक कहती है भूंगी, खिलाना तो बस माँ ही जानती है।

निर्मला को ऐसा मालूम हुआ कि घर का कोई आदमी उसके आने से खुश नहीं। मुंशीजी ने खुशी तो बहुत दिखाई, पर हृदयगत चिन्ता को न छिपा सके। बच्ची का नाम सुधा ने आशा रख दिया था। वह आशा की मूर्ति-सी थी भी। देखकर सारी चिन्ता भाग जाती थी। मुंशीजी ने उसे गोद में लेना चाहा, तो रोने लगी, दौड़कर माँ से लिपट गई, मानो पिता को पहचानती ही नहीं। मुंशीजी ने मिठाइयों से उसे परचाना चाहा। घर में कोई नौकर तो था नहीं, जाकर सियाराम से दो आने की मिठाइयां लाने को कहा।

जियाराम भी बैठा हुआ था। बोल उठा- हम लोगों के लिए तो कभी मिठाइयां नहीं आतीं।

मुंशीजी ने झुंझलाकर कहा- तुम लोग बच्चे नहीं हो।

जियाराम- और क्या बूढ़े हैं? मिठाइयां मंगवाकर रख दीजिए, तो मालूम हो कि बच्चे हैं या बूढ़े। निकालिए चार आना और आशा के बदौलत हमारे नसीब भी जागे।

मुंशीजी- मेरे पास इस वक्त पैसे नहीं है। जाओ सिया, जल्द जाना।

जियाराम- सिया नहीं जाएगा। किसी का गुलाम नहीं है। आशा अपने बाप की बेटी है, तो वह भी अपने बाप का बेटा है।

मुंशीजी- क्या फिजूल की बातें करते हो। नन्हीं-सी बच्ची की बराबरी करते तुम्हें शर्म नहीं आती? जाओ सियाराम, ये पैसे लो।

जियाराम- मत जाना सिया! तुम किसी के नौकर नहीं हो।

सिया बड़ी दुविधा में पड़ गया। किसका कहना माने? अन्त में उसने जियाराम का कहना मानने का निश्चय किया। बाप ज्यादा-से-ज्यादा घुड़क देंगे, जिया तो मारेगा, फिर वह किसके पास फरियाद लेकर जाएगा। बोला- मैं न जाऊँगा।

मुंशीजी ने धमकाकर कहा- अच्छा, तो मेरे पास फिर कोई चीज़ मांगने मत आना।

मुंशीजी खुद बाज़ार चले गए और एक रुपए की मिठाई लेकर लौटे। दो आने की मिठाई मांगते हुए उन्हें शर्म आई। हलवाई उन्हें पहचानता था। दिल में क्या कहेगा?

मिठाई लिए हुए मुंशीजी अन्दर चले गए। सियाराम ने मिठाई का बड़ा-सा दोना देखा, तो बाप का कहना न मानने का उसे दुःख हुआ। अब वह किस मुँह से मिठाई लेने अन्दर जाएगा। बड़ी भूल हुई। वह मन-ही-मन जियाराम को चोटों की चोट और मिठाई की मिठास में तुलना करने लगा।

सहसा भूंगी ने दो तश्तरियां दोनो के सामने लाकर रख दीं। जियाराम ने बिगड़कर कहा- इसे उठा ले जा!

भूंगी- काहे को बिगड़ते हो बाबू, क्या मिठाई अच्छी नहीं लगती?

जियाराम- मिठाई आशा के लिए आई है, हमारे लिए नहीं आई? ले

जा, नहीं तो सड़क पर फेंक दूँगा। हम तो पैसे-पैसे के लिए रटते रहते है। और यहाँ रुपए की मिठाई आती है।

भूंगी- तुम ले लो सिया बाबू, यह न लेंगे न सही।

सियाराम ने डरते-डरते हाथ बढ़ाया था कि जियाराम ने डांटकर कहा- मत छूना मिठाई, नहीं तो हाथ तोड़कर रख दूँगा। लालची कहीं का!

सियाराम यह धुड़की सुनकर सहम उठा, मिठाई खाने की हिम्मत न पड़ी। निर्मला ने यह कथा सुनी, तो दोनों लड़कों को मनाने चली। मुंशीजी ने कड़ी कसम रख दी।

निर्मला- आप समझते नहीं है। यह सारा गुस्सा मुझ पर है।

मुंशीजी- गुस्ताख हो गया है। इस ख्याल से कोई सख्ती नहीं करता कि लोग कहेंगे, बिना माँ के बच्चों को सताते हैं, नहीं तो सारी शरारत घड़ी भर में निकाल दूँ।

निर्मला- इसी बदनामी का तो मुझे डर है।

मुंशीजी- अब न डरूंगा, जिसके जी में जो आए कहे।

निर्मला- पहले तो ये ऐसे न थे।

मुंशीजी- अजी, कहता है कि आपके लड़के मौजूद थे, आपने शादी क्यों की! यह कहते भी इसे संकोच नहीं हाता कि आप लोगों ने मंसाराम को विष दे दिया। लड़का नहीं है, शत्रु है।

जियाराम द्वार पर छिपकर खड़ा था। स्त्री-पुरुष में मिठाई के विषय में क्या बातें होती हैं, यही सुनने वह आया था। मुंशीजी का अन्तिम वाक्य सुनकर उससे न रहा गया। बोल उठा- शत्रु न होता, तो आप उसके पीछे क्यों पड़ते? आप जो इस वक्त कर रहे हैं, वह मैं बहुत पहले समझे बैठा हूँ। भैया न समझे थे, धोखा खा गए। हमारे साथ आपकी दाल न गलेगी। सारा जमाना कह रहा है कि भाई साहब को जहर दिया गया है। मैं कहता हूँ तो आपको क्यों गुस्सा आता है?

निर्मला तो सन्नाटे में आ गई। मालूम हुआ, किसी ने उसकी देह पर अंगारे डाल दिये। मुंशीजी ने डांटकर जियाराम को चुप कराना चाहा, जियाराम निःशंक खड़ा ईंट का जवाब पत्थर से देता रहा। यहाँ तक कि निर्मला को भी उस पर क्रोध आ गया। यह कल का छोकरा, किसी काम का न काज का, यों खड़ा टर्रा रहा है, जैसे घर भर का पालन-पोषण यही

करता हो। त्योंरियां चढ़ाकर बोली- बस, अब बहुत हुआ जियाराम, मालूम हो गया, तुम बड़े लायक हो, बाहर जाकर बैठो।

मुंशीजी अब तक तो कुछ दब-दबकर बोलते रहे, निर्मला की शह पाई तो दिल बढ़ गया। दांत पीसकर लपके और इसके पहले कि निर्मला उनके हाथ पकड़ सके, एक थप्पड़ चला ही दिया। थप्पड़ निर्मला के मुँह पर पड़ा, वही सामने पड़ी। माथा चकरा गया। मुंशीजी के सूखे हाथों में इतनी शक्ति है, इसका वह अनुमान न कर सकती थी। सिर पकड़कर बैठ गई। मुंशीजी का क्रोध और भी भड़क उठा, फिर घूंसा चलाया पर अबकी जियाराम ने उनका हाथ पकड़ लिया और पीछे ढकेलकर बोला- दूर से बातें कीजिए, क्यों नाहक अपनी बेइज्जती करवाते हैं? अम्माजी का लिहाज कर रहा हूँ, नहीं तो दिखा देता।

यह कहता हुआ वह बाहर चला गया। मुंशीजी संज्ञा-शून्य से खड़े रहे। इस वक्त अगर जियाराम पर दैवी वज्र गिर पड़ता, तो शायद उन्हें हार्दिक आनन्द होता। जिस पुत्र को कभी गोद में लेकर निहाल हो जाते थे, उसी के प्रति आज भांति-भांति की दुष्कल्पनाएँ मन में आ रही थीं।

रुक्मिणी अब तक तो अपनी कोठरी में थी। अब आकर बोली- बेटा अपने बराबर का हो जाए तो उस पर हाथ न छोड़ना चाहिए।

मुंशीजी ने ओंठ चबाकर कहा- मैं इसे घर से निकालकर छोडूंगा। भीख मांगे या चोरी करे, मुझसे कोई मतलब नहीं।

रुक्मिणी- नाक किसकी कटेगी?

मुंशीजी- इसकी चिन्ता नहीं।

निर्मला- मैं जानती कि मेरे आने से यह तूफान खड़ा हो जाएगा, तो भूलकर भी न आती। अब भी भला है, मुझे भेज दीजिए। इस घर में मुझसे न रहा जाएगा।

रुक्मिणी- तुम्हारा बहुत लिहाज करता है बहू, नहीं तो आज अनर्थ ही हो जाता।

निर्मला- अब और क्या अनर्थ होगा दीदीजी? मैं तो फूंक-फूंककर पांव रखती हूँ, फिर भी अपयश लग ही जाता है। अभी घर में पांव रखते देर नहीं हुई और यह हाल हो गया। ईश्वर ही कुशल करे।

रात को भोजन करने कोई न उठा, अकेले मुंशीजी ने खाया। निर्मला को आज नई चिन्ता हो गई- जीवन कैसे पार लगेगा? अपना ही पेट होता

तो विशेष चिन्ता न थी। अब तो एक नई विपत्ति गले पड़ गई थी। वह सोच रही थी- मेरी बच्ची के भाग्य में क्या लिखा है राम?

20

चिन्ता में नींद कब आती है? निर्मला चारपाई पर करवटें बदल रही थी। कितना चाहती थी कि नींद आ जाए, पर नींद ने न आने की कसम सी खा ली थी। चिराग बुझा दिया था, खिड़की के दरवाज़े खोल दिए थे, टिक-टिक करने वाली घड़ी भी दूसरे कमरे में रख आई थी, पर नींद का नाम था। जितनी बातें सोचनी थीं, सब सोच चुकी, चिन्ताओं का भी अन्त हो गया, पर पलकें न झपकीं। तब उसने फिर लैम्प जलाया और एक पुस्तक पढ़ने लगी। दो-चार ही पृष्ठ पढ़े होंगे कि झपकी आ गई। किताब खुली रह गई।

सहसा जियाराम ने कमरे में कदम रखा। उसके पांव थर-थर कांप रहे थे। उसने कमरे में ऊपर-नीचे देखा। निर्मला सोई हुई थी, उसके सिरहाने ताक पर, एक छोटा-सा पीतल का सन्दूकचा रक्खा हुआ था। जियाराम दबे पांव गया, धीरे से सन्दूकचा उतारा और बड़ी तेजी से कमरे के बाहर निकला। उसी वक्त निर्मला की आँखें खुल गईं। चौंककर उठ खड़ी हुई। द्वार पर आकर देखा। कलेजा धक् से हो गया। क्या यह जियाराम है? मेरे कमरे में क्या करने आया था। कहीं मुझे धोखा तो नहीं हुआ? शायद दीदीजी के कमरे से आया हो। यहाँ उसका काम ही क्या था? शायद मुझसे कुछ कहने आया हो, लेकिन इस वक्त क्या कहने आया होगा? इसकी नीयत क्या है? उसका दिल कांप उठा।

मुंशीजी ऊपर छत पर सो रहे थे। मुंडेर न होने के कारण निर्मला ऊपर न सो सकती थी। उसने सोचा चलकर उन्हें जगाऊँ, पर जाने की हिम्मत न पड़ी। शक्की आदमी है, न जाने क्या समझ बैठें और क्या करने पर तैयार हो जाएँ? आकर फिर पुस्तक पढ़ने लगी। सबेरे पूछने पर आप ही मालूम हो जाएगा। कौन जाने मुझे धोखा ही हुआ हो। नींद मे कभी-कभी धोखा हो जाता है, लेकिन सबेरे पूछने का निश्चय कर भी उसे फिर नींद नहीं आई।

सबेरे वह जलपान लेकर स्वयं जियाराम के पास गई, तो वह उसे देखकर चौंक पड़ा। रोज़ तो भूंगी आती थी आज यह क्यों आ रही है? निर्मला की ओर ताकने की उसकी हिम्मत न पड़ी।

निर्मला ने उसकी ओर विश्वासपूर्ण नेत्रों से देखकर पूछा- रात को तुम मेरे कमरे मे गए थे?

जियाराम ने विस्मय दिखाकर कहा- मैं? भला मैं रात को क्या करने जाता? क्या कोई गया था?

निर्मला ने इस भाव से कहा, मानो उसे उसकी बात का पूरी विश्वास हो गया- हाँ, मुझे ऐसा मालूम हुआ कि कोई मेरे कमरे से निकला। मैंने उसका मुँह तो न देखा, पर उसकी पीठ देखकर अनुमान किया कि शयद तुम किसी काम से आए हो। इसका पता कैसे चले कौन था? कोई था जरूर इसमें कोई सन्देह नहीं।

जियाराम अपने को निरपराध सिद्ध करने की चेष्टा कर कहने लगा- मैं तो रात को थियेटर देखने चला गया था। वहाँ से लौटा तो एक मित्र के घर लेट रहा। थोड़ी देर हुई लौटा हूँ। मेरे साथ और भी कई मित्र थे। जिससे जी चाहे, पूछ लें। हाँ, भाई मैं बहुत डरता हूँ। ऐसा न हो, कोई चीज़ गायब हो गई, तो मेरा नाम लगे। चोर को तो कोई पकड़ नहीं सकता, मेरे मत्थे जाएगी। बाबूजी को आप जानती हैं। मुझे मारने दौड़ेंगे।

निर्मला- तुम्हारा नाम क्यों लगेगा? अगर तुम्हीं होते तो भी तुम्हें कोई चोरी नहीं लगा सकता। चोरी दूसरे की चीज़ की जाती है, अपनी चीज़ की चोरी कोई नहीं करता।

अभी तक निर्मला की निगाह अपने सन्दूकचे पर न पड़ी थी। भोजन बनाने लगी। जब वकील साहब कचहरी चले गए, तो वह सुधा से मिलने चली। इधर कई दिनों से मुलाकात न हुई थी, फिर रात वाली घटना पर विचार परिवर्तन भी करना था। भूंगी से कहा- कमरे में से गहनों का बक्सा उठा ला।

भूंगी ने लौटकर कहा- वहाँ तो कहीं सन्दूक नहीं हैं। कहाँ रखा था? निर्मला ने चिढ़कर कहा- एक बार में तो तेरा काम ही कभी नहीं होता। वहाँ छोड़कर और जाएगा कहाँ। आलमारी में देखा था?

भूंगी- नहीं बहूजी, आलमारी में तो नहीं देखा; झूठ क्यों बोलूँ?

निर्मला मुस्करा पड़ी। बोली- जा देख, जल्दी आ। एक क्षण में भूंगी फिर खाली हाथ लौट आई- आलमारी में भी तो नहीं है। अब जहाँ बताओ वहाँ देखूं।

निर्मला झुंझलाकर यह कहती हुई उठ खड़ी हुई- तुझे ईश्वर ने आँखें ही न जाने किसलिए दी! देख, उसी कमरे में से लाती हूँ कि नहीं।

भूंगी भी पीछे-पीछे कमरे में गई। निर्मला ने ताक पर निगाह डाली, अलमारी खोलकर देखी। चारपाई के नीचे झांककार देखा, फिर कपड़ों का बड़ा संदूक खोलकर देखा। बक्से का कहीं पता नहीं। आश्चर्य हुआ, आखिर बक्सा गया कहाँ?

सहसा रात वाली घटना बिजली की भांति उसकी आँखों के सामने चमक गई। कलेजा उछल पड़ा। अब तक निश्चिन्त होकर खोज रही थी। अब ताप-सा चढ़ आया। बड़ी उतावली से चारों ओर खोजने लगी। कहीं पता नहीं। जहाँ खोजना चाहिए था, वहाँ भी खोजा और जहाँ नहीं खोजना चाहिए था, वहाँ भी खोजा। इतना बड़ा सन्दूकचा बिछावन के नीचे कैसे छिप जाता? पर बिछावन भी झाड़कर देखा। क्षण-क्षण मुख की कान्ति मलिन होती जाती थी। प्राण नहों में समाते जाते थे। अन्त में निराश होकर उसने छाती पर एक घूंसा मारा और रोने लगी।

गहने ही स्त्री की सम्पत्ति होते हैं। पति की और किसी सम्पत्ति पर उसका अधिकार नहीं होता। इन्हीं का उसे बल और गौरव होता है। निर्मला के पास पाँच-छः हज़ार के गहने थे। जब उन्हें पहनकर वह निकलती थी, तो उतनी देर के लिए उल्लास से उसका हृदय खिला रहता था। एक-एक गहना मानो विपत्ति और बाधा से बचाने के लिए एक-एक रक्षास्त्र था। अभी रात ही उसने सोचा था, जियाराम की लौंडी बनकर वह न रहेगी। ईश्वर न करे कि वह किसी के सामने हाथ फैलाए। इसी खेवे से वह अपनी नाव को भी पार लगा देगी और अपनी बच्ची को भी किसी-न-किसी घाट पहुँचा देगी। उसे किस बात की चिन्ता है! उन्हें तो कोई उससे न छीन लेगा। आज ये मेरे सिंगार हैं, कल को मेरे आधार हो जाएँगे। इस विचार से उसके हृदय को कितनी सान्तवना मिली थी! वह सम्पत्ति आज उसके हाथ से निकल गई। अब वह निराधार थी। संसार उसे कोई अवलम्ब कोई सहारा न था। उसकी आशाओं का आधार जड़ से कट गया, वह फूट-फूटकर रोने लगी। ईश्वर! तुमसे इतना भी न देखा गया?

मुझ दुखिया को तुमने यों ही अपंग बना दिया था, अब आँखे भी फोड़ दीं। अब वह किसके सामने हाथ फैलाएगी, किसके द्वार पर भीख मांगेगी। पसीने से उसकी देह भीग गई, रोते-रोते आँखे सूज गईं। निर्मला सिर नीचा किये रो रही थी। रुक्मिणी उसे धीरज दिला रही थीं, लेकिन उसके आँसू न रुकते थे, शोक की ज्वाला कम न होती थी।

तीन बजे जियाराम स्कूल से लौटा। निर्मला उसके आने की खबर पाकर विक्षिप्त की भांति उठी और उसके कमरे के द्वार पर आकर बोली- भैया, दिल्लगी की हो तो दे दो। दुखिया को सताकर क्या पाओगे?

जियाराम एक क्षण के लिए कातर हो उठा। चोर-कला में उसका यह पहला ही प्रयास था। यह कठोरता, जिससे हिंसा में मनोरंजन होता है अभी तक उसे प्राप्त न हुई थी। यदि उसके पास सन्दूकचा होता और फिर इतना मौका मिलता कि उसे ताक पर रख आवे, तो कदाचित् वह उसे मौके को न छोड़ता, लेकिन सन्दूक उसके हाथ से निकल चुका था। यारों ने उसे सर्राफे में पहुँचा दिया था और औने-पौने बेच भी डाला था। चोरों की झूठ के सिवा और कौन रक्षा कर सकता है। बोला- भला अम्माजी, मैं आपसे ऐसी दिल्लगी करूँगा? आप अभी तक मुझ पर शक करती जा रही हैं। मैं कह चुका कि मैं रात को घर पर न था, लेकिन आपको यकीन ही नहीं आता। बड़े दुःख की बात है कि मुझे आप इतना नीच समझती हैं।

निर्मला ने आँसू पोंछते हुए कहा- मैं तुम्हारे पर शक नहीं करती भैया, तुम्हें चोरी नहीं लगाती। मैंने समझा, शायद दिल्लगी की हो।

जियाराम पर वह चोरी का संदेह कैसे कर सकती थी? दुनिया यही तो कहेगी कि लड़के की माँ मर गई है, तो उस पर चोरी का इलजाम लगाया जा रहा है। मेरे मुँह मे ही तो कालिख लगेगी!

जियाराम ने आश्वासन देते हुए कहा- चलिए, मैं देखूं, आखिर ले कौन गया? चोर आया किस रास्ते से?

भूंगी- भैया, तुम चोरों के आने को कहते हो। चूहे के बिल से तो निकल आते हैं, यहाँ तो चारों ओर ही खिड़कियां हैं।

जियाराम- खूब अच्छी तरह तलाश कर लिया है?

निर्मला- सारा घर तो छान मारा, अब कहाँ खोजने को कहते हो?

जियाराम- आप लोग सो भी तो जाती हैं, मुर्दों से बाजी लगाकर।

चार बजे मुंशीजी घर आए, तो निर्मला की दशा देखकर पूछा- कैसी तबीयत है? कहीं दर्द तो नहीं है? कह कहकर उन्होंने आशा को गोद में उठा लिया।

निर्मला कोई जवाब न दे सकी, फिर रोने लगी।

भूंगी ने कहा- ऐसा कभी नहीं हुआ था। मेरी सारी उम्र इसी घर में कट गई। आज तक एक पैसे की चोरी नहीं हुई। दुनिया यही कहेगी कि भूंगी का काम है, अब तो भगवान ही पत-पानी रखें।

मुंशीजी अचकन के बटन खोल रहे थे, फिर बटन बन्द करते हुए बोले- क्या हुआ? कोई चीज़ चोरी हो गई?

भूंगी- बहूजी के सारे गहने उठ गए।

मुंशीजी- रखे कहाँ थे?

निर्मला ने सिसकियां लेते हुए रात की सारी घटना बयान कर दी, पर जियाराम की सूरत के आदमी को अपने कमरे से निकलने की बात न कही। मुंशीजी ने ठंडी साँस भरकर कहा- ईश्वर भी बड़ा अन्यायी है। जो मरे, उन्हीं को मारता है। मालूम होता है, अदिन आ गए हैं। मगर चोर आया किधर से? कहीं सेंध नहीं पड़ी और किसी तरफ से आने का रास्ता नहीं। मैंने तो कोई ऐसा पाप नहीं किया, जिसकी मुझे यह सजा मिल रही है। बार-बार कहता रहा, गहने का सन्दूकचा ताक पर मत रखो, मगर कौन सुनता है।

निर्मला- मैं क्या जानती थी कि यह गजब टूट पड़ेगा!

मुंशीजी- इतना तो जानती थी कि सब दिन बराबर नहीं जाते। आज बनवाने जाऊँ, तो दस हज़ार से कम न लगेंगे। आजकल अपनी जो दशा है, वह तुमसे छिपी नहीं, खर्च भर का मुश्किल से मिलता है, गहने कहाँ से बनेंगे। जाता हूँ, पुलिस में इत्तिला कर आता हूँ, पर मिलने की उम्मीद न समझो।

निर्मला ने आपत्ति के भाव से कहा- जब जानते हैं कि पुलिस में इत्तिला करने से कुछ न होगा, तो क्यों जा रहे हैं?

मुंशीजी- दिल नहीं मानता और क्या? इतना बड़ा नुकसान उठाकर चुपचाप तो नहीं बैठा जाता।

निर्मला- मिलने वाले होते, तो जाते ही क्यों? तकदीर में न थे, तो कैसे रहते?

मुंशीजी- तकदीर मे होंगे, तो मिल जाएँगे, नहीं तो गए तो हैं ही।

मुंशीजी कमरे से निकले। निर्मला ने उनका हाथ पकड़कर कहा- मैं कहती हूँ, मत जाओ, कहीं ऐसा न हो, लेने के देने पड़ जाएँ।

मुंशीजी ने हाथ छुड़ाकर कहा- तुम भी बच्चों की-सी जिद्द कर रही हो। दस हज़ार का नुकसान ऐसा नहीं है, जिसे मैं यों ही उठा लूँ। मैं रो नहीं रहा हूँ, पर मेरे हृदय पर जो बीत रही है, वह मैं ही जानता हूँ। यह चोट मेरे कलेजे पर लगी है। मुंशीजी और कुछ न कह सके। गला फंस गया। वह तेजी से कमरे से निकल आए और थाने पर जा पहुँचे। थानेदार उनका बहुत लिहाज करता था। उसे एक बार रिश्वत के मुकदमे से बरी करा चुके थे। उनके साथ ही तफ्तीश करने आ पहुँचा। नाम था अलायार खां।

शाम हो गई थी। थानेदार ने मकान के अगवाड़े-पिछवाड़े घूम-घूमकर देखा। अन्दर जाकर निर्मला के कमरे को गौर से देखा। ऊपर की मुंडेर की जांच की। मुहल्ले के दो-चार आदमियों से चुपके-चुपके कुछ बातें की और तब मुंशीजी से बोले- जनाब, खुदा की कसम, यह किसी बाहर के आदमी का काम नहीं। खुदा की कसम, अगर कोई बाहर की आदमी निकले, तो आज से थानेदारी करना छोड़ दूँ। आपके घर में कोई मुलाजिम ऐसा तो नहीं है, जिस पर आपको शुबहा हो?

मुंशीजी- घर में तो आजकल सिर्फ एक महरी है।

थानेदार- अजी, वह पगली है। यह किसी बड़े शातिर का काम है, खुदा की कसम!

मुंशीजी- तो घर में और कौन है? मेरे दोनों लड़के हैं, स्त्री है और बहन है। इनमें से किस पर शक करूँ?

थानेदार- खुदा की कसम! घर ही के किसी आदमी का काम है, चाहे, वह कोई हो, इन्शाअल्लाह! दो-चार दिन में मैं आपको इसकी खबर दूँगा। यह तो नहीं कह सकता कि माल भी सब मिल जाएगा, पर खुदा की कसम, चोर जरूर पकड़ दिखाऊँगा।

थानेदार चला गया, तो मुंशीजी ने आकर निर्मला से उसकी बातें कहीं। निर्मला सहम उठी- आप थानेदार से कह दीजिए, तफतीश न करें, आपके पैरों पड़ती हूँ।

मुंशीजी- आखिर क्यों?

निर्मला- अब क्यों बताऊँ? वह कह रहा है कि घर ही के किसी का काम है।

मुंशीजी- उसे बकने दो।

जियाराम अपने कमरे में बैठा हुआ भगवान् को याद कर रहा था। उसके मुँह पर हवाइयां उड़ रही थीं। सुन चुका था कि पुलिस वाले चेहरे से भांप जाते हैं। बाहर निकलने की हिम्मत न पड़ती थी। दोनों आदमियों में क्या बातें हो रही हैं, यह जानने के लिए छटपटा रहा था। ज्योंही थानेदार चला गया और भूंगी किसी काम से बाहर निकली, जियाराम ने पूछा- थानेदार क्या कर रहा था भूंगी?

भूंगी ने पास आकर कहा- दाढ़ीजार कहता था; घर ही से किसी आदमी का काम है, बाहर का कोई नहीं है।

जियाराम- बाबूजी ने कुछ नहीं कहा?

भूंगी- कुछ तो नहीं कहा, खड़े 'हूँ-हूँ' करते रहे। घर मे एक भूंगी ही गैर है न! और तो सब अपने ही हैं।

जियाराम- मैं भी तो गैर हूँ, तू ही क्यों?

भूंगी- तुम गैर काहे हो भैया?

जियाराम- बाबूजी ने थानेदार से कहा नहीं, घर में किसी पर उनका शुबहा नहीं है।

भूंगी- कुछ तो कहते नहीं सुना। बेचारे थानेदार ने भले ही कहा- भूंगी तो पगली है, वह क्या चोरी करेगी। बाबूजी तो मुझे फंसाये ही देते थे।

जियाराम- तब तो तू भी निकल गई। अकेला मैं ही रह गया। तू ही बता, तूने मुझे उस दिन घर में देखा था?

भूंगी- नहीं भैया, तुम तो 'टेठर' देखने गए थे।

जियाराम- गवाही देगी न?

भूंगी- यह क्या कहते हो भैया? बहूजी तफ्तीश बन्द कर देंगी।

जियाराम- सच?

भूंगी- हाँ भैया, बार-बार कहती है कि तफ्तीश न कराओ। गहने गए, जाने दो, पर बाबूजी मानते ही नहीं।

पाँच-छः दिन तक जियाराम ने पेट भर भोजन नहीं किया। कभी दो-चार कौर खा लेता, कभी कह देता, भूख नहीं है। उसके चेहरे का रंग उड़ा रहता था। रातें जागतें कटतीं, प्रतिक्षण थानेदार की शंका बनी रहती थी। यदि वह जानता कि मामला इतना तूल खींचेंगा, तो कभी ऐसा काम न करता। उसने तो समझा था- किसी चोर पर शुबहा होगा। मेरी तरफ किसी का भी ध्यान न जाएगा, पर अब भण्डा फूटता हुआ मालूम होता था। अभागा थानेदार जिस ढंग से छान-बीन कर रहा था, उससे जियाराम को बड़ी शंका हो रही थी।

सातवें दिन संध्या समय घर लौटा तो बहुत चिन्तित था। आज तक उसे बचने की कुछ-न-कुछ आशा थी। माल अभी तक कहीं बरामद न हुआ था, पर आज उसे माल के बरामद होने की खबर मिल गई थी। इसी दम थानेदार कांस्टेबिल के लिए आता होगा। बचने का कोई उपाय नहीं। थानेदार को रिश्वत देने से सम्भव है मुकदमे को दबा दे, रुपए हाथ में थे, पर क्या बात छिपी रहेगी? अभी माल बरामद नहीं हुआ, फिर भी सारे शहर में अफवाह थी कि बेटे ने ही माल उड़ाया है। माल मिल जाने पर तो गली-गली बात फैल जाएगी। फिर वह किसी को मुँह न दिखा सकेगा।

मुंशीजी कचहरी से लौटे तो बहुत घबराये हुए थे। सिर थामकर चारपाई पर बैठ गए।

निर्मला ने कहा- कपड़े क्यों नहीं उतारते? आज तो और दिनों से देर हो गई है।

मुंशीजी- क्या कपड़े ऊतारूं? तुमने कुछ सुना?

निर्मला- क्या बात है? मैंने तो कुछ नहीं सुना?

मुंशीजी- माल बरामद हो गया। अब जिया का बचना मुश्किल है।

निर्मला को आश्चर्य नहीं हुआ। उसके चेहरे से ऐसा जान पड़ा, मानो उसे यह बात मालूम थी। बोली- मैं तो पहले ही कह रही थी कि थाने में इत्तला मत कीजिए।

मुंशीजी- तुम्हें जिया पर शक था?

निर्मला- शक क्यों नहीं था, मैंने उन्हें अपने कमरे से निकलते देखा था।

मुर्शाजी- फिर तुमने मुझसे क्यों न कह दिया?

निर्मला- यह बात मेरे कहने की न थी। आपके दिल में जरूर ख्याल आता कि यह ईर्ष्यावश आक्षेप लगा रही है। कहिए, यह ख्याल होता या नहीं? झूठ न बोलिएगा।

मुंशीजी- सम्भव है, मैं इन्कार नहीं कर सकता। फिर भी उसकी दशा में तुम्हें मुझसे कह देना चाहिए था। रिपोर्ट की नौबत न आती। तुमने अपनी नेकनामी की तो फिक्र की, पर यह न सोचा कि परिणाम क्या होगा? मैं अभी थाने में चला आता हूँ। अलायार खां आता ही होगा!

निर्मला ने हताश होकर पूछा- फिर अब?

मुंशीजी ने आकाश की ओर ताकते हुए कहा- फिर जैसी भगवान् की इच्छा। हज़ार-दो हज़ार रुपए रिश्वत देने के लिए होते तो शायद मामला दब जाता, पर मेरी हालत तो तुम जानती हो। तकदीर खोटी है और कुछ नहीं। पाप तो मैंने किया है, दण्ड कौन भोगेगा? एक लड़का था, उसकी वह दशा हुई, दूसरे की यह दशा हो रही है। नालायक था, गुस्ताख था, कामचोर था, पर था तो अपना ही लड़का, कभी-न-कभी चेत ही जाता। यह चोट अब न सही जाएगी।

निर्मला- अगर कुछ दे-दिलाकर जान बच सके, तो मैं रुपए का प्रबन्ध कर दूँ।

मुंशीजी- कर सकती हो? कितने रुपए दे सकती हो?

निर्मला- कितना दरकार होगा?

मुंशीजी- एक हज़ार से कम तो शायद बातचीत न हो सके। मैंने एक मुकदमे में उससे एक हज़ार लिए थे। वह कसर आज निकालेगा।

निर्मला- हो जाएगा। अभी थाने जाइए।

मुंशीजी को थाने में बड़ी देर लगी। एकान्त में बातचीत करने का बहुत देर मे मौका मिला। अलायार खां पुराना घाघ थ। बड़ी मुश्किल से अण्टी पर चढ़ा। पाँच सौ रुपए लेकर भी अहसान का बोझा सिर पर लाद ही दिया। काम हो गया। लौटकर निर्मला से बोला- लो भाई, बाजी मार ली, रुपए तुमने दिये, पर काम मेरी जबान ही ने किया। बड़ी-बड़ी मुश्किलों से राजी हो गया। यह भी याद रहेगी। जियाराम भोजन कर चुका है?

निर्मला- कहाँ, वह तो अभी घूमकर लौटे ही नहीं।

मुंशीजी- बारह तो बज रहे होंगे।

निर्मला- कई दफे जा-जाकर देख आई। कमरे में अंधेरा पड़ा हुआ है।

मुंशीजी- और सियाराम?

निर्मला- वह तो खा-पीकर सोये हैं।

मुंशीजी- उससे पूछा नहीं, जिया कहाँ गया?

निर्मला- वह तो कहते हैं, मुझसे कुछ कहकर नहीं गए।

मुंशीजी को कुछ शंका हुई। सियाराम को जगाकर पूछा- तुमसे जियाराम ने कुछ कहा नहीं, कब तक लौटेगा? गया कहाँ है?

सियाराम ने सिर खुजलाते और आँखों मलते हुए कहा- मुझसे कुछ नहीं कहा।

मुंशीजी- कपड़े सब पहनकर गया है?

सियाराम- जी नहीं, कुर्ता और धोती।

मुंशीजी- जाते वक्त खुश था?

सियाराम- खुश तो नहीं मालूम होते थे। कई बार अन्दर आने का इरादा किया, पर देहरी से ही लौट गए। कई मिनट तक सायबान में खड़े रहे। चलने लगे, तो आँखें पोंछ रहे थे। इधर कई दिन से अक्सर रोया करते थे।

मुंशीजी ने ऐसी ठंडी साँस ली, मानो जीवन में अब कुछ नहीं रहा और निर्मला से बोले- तुमने किया तो अपनी समझ में भले ही के लिए, पर कोई शत्रु भी मुझ पर इससे कठोर आघात न कर सकता था। जियाराम सच कहता था कि विवाह करना ही मेरे जीवन की सबसे बड़ी भूल थी!

और किसी समय ऐसे कठोर शब्द सुनकर निर्मला तिलमिला जाती; पर इस समय वह स्वयं अपनी भूल पर पछता रही थी। अगर जियाराम की माता होती, तो क्या वह यह संकोच करती? कदापि नहीं।

निर्मला बोली- जरा डॉक्टर साहब के यहाँ क्यों नहीं चले जाते? शायद वहाँ बैठे हों। कई लड़के रोज़ आते है, उनसे पूछिए, शायद कुछ पता लग जाए। फूंक-फूंककर चलने पर भी अपयश लग ही गया।

मुंशीजी ने मानो खुली हुई खिड़की से कहा- हाँ, जाता हूँ और क्या करूँगा।

मुंशीजी बाहर आए तो देखा, डॉक्टर सिन्हा खड़े हैं। चौंककर पूछा- क्या आप देर से खड़े हैं?

डॉक्टर- जी नहीं, अभी आया हूँ। आप इस वक्त कहाँ जा रहे हैं? साढ़े बारह हो गए हैं।

मुंशीजी- आप ही की तरफ आ रहा था। जियाराम अभी तक घूमकर नहीं आया। आपकी तरफ तो नहीं गया था?

डॉक्टर सिन्हा ने मुंशीजी के दोनों हाथ पकड़ लिए और इतना कह पाये थे, 'भाई साहब, अब धैर्य से काम...' कि मुंशीजी गोली खाए हुए मनुष्य की भांति जमीन पर गिर पड़े।

21

रुक्मिणी ने निर्मला से त्यौरियां बदलकर कहा- क्या नंगे पांव ही मदरसे जाएगा?

निर्मला ने बच्ची के बाल गूंथते हुए कहा- मैं क्या करूँ? मेरे पास रुपए नहीं हैं।

रुक्मिणी- गहने बनवाने को रुपए जुड़ते हैं, लडके के जूतों के लिए रुपयों में आग लग जाती है। दो तो चले ही गए, क्या तीसरे को भी रुला-रुलाकर मार डालने का इरादा है?

निर्मला ने एक साँस खींचकर कहा- जिसको जीना है, जियेगा; जिसको मरना है, मरेगा। मैं किसी को मारने-जिलाने नहीं जाती।

आजकल एक-न-एक बात पर निर्मला और रुक्मिणी में रोज़ ही झड़प हो जाती थी। जब से गहने चोरी गए हैं, निर्मला का स्वभाव बिलकुल बदल गया है। वह एक-एक कौड़ी दांत से पकड़ने लगी है। सियाराम रोते-रोते चाहे जान दे दे, मगर उसे मिठाई के लिए पैसे नहीं मिलते और यह बर्ताव कुछ सियाराम ही के साथ नहीं है, निर्मला स्वयं अपनी जरूरतों को टालती रहती है। धोती जब तक फटकर तार-तार न हो जाए, नई धोती नहीं आती। महीनों सिर का तेल नहीं मंगाया जाता। पान खाने का उसे शौक था, कई-कई दिन तक पानदान खाली पड़ा रहता है, यहाँ तक कि बच्ची के लिए दूध भी नहीं आता। नन्हे से शिशु का भविष्य विराट रूप धारण करके उसके विचार-क्षेत्र पर मंडराता रहता।

मुंशीजी ने अपने को सम्पूर्णतया निर्मला के हाथों मे सौंप दिया है। उसके किसी काम में दखल नहीं देते। न जाने क्यों उससे कुछ दबे रहते

हैं। वह अब बिना नागा कचहरी जाते हैं। इतनी मेहनत उन्होंने जवानी में भी न की थी। आँखें खराब हो गई हैं, डॉक्टर सिन्हा ने रात को लिखने-पढ़ने की मुमानियत कर दी है, पाचनशक्ति पहले ही दुर्बल थी, अब और भी खराब हो गई है, दमे की शिकायत भी पैदा ही चली है, पर बेचारे सबेरे से आधी-आधी रात तक काम करते हैं। काम करने को जी चाहे या न चाहे, तबीयत अच्छी हो या न हो, काम करना ही पड़ता है। निर्मला को उन पर जरा भी दया आती। वही भविष्य की भीषण चिन्ता उसके आन्तरिक सद्भावों को सर्वनाश कर रही है। किसी भिक्षुक की आवाज़ सुनकर झल्ला पड़ती है। वह एक कौड़ी भी खर्च करना नहीं चाहती।

एक दिन निर्मला ने सियाराम को घी लाने के लिए बाज़ार भेजा। भूंगी पर उनका विश्वास न था, उससे अब कोई सौदा न मांगती थी। सियाराम में काट-कपट की आदत न थी। औने-पौने करना न जानता था। प्रायः बाज़ार का सारा काम उसी को करना पड़ता। निर्मला एक-एक चीज़ को तौलती, जरा भी कोई चीज़ तौल में कम पड़ती, तो उसे लौटा देती। सियाराम का बहुत-सा समय इसी लौट-फेरी में बीत जाता था। बाज़ार वाले उसे जल्दी कोई सौदा न देते। आज भी वही नौबत आई। सियाराम अपने विचार से बहुत अच्छा घी, कई दुकान से देखकर लाया, लेकिन निर्मला ने उसे सूंघते ही कहा- घी खराब है, लौटा आओ।

सियाराम ने झुंझलाकर कहा- इससे अच्छा घी बाज़ार में नहीं है, मैं सारी दूकाने देखकर लाया हूँ?

निर्मला- तो मैं झूठ कहती हूँ?

सियाराम- यह मैं नहीं कहता, लेकिन बनिया अब घी वापिस न लेगा। उसने मुझसे कहा था, जिस तरह देखना चाहो, यहीं देखो, माल तुम्हारे सामने है। बोहिनी-बट्टे के वक्त में सौदा वापस न लूँगा। मैंने सूंघकर, चखकर लिया। अब किस मुँह से लौटाने जाऊँ?

निर्मला ने दांत पीसकर कहा- घी में साफ चरबी मिली हुई है और तुम कहते हो, घी अच्छा है। मैं इसे रसोई में न ले जाऊँगी, तुम्हारा जी चाहे लौटा दो, चाहे खा जाओ।

घी की हांडी वहीं छोड़कर निर्मला घर में चली गई। सियाराम क्रोध और क्षोभ से कातर हो उठा। वह कौन मुँह लेकर लौटाने जाए? बनिया

साफ कह देगा- मैं नहीं लौटाता। तब वह क्या करेगा? आस-पास के दस-पाँच बनिये और सड़क पर चलने वाले आदमी खाड़े हो जाएँगे। उन सबों के सामने उसे लज्जित होना पड़ेगा। बाज़ार में यों ही कोई बनिया उसे जल्दी सौदा नहीं देता, वह किसी दुकान पर खड़ा होने नहीं पाता। चारों ओर से उसी पर लताड़ पड़ेगी। उसने मन-ही-मन झुंझलाकर कहा- पड़ा रहे घी, मैं लौटाने न जाऊँगा।

मातृ-हीन बालक के समान दुःखी, दीन-प्राणी संसार में दूसरा नहीं होता और सारे दुःख भूल जाते हैं। बालक को माता याद आई, अम्मा होती, तो क्या आज मुझे यह सब सहना पड़ता? भैया चले गए, मैं ही अकेला यह विपत्ति सहने के लिए क्यों बचा रहा? सियाराम की आँखों में आँसू की झड़ी लग गई। उसके शोक कातर कण्ठ से एक गहरे निःश्वास के साथ मिले हुए ये शब्द निकल आए- अम्मा! तुम मुझे भूल क्यों गईं, क्यों नहीं बुला लेतीं?

सहसा निर्मला फिर कमरे की तरफ आई। उसने समझा था, सियाराम चला गया होगा। उसे बैठा देखा, तो गुस्से से बोली- तुम अभी तक बैठे ही हो? आखिर खाना कब बनेगा?

सियाराम ने आँखें पोंछ डालीं। बोला- मुझे स्कूल जाने में देर हो जाएगी।

निर्मला- एक दिन देर हो जाएगी तो कौन हरज है? यह भी तो घर ही का काम है?

सियाराम- रोज़ तो यही धन्धा लगा रहता है। कभी वक्त पर स्कूल नहीं पहुँचता। घर पर भी पढ़ने का वक्त नहीं मिलता। कोई सौदा दो-चार बार लौटाए बिना नहीं जाता। डांट तो मुझ पर पड़ती है, शर्मिंदा तो मुझे होना पड़ता है, आपको क्या?

निर्मला- हाँ, मुझे क्या? मैं तो तुम्हारी दुश्मन ठहरी! अपना होता, तब तो उसे दुःख होता। मैं तो ईश्वर से मानाया करती हूँ कि तुम पढ़-लिख न सको। मुझमें सारी बुराइयां-ही-बुराइयां हैं, तुम्हारा कोई कसूर नहीं। विमाता का नाम ही बुरा होता है। अपनी माँ विष भी खिलाए, तो अमृत हैं; मैं अमृत भी पिलाऊं, तो विष हो जाएगा। तुम लोगों के कारण मैं मिट्टी में मिल गई, रोते-रोते उम्र काटी जाती है, मालूम ही न हुआ कि भगवान ने किसलिए जन्म दिया था और तुम्हारी समझ में मैं विहार कर रही हूँ। तुम्हें

सताने में मुझे बड़ा मजा आता है। भगवान् भी नहीं पूछते कि सारी विपत्ति का अन्त हो जाता।

यह कहते-कहते निर्मला की आँखें भर आईं। अन्दर चली गई। सियाराम उसको रोते देखकर सहम उठा। ग्लानि तो नहीं आई; पर शंका हुई कि ने जाने कौन-सा दण्ड मिले। चुपके से हांडी उठा ली और घी लौटाने चला, इस तरह जैसे कोई कुत्ता किसी नये गाँव में जाता है। उसे देखकर साधारण बुद्धि का मनुष्य भी अनुमान कर सकता था कि वह अनाथ है।

सियाराम ज्यों-ज्यों आगे बढ़ता था, आने वाले संग्राम के भय से उसकी हृदय-गति बढ़ती जाती थी। उसने निश्चय किया- बनिये ने घी न लौटाया, तो वह घी वहीं छोड़कर चला आएगा। झख मारकर बनिया आप ही बुलाएगा। बनिये को डाँटने के लिए भी उसने शब्द सोच लिए। वह कहेगा- क्यों साहूजी, आँखों में धूल झोंकते हो? दिखाते हो चोखा माल और देते हो रद्दी माल! पर यह निश्चय करने पर भी उसके पैर आगे बहुत धीरे-धीरे उठते थे। वह यह न चाहता था, बनिया उसे आता हुआ देखे, वह अकस्मात् ही उसके सामने पहुँच जाना चाहता था। इसलिए वह चक्कर काटकर दूसरी गली से बनिये की दुकान पर गया।

बनिये ने उसे देखते ही कहा- हमने कह दिया था कि हमे सौदा वापस न लेंगे। बोलो, कहा था कि नहीं।

सियाराम ने बिगड़कर कहा- तुमने वह घी कहाँ दिया, जो दिखाया था? दिखाया एक माल दिया दूसरा माल, लौटाओगे कैसे नहीं? क्या कुछ राहजनी है?

साह- इससे चोखा घी बाज़ार में निकल आए तो जुर्माना दूँ। उठा लो हांडी और दो-चार दुकान देख आओ।

सियाराम- हमें इतनी फुर्सत नहीं है। अपना घी लौटा लो।

साह- घी न लौटेगा।

बनिये की दुकान पर एक जटाधारी साधू बैठा हुआ यह तमाशे देख रहा था। उठकर सियाराम के पास आया और हांडी का घी सूंघकर बोला- बच्चा, घी तो बहुत अच्छा मालूम होता है।

साह ने शह पाकर कहा- बाबाजी हम लोग तो आप ही इनको घटिया माल नहीं देते। खराब माल क्या जाने-सुने ग्राहकों को दिया जाता है?

साधू- घी ले जा बच्चा, बहुत अच्छा है।

सियाराम रो पड़ा। घी को बुरा सिद्ध करने के लिए उसके पास अब क्या प्रमाण था? बोला- वही तो कहती हैं, घी अच्छा नहीं है, लौटा आओ। मैं तो कहता था कि घी अच्छा है।

साधु- कौन कहता है?

साह- इसकी अम्मा कहती होंगी। कोई सौदा उनके मन ही नहीं भाता।

बेचारे लड़के को बार-बार दौड़ाया करती है। सौतेली माँ है न! अपनी माँ हो तो कुछ ख्याल भी करे।

साधु ने सियाराम को सहृदय नेत्रों से देखा, मानो उसे त्राण देने के लिए उनका हृदय विकल हो रहा है। तब करुण स्वर से बोले- तुम्हारी माता का स्वर्गवास हुए कितने दिन हुए बच्चे?

सियाराम- छठा साल है।

साधु- तो तुम उस वक्त बहुत ही छोटे रहे होंगे। भगवान तुम्हारी लीला कितनी विचित्र है। इस दुधमुँहे बालक को तुमने मातृ-प्रेम से वंचित कर दिया। बड़ा अनर्थ करते हो भगवान्! छः साल का बालक और राक्षसी विमाता के पाले पड़े! धन्य हो दयानिधि! साहजी, बालक पर दया करो, घी लौटा लो, नहीं तो इसकी माता इसे घर में रहने न देगी। भगवान की इच्छा से तुम्हारा घी जल्द बिक जाएगा। मेरा आशीर्वाद तुम्हारे साथ रहेगा।

साहजी ने रुपए वापस न किये। आखिर लड़के को फिर घी लेने आना ही पड़ेगा। न जाने दिन में कितनी बार चक्कर लगाना पड़े और किस जालिए से पाला पड़े। उसकी दुकान में जो घी सबसे अच्छा था, वह सियाराम दिल से सोच रहा था, बाबाजी कितने दयालु हैं? इन्होंने सिफारिश न की होती, तो साहजी क्यों अच्छा घी देते?

सियाराम घी लेकर चला, तो बाबाजी भी उसके साथ हो लिए। रास्ते में मीठी-मीठी बातें करने लगे।

'बच्चा, मेरी माता भी मुझे तीन साल का छोड़कर परलोक सिध ारी थीं। तभी से मातृ-विहीन बालकों को देखता हूँ तो मेरा हृदय फटने लगता हैं।'

सियाराम ने पूछा- आपके पिताजी ने भी तो दूसरा विवाह कर लिया था?

साधु- हाँ, बच्चा, नहीं तो आज साधु क्यों होता? पहले तो पिताजी विवाह न करते थे। मुझे बहुत प्यार करते थे, फिर न जाने क्यों मन बदल गया, विवाह कर लिया। साधु हूँ, कटु वचन मुँह से नहीं निकालना चाहिए, पर मेरी विमाता जितनी ही सुन्दर थीं, उतनी ही कठोर थीं। मुझे दिन-दिनभर खाने को न देतीं, रोता तो मारतीं। पिताजी की आँखें भी फिर गईं। उन्हें मेरी सूरत से घृणा होने लगी। मेरा रोना सुनकर मुझे पीटने लगते। अन्त को मैं एक दिन घर से निकल खड़ा हुआ।

सियाराम के मन में भी घर से निकल भागने का विचार कई बार हुआ था। इस समय भी उसके मन में यही विचार उठ रहा था। बड़ी उत्सुकता से बोला- घर से निकलकर आप कहाँ गए?

बाबाजी ने हँसकर कहा- उसी दिन मेरे सारे कष्टों का अन्त हो गया जिस दिन घर के मोह-बन्धन से छूटा और भय मन से निकला, उसी दिन मानो मेरा उद्धार हो गया। दिनभर मैं एक पुल के नीचे बैठा रहा। संध्या समय मुझे एक महात्मा मिल गए। उनका स्वामी परमानन्दजी था। वे बाल-ब्रह्मचारी थे। मुझ पर उन्होंने दया की और अपने साथ रख लिया। उनके साथ रख लिया। उनके साथ मैं देश-देशान्तरों में घूमने लगा। वह बड़े अच्छे योगी थे। मुझे भी उन्होंने योग-विद्या सिखाई। अब तो मेरे को इतना अभ्यास हो गया है कि जब इच्छा होती है, माताजी के दर्शन कर लेता हूँ, उनसे बात कर लेता हूँ।

सियाराम ने विस्फारित नेत्रों से देखकर पूछा- आपकी माता का तो देहान्त हो चुका था?

साधु- तो क्या हुआ बच्चे, योग-विद्या में वह शक्ति है कि जिस मृत-आत्मा को चाहे, बुला ले।

सियाराम- मैं योग-विद्या सीख लूँ, तो मुझे भी माताजी के दर्शन होंगे?

साधु- अवश्य, अभ्यास से सब कुछ हो सकता है। हाँ, योग्य गुरु चाहिए। योग से बड़ी-बड़ी सिद्धियां प्राप्त हो सकती हैं। जितना धन चाहो, पल-मात्र में मंगा सकते हो। कैसी ही बीमारी हो, उसकी औषधि बता सकते हो।

सियाराम- आपका स्थान कहाँ है?

साधु- बच्चा, मेरे को स्थान कहीं नहीं है। देश-देशान्तरों से रमता फिरता हूँ। अच्छा, बच्चा अब तुम जाओ, मैं जरा स्नान-ध्यान करने जाऊँगा।

सियाराम- चलिए मैं भी उसी तरफ चलता हूँ। आपके दर्शन से जी नहीं भरा।

साधु- नहीं बच्चा, तुम्हें पाठशाला जाने की देरी हो रही है।

सियाराम- फिर आपके दर्शन कब होंगे?

साधु- कभी आ जाऊँगा बच्चा, तुम्हारा घर कहाँ है?

सियाराम प्रसन्न होकर बोला- चलिएगा मेरे घर? बहुत नजदीक है। आपकी बड़ी कृपा होगी।

सियाराम कदम बढ़ाकर आगे-आगे चलने लगा। इतना प्रसन्न था, मानो सोने की गठरी लिए जाता हो। घर के सामने पहुँचकर बोला- आइए, बैठिए कुछ देर।

साधु- नहीं बच्चा, बैठूंगा नहीं। फिर कल-परसों किसी समय आ जाऊँगा। यही तुम्हारा घर है?

सियाराम- कल किस वक्त आइयेगा?

साधु- निश्चय नहीं कह सकता। किसी समय आ जाऊँगा।

साधु आगे बढ़े, तो थोड़ी ही दूर पर उन्हें एक दूसरा साधु मिला। उसका नाम था हरिहरानन्द।

परमानन्द ने पूछा- कहाँ-कहाँ की सैर की? कोई शिकार फंसा?

हरिहरानन्द- इधर चारों तरफ घूम आया, कोई शिकार न मिला। एकाधा मिला भी, तो मेरी हँसी उड़ाने लगा।

परमानन्द- मुझे तो एक मिलता हुआ जान पड़ता है! फंस जाए तो जानूं।

हरिहरानन्द- तुम यों ही कहा करते हो। जो आता है, दो-एक दिन के बाद निकल भागता है।

परमानन्द- अबकी न भागेगा, देख लेना। इसकी माँ मर गई है। बाप ने दूसरा विवाह कर लिया है। माँ भी सताया करती है। घर से ऊबा हुआ है।

हरिहरानन्द- हाँ, यह मामला है तो अवश्य फंसेगा। लासा लगा दिया है न?

परमानन्द- खूब अच्छी तरह। यही तरकीब सबसे अच्छी है। पहले इसका पता लगा लेना चाहिए कि मुहल्ले में किन-किन घरों में विमाताएं हैं? उन्हीं घरों में फन्दा डालना चाहिए।

22

निर्मला ने बिगड़कर कहा- इतनी देर कहाँ लगाई?

सियाराम ने ढिठाई से कहा- रास्ते में एक जगह सो गया था।

निर्मला- यह तो मैं नहीं कहती, पर जानते हो कै बज गए हैं? दस कभी के बज गए। बाज़ार कुछ दूर भी तो नहीं है।

सियाराम- कुछ दूर नहीं। दरवाज़े ही पर तो है।

निर्मला- सीधे से क्यों नहीं बोलते? ऐसा बिगड़ रहे हो, जैसे मेरा ही कोई काम करने गए हो?

सियाराम- तो आप व्यर्थ की बकवास क्यों करती हैं? लिया सौदा लौटाना क्या आसान काम है? बनिये से घंटों हुज्जत करनी पड़ी यह तो कहो, एक बाबाजी ने कह-सुनकर फेरवा दिया, नहीं तो किसी तरह न फेरता। रास्ते में कहीं एक मिनट भी न रुका, सीधा चला आता हूँ।

निर्मला- घी के लिए गए-गए, तो तुम ग्यारह बजे लौटे हो; लकड़ी के लिए जाओगे, तो सांझ ही कर दोगे? तुम्हारे बाबूजी बिना खाए ही चले गए। तुम्हें इतनी देर लगानी थी, तो पहले ही क्यों न कह दिया? जाते हो लकड़ी के लिए?

सियाराम अब अपने को संभाल न सका। झल्लाकर बोला- लकड़ी किसी और से मंगाइए। मुझे स्कूल जाने को देर हो रही है।

निर्मला- खाना न खाओगे?

सियाराम- न खाऊँगा।

निर्मला- मैं खाना बनाने को तैयार हूँ। हाँ, लकड़ी लाने नहीं जा सकती।

सियाराम- भूंगी को क्यों नहीं भेजती?

निर्मला- भूंगी का लाया सौदा तुमने कभी देखा नहीं हैं?

सियाराम- तो मैं इस वक्त न जाऊँगा।

निर्मला- मुझे दोष न देना।

सियाराम कई दिनों से स्कूल नहीं गया था। बाज़ार-हाट के मारे उसे किताबें देखने का समय ही न मिलता था। स्कूल जाकर झिड़कियां खाना, बेंच पर खड़े होने या ऊँची टोपी देने के सिवा और क्या मिलता? वह घर

से किताबें लेकर चलता, पर शहर के बाहर जाकर किसी वृक्ष की छांह में बैठा रहता या पलटनों की कवायद देखता। तीन बजे घर से लौट आता। आज भी वह घर से चला; लेकिन बैठने में उसका जी न लगा, उस पर आंतें अलग जल रही थीं। हा! अब उसे रोटियों के भी लाले पड़ गए। दस बजे क्या खाना न बन सकता था? माना कि बाबूजी चले गए थे। क्या मेरे लिए घर में दो-चार पैसे भी न थे? अम्मा होतीं, तो इस तरह बिना कुछ खाये-पिये आने देतीं? मेरा अब कोई नहीं रहा।

सियाराम का मन बाबाजी के दर्शन के लिए व्याकुल हो उठा। उसने सोचा- इस वक्त वह कहाँ मिलेंगे? कहाँ चलकर देखूं? उनकी मनोहर वाणी, उनकी उत्साहप्रद सान्त्वना, उसके मन को खींचने लगी। उसने आतुर होकर कहा- मैं उनके साथ ही क्यों न चला गया? घर पर मेरे लिए क्या रखा था?

वह आज यहाँ से चला तो घर न जाकर सीधा घी वाले साहजी की दुकान पर गया। शायद बाबाजी से वहाँ मुलाकात हो जाए, पर वहाँ बाबाजी न थे। बड़ी देर तक खड़ा-खड़ा लौट आया।

घर आकर बैठा ही था कि निर्मला ने आकर कहा- आज देर कहाँ लगाई? सवेरे खाना नहीं बना, क्या इस वक्त भी उपवास होगा? जाकर बाज़ार से कोई तरकारी लाओ।

सियाराम ने झल्लाकर कहा- दिनभर का भूखा चला आता हूँ। कुछ पानी पीने तक को लाई नहीं, ऊपर से बाज़ार जाने का हुक्म दे दिया। मैं नहीं जाता बाज़ार, किसी का नौकर नहीं हूँ। आखिर रोटियां ही तो खिलाती हो या और कुछ? ऐसी रोटियां जहाँ मेहनत करूँगा, वहीं मिल जाएँगी। जब मजूरी ही करनी है, तो आपकी न करूँगा, जाइए मेरे लिए खाना मत बनाइएगा।

निर्मला अवाक् रह गई। लड़के को आज क्या हो गया? और दिन तो चुपके से जाकर काम कर लाता था, आज क्यों त्योरियां बदल रहा है? अब भी उसको यह न सूझी कि सियाराम को दो-चार पैसे कुछ खाने के दे दे। उसका स्वभाव इतना कृपण हो गया था, बोली- घर का काम करना तो मजूरी नहीं कहलाती। इसी तरह मैं भी कह दूँ कि मैं खाना नहीं पकाती, तुम्हारे बाबूजी कह दें कि कचहरी नहीं जाता, तो क्या हो बताओ? नहीं जाना चाहते, तो मत जाओ, भूंगी से मंगा लूँगी। मैं क्या जानती थी

कि तुम्हें बाज़ार जाना बुरा लगता है, नहीं तो बला से धेले की चीज़ पैसे में आती, तुम्हें न भेजती। लो, आज से कान पकड़ती हूँ।

सियाराम दिल में कुछ लज्जित तो हुआ, पर बाज़ार न गया। उसका ध्यान बाबाजी की ओर लगा हुआ था। अपने सारे दुखों का अन्त और जीवन की सारी आशाएं उसे अब बाबाजी के आशीर्वाद में मालूम होती थीं। उन्हीं की शरण जाकर उसका यह आधारहीन जीवन सार्थक होगा। सूर्यास्त के समय वह अधीर हो गया। सारा बाज़ार छान मारा, लेकिन बाबाजी का कहीं पता न मिला। दिनभर का भूखा-प्यासा, वह अबोध बालक दुखते हुए दिल को हाथों से दबाये, आशा और भय की मूर्ति बना, दुकानों, गालियों और मन्दिरों में उस आश्रम को खोजता फिरता था, जिसके बिना उसे अपना जीवन दु:स्सह हो रहा था। एक बार मन्दिर के सामने उसे कोई साधु खड़ा दिखाई दिया। उसने समझा वही हैं। हर्षोल्लास से वह फूल उठा। दौड़ा और साधु के पास खड़ा हो गया। पर यह कोई और ही महात्मा थे। निराश होकर आगे बढ़ गया।

धारे-धीरे सड़कों पर सन्नाटा छा गया, घरों के द्वार बन्द होने लगे। सड़क की पटरियों पर और गलियों में बंसखटे या बोरे बिछा-बिछाकर भारत की प्रजा सुख-निद्रा में मग्न होने लगी, लेकिन सियाराम घर न लौटा। उस घर से उसक दिल फट गया था, जहाँ किसी को उससे प्रेम न था, जहाँ वह किसी पराश्रित की भांति पड़ा हुआ था, केवल इसीलिए कि उसे और कहीं शरण न थी। इस वक्त भी उसके घर न जाने को किसे चिन्ता होगी? बाबूजी भोजन करके लेटे होंगे, अम्माजी भी आराम करने जा रही होंगी। किसी ने मेरे कमरे की ओर झांककर देखा भी न होगा। हाँ, बुआजी घबरा रही होंगी, वह अभी तक मेरी राह देखती होंगी। जब तक मैं न जाऊँगा, भोजन न करेंगी।

रुक्मिणी की याद आते ही सियाराम घर की ओर चल दिया। वह अगर और कुछ न कर सकती थी, तो कम-से-कम उसे गोद में चिमटाकर रोती थी? उसके बाहर से आने पर हाथ-मुँह धोने के लिए पानी तो रख देती थीं। संसार में सभी बालक दूध की कुल्लियों नहीं करते, सभी सोने के कौर नहीं खाते। कितनों को पेट भर भोजन भी नहीं मिलता: पर घर से विरक्त वही होते हैं, जो मातृ-स्नेह से वंचित हैं।

सियाराम घर की ओर चला ही कि सहसा बाबा परमानन्द एक गली से आते दिखायी दिये।

सियाराम ने जाकर उनका हाथ पकड़ लिया। परमानन्द ने चौंककर पूछा- बच्चा, तुम यहाँ कहाँ?

सियाराम ने बात बनाकर कहा- एक दोस्त से मिलने आया था। आपका स्थान यहाँ से कितनी दूर है?

परमानन्द- हम लोग तो आज यहाँ से जा रहे हैं, बच्चा, हरिद्वार की यात्रा है।

सियाराम ने हतोत्साह होकर कहा- क्या आज ही चले जाइएगा?

परमानन्द- हाँ बच्चा, अब लौटकर आऊँगा, तो दर्शन दूँगा?

सियाराम ने कातर कंठ से कहा- मैं भी आपके साथ चलूँगा।

परमानन्द- मेरे साथ! तुम्हारे घर के लोग जाने देंगे?

सियाराम- घर के लोगों को मेरी क्या परवाह है? इसके आगे सियाराम और कुछ न कह सका। उसके अश्रु-पूरित नेत्रों ने उसकी करुण-गाथा उससे कहीं विस्तार के साथ सुना दी, जितनी उसकी वाणी कर सकती थी।

परमानन्द ने बालक को कंठ से लगाकर कहा- अच्छा बच्चे, तेरी इच्छा हो तो चल। साधु-सन्तों की संगति का आनन्द उठा। भगवान् की इच्छा होगी, तो तेरी इच्छा पूरी होगी।

दाने पर मण्डराता हुआ पक्षी अन्त में दाने पर गिर पड़ा। उसके जीवन का अन्त पिंजरे में होगा या व्याध की छुरी के तले- यह कौन जानता है?

23

मुंशीजी पाँच बजे कचहरी से लौटे और अन्दर आकर चारपाई पर गिर पड़े। बुढ़ापे की देह, उस पर आज सारे दिन भोजन न मिला। मुँह सूख गया। निर्मला समझ गई, आज दिन खाली गया निर्मला ने पूछा- आज कुछ न मिला।

मुंशीजी- सारा दिन दौड़ते गुजरा, पर हाथ कुछ न लगा।

निर्मला- फौजदारी वाले मामले में क्या हुआ?

मुंशीजी- मेरे मुवक्किल को सजा हो गई।

निर्मला- पंडित वाले मुकदमे में?

मुंशीजी- पंडित पर डिग्री हो गई।

निर्मला- आप तो कहते थे, दावा खरिज हो जाएगा।

मुंशीजी- कहता तो था, और जब भी कहता हूँ कि दावा खारिज हो जाना चाहिए था; मगर उतना सिर मगजन कौन करे?

निर्मला- और सीरवाले दावे में?

मुंशीजी- उसमें भी हार हो गई।

निर्मला- तो आज आप किसी अभागे का मुँह देखकर उठे थे।

मुंशीजी से अब काम बिलकुल न हो सकता था। एक तो उसके पास मुकदमे आते ही न थे और जो आते भी थे, वह बिगड़ जाते थे। मगर अपनी असफलताओं को वह निर्मला से छिपाते रहते थे। जिस दिन कुछ हाथ न लगता, उस दिन किसी से दो-चार रुपए उधार लाकर निर्मला को देते, प्रायः सभी मित्रों से कुछ-न-कुछ ले चुके थे। आज वह डौल भी न लगा।

निर्मला ने चिन्तापूर्ण स्वर में कहा- आमदनी का यह हाल है, तो ईश्वर ही मालिक है, उस पर बेटे का यह हाल है कि बाज़ार जाना मुश्किल है। भूंगी ही से सब काम कराने को जी चाहता है। घी लेकर ग्यारह बजे लौटा। कितना कहकर हार गई कि लकड़ी लेते आओ, पर सुना ही नहीं।

मुंशीजी- तो खाना नहीं पकाया?

निर्मला- ऐसी ही बातों से तो आप मुकदमे हारते हैं। ईंधन के बिना किसी ने खाना बनाया है कि मैं ही बना लेती?

मुंशीजी- तो बिना कुछ खाये ही चला गया।

निर्मला- घर में और क्या रखा था जो खिला देती?

मुंशीजी ने डरते-डरते कहा- कुछ पैसे-वैसे न दे दिये?

निर्मला ने भौंहे सिकोड़कर कहा- घर में पैसे फलते हैं न?

मुंशीजी ने कुछ जवाब न दिया। जरा देर तक तो प्रतीक्षा करते रहे कि शायद जलपान के लिए कुछ मिलेगा, लेकिन जब निर्मला ने पानी तक न मंगवाया, तो बेचारे निराश होकर चले गए। सियाराम के कष्ट का अनुमान करके उनका चित्त चंचल हो उठा। एक बार भूंगी ही से लकड़ी मंगा ली जाती, तो ऐसा क्या नुकसान हो जाता? ऐसी किफायत भी किस काम की

कि घर के आदमी भूखे रह जाएँ। अपना संदूकचा खोलकर टटोलने लगे कि शायद दो-चार आने पैसे मिल जाए। उसके अन्दर के सारे कागज निकाल डाले, एक-एक खाना देखा, नीचे हाथ डालकर देखा पर कुछ न मिला। अगर निर्मला के सन्दूक में पैसे न फलते थे, तो इस सन्दूकचे में शायद इसके फूल भी न लगते हों, लेकिन संयोग ही कहिए कि कागजों को झड़कते हुए एक चवन्नी गिर पड़ी। मारे हर्ष के मुंशीजी उछल पड़े। बड़ी-बड़ी रकमें इसके पहले कमा चुके थे, पर यह चवन्नी पाकर इस समय उन्हें जितना आह्लाद हुआ, उनका पहले कभी न हुआ था। चवन्नी हाथ में लिए हुए सियाराम के कमरे के सामने आकर पुकारा। कोई जवाब न मिला। तब कमरे में जाकर देखा। सियाराम का कहीं पता नहीं- क्या अभी स्कूल से नहीं लौटा? मन में यह प्रश्न उठते ही मुंशीजी ने अन्दर जाकर भूंगी से पूछा। मालूम हुआ स्कूल से लौट आए।

मुंशीजी ने पूछा- कुछ पानी पिया है?

भूंगी ने कुछ जवाब न दिया। नाक सिकोड़कर मुँह फेरे हुए चली गई।

मुंशीजी अहिस्ता-आहिस्ता आकर अपने कमरे में बैठ गए। आज पहली बार उन्हें निर्मला पर क्रोध आया, लेकिन एक ही क्षण क्रोध का आघात अपने ऊपर होने लगा। उस अंधेरे कमरे में फर्श पर लेटे हुए वह अपने पुत्र की ओर से इतना उदासीन हो जाने पर धिक्कारने लगे। दिन भर के थके थे। थोड़ी ही देर में उन्हें नींद आ गई।

भूंगी ने आकर पुकारा- बाबूजी, रसोई तैयार है।

मुंशीजी चौंककर उठ बैठे। कमरे में लैम्प जल रहा था पूछा- कै बज गए भूंगी? मुझे तो नींद आ गई थी।

भूंगी ने कहा- कोतवाली के घण्टे में नौ बज गए हैं और हम नाहीं जानित।

मुंशीजी- सिया बाबू आए?

भूंगी- आए होंगे, तो घर ही में न होंगे।

मुंशीजी ने झल्लाकर पूछा- मैं पूछता हूँ, आए कि नहीं? और तू न जाने क्या-क्या जवाब देती है? आए कि नहीं?

भूंगी- मैंने तो नहीं देखा, झूठ कैसे कह दूँ।

मुंशीजी फिर लेट गए और बोले- उनको आ जाने दे, तब चलता हूँ।

आधा घंटे द्वार की ओर आँख लगाए मुंशीजी लेटे रहे, तब वह उठकर बाहर आए और दाहिने हाथ कोई दो फर्लांग तक चले। तब लौटकर द्वार पर आए और पूछा- सिया बाबू आ गए?

अन्दर से आवाज़ आई- अभी नहीं।

मुंशीजी फिर बाईं ओर चले और गली के नुक्कड़ तक गए। सियाराम कहीं दिखाई न दिया। वहाँ से फिर घर आए और द्वार पर खड़े होकर पूछा- सिया बाबू आ गए?

अन्दर से जवाब मिला- नहीं।

कोतवाली के घंटे में दस बजने लगे।

मुंशीजी बड़े वेग से कम्पनी बाग की तरफ चले। सोचन लगे, शायद वहाँ घूमने गया हो और घास पर लेटे-लेट नींद आ गई हो। बाग में पहुँचकर उन्होंने हरेक बेंच को देखा, चारों तरफ घूमे, बहुते से आदमी घास पर पड़े हुए थे, पर सियाराम का निशान न था। उन्होंने सियाराम का नाम लेकर जोर से पुकारा, पर कहीं से आवाज़ न आई।

ख्याल आया शायद स्कूल में तमाशा हो रहा हो। स्कूल एक मील से कुछ ज्यादा ही था। स्कूल की तरफ चले, पर आधे रास्ते से ही लौट पड़े। बाज़ार बन्द हो गया था। स्कूल में इतनी रात तक तमाशा नहीं हो सकता। अब भी उन्हें आशा हो रही थी कि सियाराम लौट आया होगा। द्वार पर आकर उन्होंने पुकारा- सिया बाबू आए? किवाड़ बन्द थे। कोई आवाज़ न आई। फिर जोर से पुकारा। भूंगी किवाड़ खोलकर बोली- अभी तो नहीं आए। मुंशीजी ने धीरे से भूंगी को अपने पास बुलाया और करुण स्वर में बोले- तू तो घर की सब बातें जानती है, बता आज क्या हुआ था?

भूंगी- बाबूजी, झूठ न बोलूँगी, मालकिन छुड़ा देगी और क्या? दूसरे का लड़का इस तरह नहीं रखा जाता। जहाँ कोई काम हुआ, बस बाज़ार भेज दिया। दिनभर बाज़ार दौड़ते बीतता था। आज लकड़ी लाने न गए, तो चूल्हा ही नहीं जला। कहो तो मुँह फुलावें। जब आप ही नहीं देखते, तो दूसरा कौन देखेगा? चलिए, भोजन कर लीजिए, बहूजी कब से बैठी है।

मुंशीजी- कह दे, इस वक्त नहीं खाएंगे।

मुंशीजी फिर अपने कमेरे में चले गए और एक लम्बी साँस ली। वेदना से भरे हुए ये शब्द उनके मुँह से निकल पड़े- ईश्वर, क्या अभी दंड पूरा नहीं हुआ? क्या इस अंधे की लकड़ी को हाथ से छीन लोगे?

निर्मला ने आकर कहा- आज सियाराम अभी तक नहीं आए। कहती रही कि खाना बनाये देती हूँ, खा लो मगर न जाने कब उठकर चल दिये! न जाने कहाँ घूम रहे हैं। बात तो सुनते ही नहीं। कब तक उनकी राह देखा करूँ! आप चलकर खा लीजिए, उनके लिए खाना उठाकर रख दूँगी।

मुंशीजी ने निर्मला की ओर कठोर नेत्रों से देखकर कहा- अभी कै बजे होंगे?

निर्मल- क्या जाने, दस बजे होंगे।

मुंशीजी- जी नहीं, बारह बजे हैं।

निर्मला- बारह बज गए? इतनी देर तो कभी न करते थे। तो कब तक उनकी राह देखोगे! दोपहर को भी कुछ नहीं खाया था। ऐसा सैलानी लड़का मैंने नहीं देखा।

मुंशीजी- जी तुम्हें दिक करता है, क्यों?

निर्मला- देखिये न, इतना रात गई और घर की सुध ही नहीं।

मुंशीजी- शायद यह आखिरी शरारत हो।

निर्मला- कैसी बातें मुँह से निकालते हैं? जाएँगे कहाँ? किसी यार-दोस्त के यहाँ पड़ रहे होंगे।

मुंशीजी- ईश्वर करे ऐसा ही हो!

निर्मला- सबेरे आवें, तो जरा तम्बीह कीजिएगा।

मुंशीजी- खूब अच्छी तरह करूँगा।

निर्मला- चलिए, खा लीजिए, देर बहुत हुई।

मुंशीजी- सबेरे उसकी तम्बीह करके खाऊँगा, कहीं न आया, तो तुम्हें ऐसा ईमानदार नौकर कहाँ मिलेगा?

निर्मला ने ऐंठकर कहा- तो क्या मैंने भगा दिया?

मुंशीजी- नहीं, यह कौन कहता है? तुम उसे क्यों भगाने लगीं। तुम्हारा तो काम करता था, शामत आ गई होगी।

निर्मला ने और कुछ नहीं कहा। बात बढ़ जाने का भय था। भीतर चली आई। सोने को भी न कहा। जरा देर में भूंगी ने अन्दर से किवाड़ भी बन्द कर दिये।

क्या मुंशीजी को नींद आ सकती थी? तीन लड़कों में केवल एक बच रहा था। वह भी हाथ से निकल गया, तो फिर जीवन में अंधकार के सिवाय और क्या है? कोई नाम लेने वाला भी नहीं रहेगा। हा! कैसे-कैसे रत्न हाथ से निकल गए? मुंशीजी की आँखों से अश्रुधारा बह रही थी, तो कोई आश्चर्य है? उस व्यापक पश्चाताप, उस सघन ग्लानि-तिमिर में आशा की एक हल्की-सी रेखा उन्हें संभाले हुए थी। जिस क्षण वह रेखा लुप्त हो जाएगी, कौन कह सकता है, उन पर क्या बीतेगी? उनकी उस वेदना की कल्पना कौन कर सकता है?

कई बार मुंशीजी की आँखें झपकीं, लेकिन हर बार सियाराम की अहट के धोखे में चौंक पड़े।

सबेरा होते ही मुंशीजी फिर सियाराम को खोजने निकले। किसी से पूछते शर्म आती थी। किस मुँह से पूछें? उन्हें किसी से सहानुभूति की आशा न थी। प्रकट न कहकर मन में सब यही कहेंगे, जैसा किया, वैसा भोगो! सारे दिन वह स्कूल के मैदानों, बाज़ारों और बगीचों का चक्कर लगाते रहे, दो दिन निराहार रहने पर भी उन्हें इतनी शक्ति कैसे हुई, यह वही जानें।

रात के बारह बजे मुंशीजी घर लौटे, दरवाज़े पर लालटेन जल रही थी, निर्मला द्वार पर खड़ी थी। देखते ही बोली- कहा भी नहीं, न जाने कब चल दिये। कुछ पता चला?

मुंशीजी ने आग्नेय नेत्रों से ताकते हुए कहा- हट जाओ सामने से, नहीं तो बुरा होगा। मैं आपे में नहीं हूँ। यह तुम्हारी करनी है। तुम्हारे ही कारण आज मेरी यह दशा हो रही है। आज से छः साल पहले क्या इस घर की यह दशा थी? तुमने मेरा बना-बनाया घर बिगाड़ दिया, तुमने मेरे लहलहाते बाग को उजाड़ डाला। केवल एक ठूंठ रह गया है। उसका निशान मिटाकर तभी तुम्हें सन्तोष होगा। मैं अपना सर्वनाश करने के लिए तुम्हें घर नहीं लाया था। सुखी जीवन को और भी सुखमय बनाना चाहता था। यह उसी का प्रायश्चित है। जो लड़के पान की तरह फेरे जाते थे, उन्हें मेरे जीते-जी

तुमने चाकर समझ लिया और मैं आँखों से सब कुछ देखते हुए भी अंधा बना बैठा रहा। जाओ, मेरे लिए थोड़ा-सा संखिया भेज दो। बस, यही कसर रह गई है, वह भी पूरी हो जाए।

निर्मला ने रोते हुए कहा- मैं तो अभागिन हूँ ही, आप कहेंगे तब जानूंगी? ने जाने ईश्वर ने मुझे जन्म क्यों दिया था? मगर यह आपने कैसे समझ लिया कि सियाराम आवेंगे ही नहीं?

मुंशीजी ने अपने कमरे की ओर जाते हुए कहा- जलाओ मत जाकर खुशियां मनाओ। तुम्हारी मनोकामना पूरी हो गई।

24

निर्मला सारी रात रोती रही। इतना कलंक! उसने जियाराम को गहने ले जाते देखने पर भी मुँह खोलने का साहस नहीं किया। क्यों? इसीलिए तो कि लोग समझेंगे कि यह मिथ्या दोषारोपण करके लड़के से वैर साध रही हैं। आज उसके मौन रहने पर उसे अपराधिनी ठहराया जा रहा है। यदि वह जियाराम को उसी क्षण रोक देती और जियाराम लज्जावश कहीं भाग जाता, तो क्या उसके सिर अपराध न मढ़ा जाता?

सियाराम ही के साथ उसने कौन-सा दुर्व्यवहार किया था। वह कुछ बचत करने के लिए ही विचार से तो सियाराम से सौदा मंगवाया करती थी। क्या वह बचत करके अपने लिए गहने गढ़वाना चाहती थी? जब आमदनी की यह हाल हो रहा था तो पैसे-पैसे पर निगाह रखने के सिवाय कुछ जमा करने का उसके पास और साधन ही क्या था? जवानों की जिन्दगी का तो कोई भरोसा हीं नहीं, बूढ़ों की जिन्दगी का क्या ठिकाना? बच्ची के विवाह के लिए वह किसके सामने हाथ फैलाती? बच्ची का भार कुछ उसी पर तो नहीं था। वह केवल पति की सुविधा ही के लिए कुछ बटोरने का प्रयत्न कर रही थी। पति ही की क्यों? सियाराम ही तो पिता के बाद घर का स्वामी होता। बहिन के विवाह करने का भार क्या उसके सिर पर न पड़ता? निर्मला सारी कतर-व्योंत पति और पुत्र का संकट-मोचन करने ही के लिए कर रही थी। बच्ची का विवाह इस परिस्थिति में सकंट के सिवा और क्या था? पर इसके लिए भी उसके भाग्य में अपयश ही बदा था।

दोपहर हो गई, पर आज भी चूल्हा नहीं जला। खाना भी जीवन का काम है, इसकी किसी को सुध ही न थी। मुंशीजी बाहर बेजान-से पड़े थे और निर्मला भीतर थी। बच्ची कभी भीतर जाती, कभी बाहर। कोई उससे बोलने वाला न था। बार-बार सियाराम के कमरे के द्वार पर जाकर खड़ी होती और 'बैया-बैया' पुकारती, पर 'बैया' कोई जवाब न देता था।

संध्या समय मुंशीजी आकर निर्मला से बोले- तुम्हारे पास कुछ रुपए हैं?

निर्मला ने चौंककर पूछा- क्या कीजिएगा।

मुंशीजी- मैं जो पूछता हूँ, उसका जवाब दो।

निर्मला- क्या आपको नहीं मालूम है? देने वाले तो आप ही हैं।

मुंशीजी- तुम्हारे पास कुछ रुपए हैं या नहीं अगर हों, तो मुझे दे दो, न हों तो साफ जवाब दो।

निर्मला ने अब भी साफ जवाब न दिया। बोली- होंगे तो घर ही में न होंगे। मैंने कहीं और नहीं भेज दिये।

मुंशीजी बाहर चले गए। वह जानते थे कि निर्मला के पास रुपए हैं, वास्तव में थे भी। निर्मला ने यह भी नहीं कहा कि नही हैं या मैं न दूँगी, पर उसकी बातों से प्रकट हो गया कि वह देना नहीं चाहती।

नौ बजे रात को मुंशीजी ने आकर रुक्मिणी से कहा- बहन, मैं जरा बाहर जा रहा हूँ। मेरा बिस्तर भूंगी से बंधवा देना और ट्रंक में कुछ कपड़े रखवाकर बन्द कर देना।

रुक्मिणी भोजन बना रही थीं। बोलीं- बहू तो कमरे में है, कह क्यों नहीं देते? कहाँ जाने का इरादा है?

मुंशीजी- मैं तुमसे कहता हूँ, बहू से कहना होता, तो तुमसे क्यों कहता? आज तुम क्यों खाना पका रही हो?

रुक्मिणी- कौन पकावे? बहू के सिर में दर्द हो रहा है। आखिर इस वक्त कहाँ जा रहे हो? सबेरे न चले जाना।

मुंशीजी- इसी तरह टालते-टालते तो आज तीन दिन हो गए। इधर-उधर घूम-घामकर देखूं, शायद कहीं सियाराम का पता मिल जाए। कुछ लोग कहते हैं कि एक साधु के साथ बातें कर रहा था। शायद वह कहीं बहका ले गया हो।

रुक्मिणी- तो लौटोगे कब तक?

मुंशीजी- कह नहीं सकता। हफ्ता भर लग जाए महीना भर लग जाए। क्या ठिकाना है?

रुक्मिणी- आज कौन दिन है? किसी पंडित से पूछ लिया है कि नहीं?

मुंशीजी भोजन करने बैठे। निर्मला को इस वक्त उन पर बड़ी दया आई। उसका सारा क्रोध शान्त हो गया। खुद तो न बोली, बच्ची को जगाकर चुमकारती हुई बोली- देख, तेरे बाबूजी कहाँ जो रहे हैं? पूछ तो?

बच्ची ने द्वार से झांककर पूछा- बाबू दी, तहाँ दाते हो?

मुंशीजी- बड़ी दूर जाता हूँ बेटी, तुम्हारे भैया को खोजने जाता हूँ। बच्ची ने वहीं से खड़े-खड़े कहा- अम बी तलेंगे।

मुंशीजी- बड़ी दूर जाते हैं बच्ची, तुम्हारे वास्ते चीज़ें लाएंगे। यहाँ क्यों नहीं आती?

बच्ची मुस्कराकर छिप गई और एक क्षण में फिर किवाड़ से सिर निकालकर बोली- अम बी तलेंगे।

मुंशीजी ने उसी स्वर में कहा- तुमको नई ले तलेंगे।

बच्ची- हमको क्यों नई ले तलोगे?

मुंशीजी- तुम तो हमारे पास आती नहीं हो।

लड़की ठुमकती हुई आकर पिता की गोद में बैठ गई। थोड़ी देर के लिए मुंशीजी उसकी बाल-क्रीड़ा में अपनी अन्तर्वेदना भूल गए।

भोजन करके मुंशीजी बाहर चले गए। निर्मला खड़ी ताकती रही। कहना चाहती थी- व्यर्थ जा रहे हो, पर कह न सकती थी। कुछ रुपए निकाल कर देने का विचार करती थी, पर दे न सकती थी।

अंत को न रहा गया, रुक्मिणी से बोली- दीदीजी जरा समझा दीजिए, कहाँ जा रहे हैं! मेरी जबान पकड़ी जाएगी, पर बिना बोले रहा नहीं जाता। बिना ठिकाने कहाँ खोजेंगे? व्यर्थ की हैरानी होगी।

रुक्मिणी ने करुणा-सूचक नेत्रों से देखा और अपने कमरे में चली गईं।

निर्मला बच्ची को गोद में लिए सोच रही थी कि शायद जाने के पहले बच्ची को देखने या मुझसे मिलने के लिए आवें, पर उसकी आशा विफल हो गई? मुंशीजी ने बिस्तर उठाया और तांगे पर जा बैठे।

उसी वक्त निर्मला का कलेजा मसोसने लगा। उसे ऐसा जान पड़ा कि इनसे भेंट न होगी। वह अधीर होकर द्वार पर आई कि मुंशीजी को रोक ले, पर तांगा चल चुका था।

25

दिन गुजरने लगे। एक महीना पूरा निकल गया, लेकिन मुंशीजी न लौटे। कोई खत भी न भेजा। निर्मला को अब नित्य यही चिन्ता बनी रहती कि वह लौटकर न आए तो क्या होगा? उसे इसकी चिन्ता न होती थी कि उन पर क्या बीत रही होगी; वह कहाँ मारे-मारे फिरते होंगे, स्वास्थ्य कैसा होगा? उसे केवल अपनी और उससे भी बढ़कर बच्ची की चिन्ता थी। गृहस्थी का निर्वाह कैसे होगा? ईश्वर कैसे बेड़ा पार लगाएंगे? बच्ची का क्या हाल होगा? उसने कतर-व्योंत करके जो रुपए जमा कर रखे थे, उसमें कुछ-न-कुछ रोज़ ही कमी होती जाती थी। निर्मला को उसमें से एक-एक पैसा निकालते इतनी अखर होती थी, मानो कोई उसकी देह से रक्त निकाल रहा हो। झुंझलाकर मुंशीजी को कोसती। लड़की किसी चीज़ के लिए रोती, तो उसे अभागिन, कलमुँही कहकर झल्लाती। यही नहीं, रुक्मिणी का घर में रहना उसे ऐसा जान पड़ता था, मानो वह गर्दन पर सवार है। जब हृदय जलता है, तो वाणी भी अग्निमय हो जाती है। निर्मला बड़ी मधुर-भाषिणी स्त्री थी, पर अब उसकी गणना कर्कशाओं में की जा सकती थी। दिनभर उसके मुख से जली-कटी बातें निकला करती थीं। उसके शब्दों की कोमलता न जाने क्या हो गई! भावों में माधुर्य का कहीं नाम नहीं। भूंगी बहुत दिनों से इस घर मे नौकर थी। स्वभाव की सहनशील थी, पर यह आठों पहर की बकबक उससे भी न सकी गई। एक दिन उसने भी घर की राह ली। यहाँ तक कि जिस बच्ची को प्राणों से भी अधिक प्यार करती थी, उसकी सूरत से भी घृणा हो गई। बात-बात पर घुड़क पड़ती, कभी-कभी मार बैठती। रुक्मिणी रोई हुई बालिका को गोद में बैठा लेती और चुमकार-दुलार कर चुप करातीं। उस अनाथ के लिए अब यही एक आश्रय रह गया था।

निर्मला को अब अगर कुछ अच्छा लगता था, तो वह सुधा से बात करना था। वह वहाँ जाने का अवसर खोजती रहती थी। बच्ची को अब वह अपने साथ न ले जाना चाहती थी। पहले जब बच्ची को अपने घर सभी चीज़ें खाने को मिलती थीं, तो वह वहाँ जाकर हँसती-खेलती थी। अब वहीं जाकर उसे भूख लगती थी। निर्मला उसे घूर-घूरकर देखती, मुट्ठियां-बांधकर धमकाती, पर लड़की भूख की रट लगाना न छोड़ती थी। इसलिए निर्मला उसे साथ न ले जाती थी। सुधा के पास बैठकर उसे मालूम होता था कि मैं आदमी हूँ। उतनी देर के लिए वह चिंताओं से मुक्त हो जाती थी। जैसे शराबी शराब के नशे में सारी चिन्ताएं भूल जाता है, उसी तरह निर्मला सुधा के घर जाकर सारी बातें भूल जाती थी। जिसने उसे उसके घर पर देखा हो, वह उसे यहाँ देखकर चकित रह जाता। वहीं कर्कशा, कटु-भाषिणी स्त्री यहाँ आकर हास्यविनोद और माधुर्य की पुतली बन जाती थी। यौवन-काल की स्वाभाविक वृत्तियां अपने घर पर रास्ता बन्द पाकर यहाँ किलोलें करने लगती थीं। यहाँ आते वक्त वह मांग-चोटी, कपड़े-लत्ते से लैस होकर आती और यथासाध्य अपनी विपत्ति कथा को मन ही में रखती थी। वह यहाँ रोने के लिए नहीं, हँसने के लिए आती थी।

पर कदाचित् उसके भाग्य में यह सुख भी नहीं बदा था। निर्मला मामूली तौर से दोपहर को या तीसरे पहर से सुधा के घर जाया करती थी। एक दिन उसका जी इतना ऊबा कि सबेरे ही जा पहुँची। सुधा नदी स्नान करने गई थी, डॉक्टर साहब अस्पताल जाने के लिए कपड़े पहन रहे थे। महरी अपने काम-धंधे में लगी हुई थी। निर्मला अपनी सहेली के कमरे में जाकर निश्चिन्त बैठ गई। उसने समझा-सुधा कोई काम कर रही होगी, अभी आती होगी। जब बैठे दो-दिन मिनट गुजर गए, तो उसने अलमारी से तस्वीरों की एक किताब उतार ली और केश खोल पलंग पर लेटकर चित्र देखने लगी। इसी बीच में डॉक्टर साहब को किसी जरूरत से निर्मला के कमरे में आना पड़ा। अपनी ऐनक ढूंढते फिरते थे। बेधड़क अन्दर चले आए। निर्मला द्वार की ओर केश खोले लेटी हुई थी। डॉक्टर साहब को देखते ही चौंककर उठ बैठी और सिर ढांकती हुई चारपाई से उठकर खड़ी हो गई। डॉक्टर साहब ने लौटते हुए चिक के पास खड़े होकर कहा- क्षमा करना निर्मला, मुझे मालूम न था कि यहाँ हो! मेरी ऐनक मेरे कमरे में

नहीं मिल रही है, न जाने कहाँ उतार कर रख दी थी। मैंने समझा शायद यहाँ हो।

निर्मला ने चारपाई के सिरहाने आले पर निगाह डाली तो ऐनक की डिबिया दिखाई दी। उसने आगे बढ़कर डिबिया उतार ली, और सिर झुकाये, देह समेटे, संकोच से डॉक्टर साहब की ओर हाथ बढ़ाया। डॉक्टर साहब ने निर्मला को दो-एक बार पहले भी देखा था, पर इस समय के-से भाव कभी उसके मन में न आए थे। जिस ज्वाला को वह बरसों से हृदय में दबाये हुए थे, वह आज पवन का झोंका पाकर दहक उठी। उन्होंने ऐनक लेने के लिए हाथ बढ़ाया, तो हाथ कांप रहा था। ऐनक लेकर भी वह बाहर न गए, वहीं खोए हुए से खड़े रहे। निर्मला ने इस एकान्त से भयभीत होकर पूछा- सुधा कहीं गई है क्या?

डॉक्टर साहब ने सिर झुकाये हुए जवाब दिया- हाँ, जरा स्नान करने चली गई हैं।

फिर भी डॉक्टर साहब बाहर न गए। वहीं खड़े रहे। निर्मला ने फिर पूछा- कब तक आएगी?

डॉक्टर साहब ने सिर झुकाये हुए कहा- आती होंगीं।

फिर भी वह बाहर नहीं आए। उनके मन में घोर द्वन्द्व मचा हुआ था। औचित्य का बंधन नहीं, भीरुता का कच्चा तागा उनकी जबान को रोके हुए था। निर्मला ने फिर कहा- कहीं घूमने-घामने लगी होंगी। मैं भी इस वक्त जाती हूँ।

भीरुता का कच्चा तागा भी टूट गया। नदी के कगार पर पहुँचकर भागती हुई सेना में अद्भुत शक्ति आ जाती है। डॉक्टर साहब ने सिर उठाकर निर्मला को देखा और अनुराग में डूबे हुए स्वर में बोले- नहीं, निर्मला, अब आती ही होंगी। अभी न जाओ। रोज़ सुधा की खातिर से बैठती हो, आज मेरी खातिर से बैठो। बताओ, कब तक इस आग में जला करूँ? सत्य कहता हूँ निर्मला...।

निर्मला ने कुछ और नहीं सुना। उसे ऐसा जान पड़ा मानो सारी पृथ्वी चक्कर खा रही है। मानो उसके प्राणों पर सहस्रों वज्रों का आघात हो रहा है। उसने जल्दी से अलगनी पर लटकी हुई चादर उतार ली और बिना मुँह से एक शब्द निकाले कमरे से निकल गई। डॉक्टर साहब खिसियाये

हुए-से रोना मुँह बनाये खड़े रहे! उसको रोकने की या कुछ कहने की हिम्मत न पड़ी।

निर्मला ज्योंही द्वार पर पहुँची उसने सुधा को तांगे से उतरते देखा। निर्मला ने उसे अवसर न दिया, तीर की तरह झपटकर चली। सुधा एक क्षण तक विस्मय की दशा में खड़ी रहीं। बात क्या है, उसकी समझ में कुछ न आ सकी। वह व्यग्र हो उठी। जल्दी मे अन्दर गई महरी से पूछने लगी कि क्या बात हुई है। वह अपराधी का पता लगाएगी और अगर उसे मालूम हुआ कि महरी या और किसी नौकर से उसे कोई अपमान-सूचक बात कह दी है, तो वह खड़े-खड़े निकाल देगी। लपकी हुई वह अपने कमरे में गई। अन्दर कदम रखते ही डॉक्टर को मुँह लटकाए चारपाई पर बैठे देख। पूछा- निर्मला यहाँ आई थी?

डॉक्टर साहब ने सिर खुजलाते हुए कहा- हाँ, आई तो थीं।

सुधा- किसी महरी-अहरी ने उन्हें कुछ कहा तो नहीं? मुझसे बोली तक नहीं, झपटकर निकल गईं।

डॉक्टर साहब की मुख-कान्ति मलिन हो गई, कहा- यहाँ तो उन्हें किसी ने भी कुछ नहीं कहा।

सुधा- किसी ने कुछ कहा है। देखो, मैं पूछती हूँ न, ईश्वर जानता है, पता पा जाऊँगी, तो खड़े-खड़े निकाल दूँगी।

डॉक्टर साहब सिटपिटाते हुए बोले- मैंने तो किसी को कुछ कहते नहीं सुना। तुम्हें उन्होंने देखा न होगा।

सुधा- वाह, देखा ही न होगा! उसके सामने तो मैं तांगे से उतरी हूँ। उन्होंने मेरी ओर ताका भी, पर बोली कुछ नहीं। इस कमरे में आई थी?

डॉक्टर साहब के प्राण सूखे जा रहे थे। हिचकिचाते हुए बोले- आई क्यों नहीं थी।

सुधा- तुम्हें यहाँ बैठे देखकर चली गई होंगी। बस, किसी महरी ने कुछ कह दिया होगा। नीच जात है न, किसी को बात करने की तमीज तो है नहीं। अरे, ओ सुन्दरिया, जरा यहाँ तो आ!

डॉक्टर- उसे क्यों बुलाती हो, वह यहाँ से सीधे दरवाज़े की तरफ गईं। महरियों से बात तक नहीं हुई।

सुधा- तो फिर तुम्हीं ने कुछ कह दिया होगा।

डॉक्टर साहब का कलेजा धधक्-धक् करने लगा। बोले- मैं भला क्या कह देता क्या ऐसा गंवार हूँ?

सुधा- तुमने उन्हें आते देखा, तब भी बैठे रह गए?

डॉक्टर- मैं यहाँ था ही नहीं। बाहर बैठक में अपनी ऐनक ढूंढ़ता रहा, जब वहाँ न मिली, तो मैंने सोचा, शायद अन्दर हो। यहाँ आया तो उन्हें बैठे देखा। मैं बाहर जाना चाहता था कि उन्होंने खुद पूछा- किसी चीज़ की जरूरत है? मैंने कहा- जरा देखना, यहाँ मेरी ऐनक तो नहीं है। ऐनक इसी सिरहाने वाले ताक पर थी। उन्होंने उठाकर दे दी। बस इतनी ही बात हुई।

सुधा- बस, तुम्हें ऐनक देते ही वह झल्लाई बाहर चली गई? क्यों?

डॉक्टर- झल्लाई हुई तो नहीं चली गई। जाने लगीं, तो मैंने कहा- बैठिए वह आती होंगी। न बैठीं तो मैं क्या करता?

सुधा ने कुछ सोचकर कहा- बात कुछ समझ में नहीं आती, मैं जरा उसके पास जाती हूँ। देखूं, क्या बात है।

डॉक्टर- तो चली जाना ऐसी जल्दी क्या है। सारा दिन तो पड़ा हुआ है।

सुधा ने चादर ओढ़ते हुऐ कहा- मेरे पेट में खलबली मची हुई है, कहते हो जल्दी है?

सुधा तेजी से कदम बढ़ाती हुई निर्मला के घर की ओर चली और पाँच मिनट में जा पहुँची? देखा तो निर्मला अपने कमरे में चारपाई पर पड़ी रो रही थी और बच्ची उसके पास खड़ी रही थी- "अम्मा, क्यों लोती हो?"

सुधा ने लड़की को गोद मे उठा लिया और निर्मला से बोली- बहिन, सच बताओ, क्या बात है? मेरे यहाँ किसी ने तुम्हें कुछ कहा है? मैं सबसे पूछ चुकी, कोई नहीं बतलाता।

निर्मला आँसू पोंछती हुई बोली- किसी ने कुछ कहा नहीं बहिन, भला वहाँ मुझे कौन कुछ कहता?

सुधा- तो फिर मुझसे बोली क्यों नहीं और आते-ही-आते रोने लगीं?

निर्मला- अपने नसीबों को रो रही हूँ, और क्या।

सुधा- तुम यों न बतलाओगी, तो मैं कसम दूँगी।

निर्मला- कसम-वसम न रखाना भाई, मुझे किसी ने कुछ नहीं कहा, झूठ किसे लगा दूँ?

सुधा- खाओ मेरी कसम।

निर्मला- तुम तो नाहक ही जिद् करती हो।

सुधा- अगर तुमने न बताया निर्मला, तो मैं समझूंगी, तुम्हें जरा भी प्रेम नहीं है। बस, सब जवानी जमा-खर्च है। मैं तुमसे किसी बात का पर्दा नहीं रखती और तुम मुझे गैर समझती हो। तुम्हारे ऊपर मुझे बड़ा भरोसा थ। अब जान गई कि कोई किसी का नहीं होता।

सुधा की आँखें सजल हो गई। उसने बच्ची को गोद से उतार लिया और द्वार की ओर चली। निर्मला ने उठकर उसका हाथ पकड़ लिया और रोती हुई बोली- सुधा, मैं तुम्हारे पैर पड़ती हूँ, मत पूछो। सुनकर दुख होगा और शायद मैं फिर तुम्हें अपना मुँह न दिखा सकूं। मैं अभगिनी न होती, तो यह दिन ही क्यों देखती? अब तो ईश्वर से यही प्रार्थना है कि संसार से मुझे उठा ले। अभी यह दुर्गति हो रही है, तो आगे न जाने क्या होगा?

इन शब्दों में जो संकेत था, वह बुद्धिमती सुधा से छिपा न रह सका। वह समझ गई कि डॉक्टर साहब ने कुछ छेड़-छाड़ की है। उनका हिचक-हिचककर बातें करना और उसके प्रश्नों को टालना, उनकी वह ग्लानिमय, कांतिहीन मुद्रा उसे याद आ गई। वह सिर से पांव तक कांप उठी और बिना कुछ कहे-सुने सिंहनी की भांति क्रोध से भरी हुई द्वार की ओर चली। निर्मला ने उसे रोकना चाहा, पर न पा सकी। देखते-देखते वह सड़क पर आ गई और घर की ओर चली। तब निर्मला वहीं भूमि पर बैठ गई और फूट-फूटकर रोने लगी।

26

निर्मला दिनभर चारपाई पर पड़ी रही। मालूम होता है, उसकी देह में प्राण नहीं है। न स्नान किया, न भोजन करने उठी। संध्या समय उसे ज्वर हो आया। रात भर देह तवे की भांति तपती रही। दूसरे दिन ज्वर न उतरा। हाँ, कुछ-कुछ कम हो गया था। वह चारपाई पर लेटी हुई निश्चल नेत्रों से द्वार की ओर ताक रही थी। चारों ओर शून्य था, अन्दर भी शून्य बाहर भी शून्य कोई चिन्ता न थी, न कोई स्मृति, न कोई दुःख, मस्तिष्क में स्पन्दन की शक्ति ही न रही थी।

सहसा रुक्मिणी बच्ची को गोद में लिए हुए आकर खड़ी हो गई। निर्मला ने पूछा- क्या यह बहुत रोती थी?

रुक्मिणी- नहीं, यह तो सिसकी तक नहीं। रात भर चुपचाप पड़ी रही, सुधा ने थोड़ा-सा दूध भेज दिया था।

निर्मला- अहीरिन दूध न दे गई थी?

रुक्मिणी- कहती थी, पिछले पैसे दे दो, तो दूँ। तुम्हारा जी अब कैसा है?

निर्मला- मुझे कुछ नहीं हुआ है? कल देह गरम हो गई थीं।

रुक्मिणी- डॉक्टर साहब का बुरा हाल है?

निर्मला ने घबराकर पूछा- क्या हुआ, क्या? कुशल से है न?

रुक्मिणी- कुशल से हैं कि लाश उठाने की तैयारी हो रही है! कोई कहता है, जहर खा लिया था, कोई कहता है, दिल का चलना बन्द हो गया था। भगवान् जाने क्या हुआ था।

निर्मला ने एक ठण्डी साँस ली और रुंधे हुए कंठ से बोली- हाय भगवान! सुधा की क्या गति होगी! कैसे जियेगी?

यह कहते-कहते वह रो पड़ी और बड़ी देर तक सिसकती रही। तब बड़ी मुश्किल से उठकर सुधा के पास जाने को तैयार हुई पांव थर-थर कांप रहे थे, दीवार थामे खड़ी थी, पर जी न मानता था। न जाने सुधा ने यहाँ से जाकर पति से क्या कहा? मैंने तो उससे कुछ कहा भी नहीं, न जाने मेरी बातों का वह क्या मतलब समझी? हाय! ऐसे रूपवान दयालु, ऐसे सुशील प्राणी का यह अन्त! अगर निर्मला को मालूम होता कि उसके क्रोध का यह भीषण परिणाम होगा, तो वह जहर का घूंट पीकर भी उस बात को हँसी में उड़ा देती।

यह सोचकर कि मेरी ही निष्ठुरता के कारण डॉक्टर साहब का यह हाल हुआ, निर्मला के हृदय के टुकड़े होने लगे। ऐसी वेदना होने लगी, मानो हृदय में शूल उठ रहा हो। वह डॉक्टर साहब के घर चली।

लाश उठ चुकी थी। बाहर सन्नाटा छाया हुआ था। घर में स्त्रियां जमा थीं। सुधा जमीन पर बैठी रो रही थी। निर्मला को देखते ही वह जोर से चिल्लाकर रो पड़ी और आकर उसकी छाती से लिपट गई। दोनों देर तक रोती रहीं।

जब औरतों की भीड़ कम हुई और एकान्त हो गया, निर्मला ने पूछा- यह क्या हो गया बहिन, तुमने क्या कह दिया?

सुधा अपने मन को इसी प्रश्न का उत्तर कितनी ही बार दे चुकी थी। उसका मन जिस उत्तर से शांत हो गया था, वही उत्तर उसने निर्मला को दिया। बोली- चुप भी तो न रह सकती थी बहिन, क्रोध की बात पर क्रोध आती ही है।

निर्मला- मैंने तो तुमसे कोई ऐसी बात भी न कही थी।

सुधा- तुम कैसे कहती, कह ही नहीं सकती थीं, लेकिन उन्होंने जो बात हुई थी, वह कह दी थी। उस पर मैंने जो कुछ मुँह में आया, कहा जब एक बात दिल में आ गई, तो उसे हुआ ही समझना चाहिए। अवसर और घात मिले, तो वह अवश्य ही पूरी हो। यह कहकर कोई नहीं निकल सकता कि मैंने तो हँसी की थी। एकान्त में ऐसा शब्द जबान पर लाना ही कह देता है कि नीयत बुरी थी। मैंने तुमसे कभी कहा नहीं बहिन, लेकिन मैंने उन्हें कई बार तुम्हारी ओर झांकते देखा। उस वक्त मैंने भी यही समझा कि शायद मुझे धोखा हो रहा हो। अब मालूम हुआ कि उसके ताक-झांक का क्या मतलब था! अगर मैंने दुनिया ज्यादा देखी होती, तो तुम्हें अपने घर न आने देती। कम-से-कम तुम पर उनकी निगाह कभी ने पड़ने देती, लेकिन यह क्या जानती थी कि पुरुषों के मुँह में कुछ और मन में कुछ और होता है। ईश्वर को जो मंजूर था, वह हुआ। ऐसे सौभाग्य से मैं वैधव्य को बुरा नहीं समझती। दरिद्र प्राणी उस धनी से कहीं सुखी है, जिसे उसका धन साँप बनकर काटने दौड़े। उपवास कर लेना आसान है, विषैला भोजन करना उससे कहीं मुश्किल।

इसी वक्त डॉक्टर सिन्हा के छोटे भाई और कृष्णा ने घर में प्रवेश किया। घर में कोहराम मच गया।

27

एक महीना और गुजर गया। सुधा अपने देवर के साथ तीसरे ही दिन चली गई। अब निर्मला अकेली थी। पहले हँस-बोलकर जी बहला लिया करती थी। अब रोना ही एक काम रह गया। उसका स्वास्थ्य दिन-दिन बिगड़ता

गया। पुराने मकान का किराया अधिक था। दूसरा मकान थोड़े किराये का लिया, यह तंग गली में था। अन्दर एक कमरा था और छोटा-सा आंगन। न प्रकाश जाता, न वायु। दुर्गन्ध उड़ा करती थी। भोजन का यह हाल कि पैसे रहते हुए भी कभी-कभी उपवास करना पड़ता था, बाज़ार जाए कौन? फिर अपना कोई मर्द नहीं, कोई लड़का नहीं, तो रोज़ भोजन बनाने का कष्ट कौन उठाए? औरतों के लिए रोज़ भोजन करने की आवश्यक ही क्या? अगर एक वक्त खा लिया, तो दो दिन के लिए छुट्टी हो गई। बच्ची के लिए ताजा हलुआ या रोटियां बन जाती थी! ऐसी दशा में स्वास्थ्य क्यों न बिगड़ता? चिन्ता, शोक, दुरावस्था, एक हो तो कोई कहे। यहाँ तो त्रयताप का धावा था। उस पर निर्मला ने दवा न खाने की कसम खा ली थी। करती ही क्या? उन थोड़े-से रुपयों में दवा की गुंजाइश कहाँ थी? जहाँ भोजन का ठिकाना न था, वहाँ दवा का जिक्र ही क्या? दिन-दिन सूखती चली जाती थी।

एक दिन रुक्मिणी ने कहा- बहू, इस तरह कब तक घुला करोगी, जी ही से तो जहान है। चलो, किसी वैद्य को दिखा लाऊं।

निर्मला ने विरक्त भाव से कहा- जिसे रोने के लिए जीना हो, उसका मर जाना ही अच्छा।

रुक्मिणी- बुलाने से तो मौत नहीं आती?

निर्मला- मौत तो बिन बुलाए आती है, बुलाने में क्यों न आएगी? उसके आने में बहुत दिन लगेंगे बहिन, जै दिन चलती हूँ, उतने साल समझ लीजिए।

रुक्मिणी- दिल ऐसा छोटा मत करो बहू, अभी संसार का सुख ही क्या देखा है?

निर्मला- अगर संसार का यही सुख है, जो इतने दिनों से देख रही हूँ, तो उससे जी भर गया। सच कहती हूँ बहिन, इस बच्ची का मोह मुझे बांधे हुए है, नहीं तो अब तक कभी की चली गई होती। न जाने इस बेचारी के भाग्य में क्या लिखा है?

दोनों महिलाएं रोने लगीं। इधर जब से निर्मला ने चारपाई पकड़ ली है, रुक्मिणी के हृदय में दया का सोता-सा खुल गया है। द्वेष का लेश भी नहीं रहा। कोई काम करती हों, निर्मला की आवाज़ सुनते ही दौड़ती हैं।

घण्टों उसके पास कथा-पुराण सुनाया करती हैं। कोई ऐसी चीज़ पकाना चाहती हैं, जिसे निर्मला रुचि से खाए निर्मला को कभी हँसते देख लेती हैं, तो निहाल हो जाती है और बच्ची को तो अपने गले का हार बनाये रहती हैं। उसी की नींद सोती हैं, उसी की नींद जागती हैं। वही बालिका अब उसके जीवन का आधार है।

रुक्मिणी ने जरा देर बाद कहा- बहू, तुम इतनी निराश क्यों होती हो? भगवान चाहेंगे, तो तुम दो-चार दिन में अच्छी हो जाओगी। मेरे साथ आज वैद्यजी के पास चलो। बड़े सज्जन हैं।

निर्मला- दीदीजी, अब मुझे किसी वैद्य, हकीम की दवा फायदा न करेगी। आप मेरी चिन्ता न करें। बच्ची को आपकी गोद में छोड़े जाती हूँ। अगर जीती-जागती रहे, तो किसी अच्छे कुल में विवाह कर दीजिएगा। मैं तो इसके लिए अपने जीवन में कुछ न कर सकी, केवल जन्म देने भर की अपराधिनी हूँ। चाहे कुंवारी रखियेगा, चाहे विष देकर मार डालिएगा, पर कुपात्र के गले न मढ़िएगा, इतना ही आपसे मेरा विनय है। मैंनें आपकी कुछ सेवा न की, इसका बड़ा दुःख हो रहा है। मुझ अभागिनी से किसी को सुख नहीं मिला। जिस पर मेरी छाया भी पड़ गई, उसका सर्वनाश हो गया अगर स्वामीजी कभी घर आवें, तो उनसे कहिएगा कि इस करम-जली के अपराध क्षमा कर दें।

रुक्मिणी रोती हुई बोली- बहू, तुम्हारा कोई अपराध नहीं। ईश्वर से कहती हूँ, तुम्हारी ओर से मेरे मन में जरा भी मैल नहीं है। हाँ, मैंने सदैव तुम्हारे साथ कपट किया, इसका मुझे मरते दम तक दुःख रहेगा।

निर्मला ने कातर नेत्रों से देखते हुए कहा- दीदीजी, कहने की बात नहीं, पर बिना कहे रहा नहीं जाता। स्वामीजी ने हमेशा मुझे अविश्वास की दृष्टि से देखा, लेकिन मैंने कभी मन में भी उनकी उपेक्षा नहीं की। जो होना था, वह तो हो ही चुका था। अधर्म करके अपना परलोक क्यों बिगाड़ती? पूर्व जन्म में न जाने कौन-सा पाप किया था, जिसका यह प्रायश्चित करना पड़ा। इस जन्म में कांटे बोती, तो कौन गति होती?

निर्मला की साँस बड़े वेग से चलने लगी, फिर खाट पर लेट गई और बच्ची की ओर एक ऐसी दृष्टि से देखा, जो उसके चरित्र जीवन की संपूर्ण विपत्ति कथा की वृहद् आलोचना थी, वाणी में इतनी सामर्थ्य कहाँ?

तीन दिनों तक निर्मला की आँखों से आँसुओं की धारा बहती रही। वह न किसी से बोलती थी, न किसी की ओर देखती थी और न किसी का कुछ सुनती थी। बस, रोये चली जाती थी। उस वेदना का कौन अनुमान कर सकता है?

चौथे दिन संध्या समय वह विपत्ति कथा समाप्त हो गई। उसी समय जब पशु-पक्षी अपने-अपने बसेरे को लौट रहे थे, निर्मला का प्राण-पक्षी भी दिनभर शिकारियों के निशानों, शिकारी चिड़ियों के पंजों और वायु के प्रचंड झोंकों से आहत और व्यथित अपने बसेरे की ओर उड़ गया।

मुहल्ले के लोग जमा हो गए। लाश बाहर निकाली गई। कौन दाह करेगा, यह प्रश्न उठा। लोग इसी चिन्ता में थे कि सहसा एक बूढ़ा पथिक एक बकुचा लटकाए आकर खड़ा हो गया। यह मुंशी तोताराम थे।